# 织锦

青年
文学粤军
丛书

伍芝蓉 著

SPM
南方传媒    花城出版社

中国·广州

**图书在版编目（CIP）数据**

织锦 / 伍芝蓉著. -- 广州：花城出版社，2024.
8. --（青年文学粤军丛书）. -- ISBN 978-7-5749-
0175-9

Ⅰ. Ⅰ267

中国国家版本馆CIP数据核字第2024WV1891号

出 版 人：张　懿
责任编辑：李　谓　曹玛丽
技术编辑：林佳莹
责任校对：卢凯婷
封面供图：包图网
封面设计：吴丹娜

---

| 书　　名 | 织锦 |
| --- | --- |
| | ZHI JIN |
| 出版发行 | 花城出版社 |
| | （广州市环市东路水荫路 11 号） |
| 经　　销 | 全国新华书店 |
| 印　　刷 | 佛山市浩文彩色印刷有限公司 |
| | （广东省佛山市南海区狮山科技工业园 A 区） |
| 开　　本 | 880 毫米 ×1230 毫米　32 开 |
| 印　　张 | 8.75　1 插页 |
| 字　　数 | 200，000 字 |
| 版　　次 | 2024 年 8 月第 1 版　2024 年 8 月第 1 次印刷 |
| 定　　价 | 59.80 元 |

**如发现印装质量问题，请直接与印刷厂联系调换。**
购书热线：020-37604658　37602954
花城出版社网站：http://www.fcph.com.cn

我们都在成长，向着某个不太明确但终究向阳的方向。

# 目　录

# 距　离

## （一）我

据说，女孩们看到的人生的第一种可能，就是自己的母亲。

在聊我的母亲之前，我想先说说我自己。

如果你看过《九型人格》，就会知道我属于1号性格，追求极致的完美主义者。这种人相信生活是艰难的，安逸是用汗水换取的，德行是对自己的奖赏，而快乐只有在其他事情都完成之后才可以获得。他们通常不会注意到自己否定了自己的快乐，只关注于他们"应该"做和"必须"做的事，追求的是直线式的生活。他们很少会问自己，真正想要从生活中得到什么。他们自身的期望从小就被封闭起来，只知道去做正确的事情，却不一定知道自己期望什么。自由时间对他们来说，就是去做一些具有建设性或教育性的事情。他们有一套存于内心的自我监督体系，来自动监控自己的所言所思、所作所为。

完美主义，一般是源于自卑。

我经常表现得很懂事，因为这样做才能让别人开心。我从小就很能体察长辈们的情绪，通常哪怕他们不开口我也知道他们需要什么。我说话做事谨小慎微，并且认为要努力地学习与工作，才能获得他们的认可。不仅是在家庭中，在社会上我也会优先考虑他人的感受。我总是担心自己做得不够好而被别人指责，所以我习惯了万事万物先替别人着想，积极主动地多做事情，而且尽可能把事情做得周全。

我很依赖外界的评价体系，一直很害怕别人对我的评价不好。如果让我知道了别人对我的风评不好，我会很难堪很难过。可每当别人当面称赞我时，我又会非常不自在，发自内心地认为自己受之有愧。我并不想成为别人议论的中心，不管是正评还是负评。经历过无所适从后，为使事情简单化，我经常把自己的外表收拾得整洁大方，认真一点做事情，保持礼貌，不乱说话，少管闲事。这样能大大减少收获负评的概率。

有较长的一段时间，我常常感到不安与焦虑。伴随着整个少女时代写的十几本日记，以及成年后编写的各种各样的小说，是我最大的寄托。文学之于我，有救赎的功能。我常常思忖着，到年老时得提前销毁我的那些日记——我可不想我的日记在我的葬礼上被大家朗诵与传阅。可我还没有想好万一突然遭遇意外死掉来不及处理我的日记怎么办，毕竟现在就销毁有一点点可惜。

以上，很大的可能，除了跟我本人极度敏感的性格有关，还可能源于我的母亲。

你可能会说，我一直在父母身边被呵护着长大的呀，难道还会母爱不完整？！

# （二）童年

在母亲对小时候的我的描述里，我是个顽皮且不可爱的孩子。

我与母亲的属相相冲。我出生时她难产，我令她差点死去。我的出生让她不得已采用了剖宫产，因此她一直说我倔强难调教。我出生后，她的侄女们，也就是我的表姐们前来探望，她们一致认为这个又黑又丑的小孩是在医院被抱错了。在迷信说法中，农历五月被称为"恶月"。"恶月"是指凶恶、不祥的月份。五月初五更被视为恶月恶日，是一年中最不吉利的日子。我好歹是在"恶月恶日"的前些日子出生了，估计"恶"得没那么彻底，但母亲可能因此在心里对我多少有点膈应。

对于这个说法，母亲是有"佐证"的。据说母亲生我时，认识了邻床一位产妇，对方在五月初五那天生下了一个女儿。那位小姑娘，几年后成了我的小学同学。不久，小姑娘的父亲坐牢，母亲疯癫。她长大后，结婚，离婚，嗜赌，行骗，锒铛入狱，听说近年已得病去世，一生不幸。

见我是女孩，爷爷并不待见我，跟人密谋着要把我摆进一个猪肉笼放在路边扔掉，是母亲哭着喊着才把我留下。爷爷一直嫌弃我是个女孩，不肯给我起名字，最后是外公给我取的名——据说灵感来源于农村家家户户门前的对联"五谷丰登，六畜兴旺"。后来母亲才给我重新取了一个沿用至今的正名，那是后话了。据说爷爷一直对我不瞅不睬，直到我几岁时有一次见他蹲在天井里剥桂皮，我主动给他搬了张小凳子，他才开始搭理我。

对这些"咸丰年前"的旧事，我一直将信将疑。事情可能有原型，可她的描述里究竟有多少成是真，多少成是假，我从来没有深究过。也没有人会深究。只是随着年岁的渐长，我觉得虚夸的成分应该更多。

这一点我完全遗传了我的母亲——少少的真实，加多多的想象，再加上敏感的内心与自我具化的描述，就成了另一帧画片。举个不恰当的例子，你对我蹙了蹙眉，我可以联想一万字关于你关于我的跌宕起伏的心理活动出来。可我与母亲之间又存在着不同。我能分得清真实与虚妄，说话做事一般会客观叙述而不带太多个人偏见，说一件敏感事情前首先会掂量一下说完的后果，评价一个人物之前会衡量一下聆听者与被评价者之间的关系，而不是一味单纯地只想表达自己的情绪。别人都说，有文艺范的女人多多少少有点毛病，根本不考虑现实，只注重自己内心的感受，而且不停地给自己加戏。我很清楚地知道，我不是。

然而我的母亲是。她会带着非常强烈的个人喜好去表述事情，并且为了证明她说得正确，通常会选择性地夸大或者忽略。据说，这种效应在心理学里叫作"证实偏差"，当一个人确定了某个信念之后，就会不断关注那些可以支持该信念的信息与事实，而忽略其他与之相反的信息。

小时候的我，偶尔也有可爱的时候。妈妈说，在我不满一岁的时候，她去城里烫了一个当年时髦的卷发回来，晚上我瞪大眼睛看了她半天之后开始哭闹，怎么也不肯吃奶，甚至不让她抱——小小的我，竟然不认得她了。水果对于那个年代的人来说还是较为奢侈的物品，爸爸妈妈不舍得吃，但是舍得买给我吃。有一次妈妈买了一只大香蕉回来，当我把香蕉皮全部剥开时，大香蕉便应声落地了，妈妈说，我当时吓得脸色都变了。

　　我们的家在一个小镇上，是一个双职工家庭。爸爸在镇中学教书，妈妈在镇卫生院当护士。我们的家，就安在小镇中学。

　　从镇上回爷爷奶奶所在的村里，有五公里的路程。那时候，一条自西而来历史悠久的河流还没有改道，社会经济条件也不允许建桥，因此我们每次回去，走到那段被拦腰截断的道路时，必须挽起裤脚涉水而过。骑自行车的人，必须托举着自行车过河。我通常是被妈妈背在背上，而爸爸则托举着自行车，一家三口一前一后慢慢地摸索着过河。到了20世纪80年代末，河流终于在当地政府的主持下改道，从此我们回家一路顺畅。

　　离爷爷奶奶家大约两公里的地方，有一道长长的道槽横亘在两座山之间，从半空中穿越而过。所谓道槽，就是一条五六十年代用水泥修建的引水渠。经过道槽时，爸爸通常会停下自行车，带着我在路边的小溪玩水，以及摘"铺仔果"。长大后的我才知道，那种熟透了呈现红色的外形酷似草莓的小野果学名叫蛇莓，属蔷薇科。那时候的路是新建的，路边有很多从河里挑上来的沙石。爸爸还会允许我从路边挑出又大又圆又好看的鹅卵石，带回家洗干净放在床上玩。然而妈妈却不太喜欢。

　　妈妈说我一直很瘦，五岁的年纪才二十八斤，一只手就能抱起，仿佛风一吹就会倒。在晚上，如果妈妈必须背着我往来镇中学与卫生院，她必定会用背带把我背在背上，然后用一条据说是太婆等老一辈人用过的大黑裤盖在我的头上。听说，这是给小孩子夜里辟邪的一种方式。我伏在妈妈的背上，一边享受着那种安逸的温暖，一边对外面漆黑的世界万般好奇。我总是很有冲动要掀开大黑裤的一角，偷窥一下外面的世界。但同时我又要求自己做个听话的孩子，妈妈说不能探头出来，就不探。我真的一次都没有偷偷看过当年小镇的黑夜。

那时候，妈妈喊我，通常会单叫我小名里的名，只有一个字。她会拉着长长的温柔婉约的尾音来喊，让我感觉到熟悉与温暖，以及——感到被妈妈爱着。

对于小时候的事，我记得不太清楚了。但我记得妈妈带着我在自家厨房里洗衣服的情景。她让我帮她从水缸里舀水出来，有时吩咐我帮忙搓一搓衣裳。更多的时候，我搬来一张小板凳乖乖坐在她的身边。在给我讲故事之前，妈妈会要求我一一背诵她教过的古诗词。尽管那时的我并不能理解那些诗词的内容，甚至连字都认不全，但是我深信那些诗词一定曾经深深滋养过我。

我背诵道："白日依山尽，黄河入海流。欲穷千里目，更上一层楼。妈妈，'更上一层楼'到底是几楼？"

妈妈说："比你想的还要高一层楼。"

我继续背诵："鹅、鹅、鹅，曲项向天歌。白毛浮绿水，红掌拨清波。妈妈，有人写过鸭鸭鸭吗？"

妈妈笑了："还没有。要不你长大了写一首呗。"

我说："我不写。写了你又要我多背诵一首，才肯讲故事。"

妈妈笑得更厉害了："好好好，妈妈现在给你讲故事。"

而我则会把小板凳再往前挪一点，听妈妈给我讲各种各样的故事——

最记得嫦娥的故事。妈妈说，月亮上面住着玉兔、嫦娥、吴刚和桂花树。桂花树的叶子偶尔会掉下来，如果被谁捡到，放在米缸里将会变成很多很多米，放在钱包里将会变成很多很多钱。桂花树的叶子在我心中是一个神奇的存在，我曾经多么渴望自己能够成为那个捡到叶子的"有缘人"。因此爷爷奶奶家里那漫山遍野带着馥郁清香的肉桂树，也一直让我带着无限的好感。妈妈说嫦娥偷吃了仙丹，身体越变越轻，朝天上飞去，成了神仙，从此再也没有回到大地上。

我问："那嫦娥的老公呢？"

妈妈说："就留在地上呀。他是人，会变老。嫦娥则变成了神仙，从此不会老。"

我再问："嫦娥的老公老了怎么办？"

妈妈："会死呀。"

我不甘心："死了又怎么样呢？"

妈妈："死了……就埋在地下吧。"

说到这里，当年的我，应与妈妈都有一声叹息。妈妈应叹小小年纪的我怎么会如此刨根问穷，差点让她词穷；而才几岁的我，虽然还不太懂这个世界，但是人生道路上总是免不了带着遗憾的情愫，就被悄然激起了两分。后来每当我看到"嫦娥应悔偷灵药，碧海青天夜夜心"这个诗句时，就会想起当年和妈妈一边洗衣服一边讲故事的情景，以及那种因为嫦娥和她的丈夫而产生的淡淡遗憾与哀愁。

妈妈记得我小时候的糗事。有一次晚上十二点，她从镇卫生院下夜班，爸爸趁我熟睡后去接她，家里只剩下我一个人。我突然醒来发现家中空无一人，于是下床穿上我爸的大鞋子跑了出去。出门不久见到邻居桂花姨，我大哭起来："桂花姨，我穿了我爸的大鞋子……"桂花姨笑弯了腰，把这件事转述给妈妈听的时候，妈妈也笑弯了腰，以至于三十年后她偶尔还会提起——虽然我至今还是没明白到笑点在哪里。

妈妈偶尔带着我去镇卫生院上班。她从来不把我带进输液室或者病房，也不会把我一个人放在五楼宿舍，而是把我放在中药房或者西药房，让我跟一群护士姐姐待在一起。中药房和西药房总是带着两股不同种类的清香，跟整个卫生院常年弥漫的消毒水味道一样，总是侵入年少时的我的梦中，让我觉得熟悉与温馨。中药房有枸杞子，西药房有钙片和酵母，是我常年的"零食"——只要我逗得大家哈哈大笑，就能轻易得到这些好吃的"零食"。

所以，西药房或者中药房的窗口总是传来一把不知天高地厚的小女孩声音，对着卫生院正中央的操场大声喊——"米××（妈妈的名字）是米老鼠！""米老鼠就是我妈妈！""我是米老鼠的女儿呀！"声音遍及整个卫生院。妈妈姓米，她的同事们总是喜欢玩这样的恶作剧，让我在大庭广众之下这样喊，惹得整个卫生院的人都忍俊不禁。能让大伙笑也是一件很欢乐的事。我一边馋嘴地吃着"零食"，一边跟着大伙儿笑。而妈妈，除了笑我"好丑呀""丢脸了""你太贪吃了"，从来没有责怪过我。

卫生院的正中央有一个由假山、喷水池、玉兰花树和其他绿植组成的正方形小操场，小操场四周围着四栋建筑物。医护人员的宿舍就在其中一栋楼的五楼。妈妈的房间是其中一个小单间，用一块粉红色的窗帘隔开了房间和客厅，整洁而温馨。我有时也会独自到小操场那里玩耍，数一数喷水池上面的假山有多少个小人，看小人们或垂钓，或砍柴，或下棋。玉兰花真香，我跟着护士姐姐们把这些香香的花儿摘回房间，放在桌面上。

但是妈妈不喜欢我去小操场玩耍，甚至不允许我去一至二楼楼梯拐角处的公共洗手间如厕。当我长大一点以后，妈妈才说，因为卫生院进进出出各式病人，有细菌，很不干净。而且小伙伴们也说，那里有鬼。那个公共卫生间的外墙不远处，就是太平间。太平间是啥，我很早就在各种鬼故事里了解了。

鬼在小伙伴们的口口相传中，非常恐怖。那是一种我们无法控制的恐怖事物，会毫无缘由伤害人类。我从来不怕漆黑的地方会跳出几个想取我性命的歹徒，可是会非常害怕拐角处出现长头发的白色影子，怕关上门的一刹那有干枯瘦削的老手伸出来拦住我的门。

对于小时候的我的教育，爸爸妈妈是很舍得花钱的。他们一直有为我订阅书刊的习惯。从几岁开始的《儿童画报》《儿童时代》，到稍大一点的《故事会》《知音》《家庭》《演讲与口才》，到中学时代的《青年文摘》《读者》，他们总是不遗余力。那些都是优秀的杂志图书，导人向善。在我人生的前二十年，我就像一块海绵，不断地从各类书刊中吸收各种各样的知识。而我，原来自小就与杂志结下了不解之缘，小时候我看别人写，长大了是我写给别人看。

妈妈指着《儿童时代》杂志封面每期固定的那句话告诉我，你看这些书多漂亮，还能带给你知识，你要好好地对待它们。我郑重地点点头。当我能把字认全后，终于知道了那行字写着：把最宝贵的东西给予儿童——宋庆龄。每月初，每当远远地见到校工阿姨捧着报刊从办公室里徐徐走出来，我就兴冲冲地守在家门口蹦蹦跳跳等着——我的《儿童时代》到了，到了！当我长大后才知道，那本杂志涵盖了文学、艺术、科学、历史、天文、地理、动植物等方方面面的知识，还有手工游戏，每一本都能让身为孩子的我充满惊喜与欢乐。

妈妈还给我买过一套精装版的《一千零一夜》，分为上、下两册的。有一回我对妈妈说："妈妈，你们也要把我嫁给大胡子吗？"妈妈奇怪地问："什么大胡子？"我指着《一千零一夜》说："很多小姑娘都要听爸爸妈妈的话，嫁给大胡子。山鲁佐德也要嫁给大胡子，但是她会给大胡子讲故事，大胡子才没有杀她。我不会讲故事，会被大胡子杀死吗？"妈妈笑了："你放心，我们不会逼你嫁给大胡子。"爸爸则在旁边好笑地说："让大胡子剃掉胡子不就不是大胡子了？"妈妈白了爸爸一眼，转而温柔地对我说："爸爸妈妈不会逼你嫁给大胡子。长大后你要嫁给谁，你自己选。"

妈妈说我给椰菜起了一个好听的名字，叫"足球菜"。因为这种菜圆圆的，跟爸爸经常看的足球赛里面的足球很像。我和妈妈有时走在来往镇中学与卫生院之间的田埂近路上时，经常有附近的婆婆、阿姨塞她们自家种的青菜给我们。在小镇里，教师以及医务人员的职业尤其受人尊重。婆婆阿姨们知道我喜欢"足球菜"，经常一给就是两只，拿根小棍子让我得意扬扬地挑着走。

母亲出生在一个医学家庭。我的外公是当地六七十年代名震一时的中医，跟后来在沼城医学界那位大名鼎鼎的梁老先生是同班同学。当时外公有机会留在省城或者沼城发展，但由于我的小脚外婆坚持要他回到小镇，因此外公当年在省城某著名中医药大学毕业后便回了小镇发展。大舅父虽是教师，但他深得外公真传，常业余行医，在当地享有盛誉。后来，我那淘气异常、貌似从来没有好好读书的小蚊表哥也成了一名医生，像模像样地经营起诊所来。

母亲高中毕业后，在家务农五年。国家恢复高考后，在外公和大舅父的安排下，出于就业前景的考虑，曾经成绩优异的母亲在高考志愿上并没有填报什么本科大专，而是只填报了某著名卫生学校的护理专业，毕业后被分配到了我爸所在小镇的卫生院，并结识了在镇中学教书的我爸。参加高考最终只考上了中专，这件事曾经作为一个"笑话"被我爸"取笑"了好多年。母亲说她高中时文采飞扬，语文成绩特别好，考试还曾经拿过全镇第一名，写的作文也常常被老师列为优秀范文。后来听别人说，作为一位生于50年代中期的女性，能读过那么多书，已经很不简单了。

由于外公和梁老先生是同在小镇走出去的同学，尽管外公的年纪比梁老先生年长许多，可两家关系当时是挺好的。1984年，我的外公去世，之后两家的关系渐渐疏远。十年后，母亲为了我父亲工作调动的事，上门拜访已在沼城根深蒂固、枝繁叶茂的梁老先生，希望他能出手相助。但被梁老先生一口回绝了。人与人之间稳固的长期的亲密关系，必须建立在势均力敌的基础上吧，否则是很难长久维系的。友情如此，爱情亦是。

母亲是一个被她的父亲和兄长宠坏了的女孩。据她描述，她在还不到上学年龄的年纪就被送去上小学了。上学的第一天，她由外公背着，大舅父背着她的书包搬着桌椅跟在后头，被送到了学校。读中学时，她拿着棉被回到学校，因为不懂得如何把棉被套进被套，只好又把棉被带回家让家人套进被套，再拿回学校。有一次，她用扁担挑着棉被路过一个鱼塘，不小心将棉被滚进了鱼塘。外公把棉被晒干，给她继续使用，老旧的棉被泡过水后更加不暖和了，她跟要好的女同学一合计，用她的来当床垫，一同盖女同学的棉被，度过了求学期间的许多个冬夜。

母亲是幺女，外公非常疼爱她。有一年外公在写春联，写好后摆在地上晾墨，年纪还小的她推门兴冲冲跑进来喊"爸爸"，整个人嗒嗒嗒踩在春联上，被外公疼爱地责怪了两句。最后还是由外公小心翼翼地把脏掉的春联拭擦干净。每次听妈妈说起这件事的时候，我心里总忍不住想，如果换了是我踩坏了爸爸写的春联，我应该得挨骂，搞不好还得挨揍。

在我的印象中，母亲跟我说的全是关于她与她的父亲之间温馨有趣的故事，鲜有提及她的母亲。我曾问过她这个问题。母亲则淡淡地说，她的母亲一天到晚只会拿着大烟枪噗噗噗抽烟，性格很凶，而且在她读高中的时候就已经去世了。于是，外婆那个没有什么文化、性格强悍、不太懂得爱与迁就的旧式农村妇女形象就在我的脑海里瞬间建立，跟知书识礼、儒雅温和的外公形象截然不同。

后来我想，母亲性格里的许多缺陷，也许跟她自小难以享受到母爱有关吧。

# （三）中学

20世纪八九十年代的小镇中学学生，吃的是百家米。学生们在每个周日傍晚回校时，都用布袋从家里装着各种各样的大米，交给学校饭堂工作人员称重和记录——每个人这一周的口粮，全在那些白花花的大米里了。

那时的中学，有一个大大的我很艰难才走得完的泥土操场。下雨的时候，我喜欢撑着我的小雨伞，穿着漂亮的小雨鞋到坑坑洼洼的操场里踩水，然后被爸爸妈妈责怪地喊回来。那时的学生很纯朴，学生哥哥姐姐们很喜欢逗眼睛小小的瘦瘦的我玩。我经常跑去女生宿舍跟认识的不认识的姐姐们玩，一年又一年看着她们离开，却始终喊不出她们的名字。我记得一个姐姐很会画古装仕女图，一个姐姐毕业时含着泪在我的铅笔盒里放下了几张黄色的心形纸叮嘱我要好好学习，一个班长哥哥在脑袋上扎上我的红领巾就会扭霹雳舞，但更多的人从我的记忆中溜走。

教师子女则有教师子女的玩法。我们散居在中学的几个角落，大致被我们划分为几片区域：荔枝树头、杨桃树头、芒果树头。荔枝树头多数出产学霸，例如在小学时代叱咤风云的婉姐；杨桃树头经常是男孩子扎堆，他们大多比我大一点，不屑于跟我这种娇气的小女孩玩；我从属于芒果树头，自小就是灵姐、伟平姐、小清姐她们的小跟班了。

灵姐经常给我梳小辫子，让我看起来像个小公主。伟平姐高挑美丽大方，自小是我的女神，我希望我长大后也可以像她那么漂亮。每当小清姐做错事，就会被她的爸爸秦校长批评。有一次小清姐鼻子红红地靠在墙上不吭声，我走过去问怎么回事，小清姐别开头说"没事"。年幼的我并不懂察言观色，于是哪壶不开提哪壶，问："小清姐，你被你爸骂了吗？"小清姐小声说"不是"，偏过头压根不想理我。我绕到她跟前，继续问："你爸打你了？打了哪里？你为什么挨打？"小清姐白了我一眼，转过身跑了，留下我一脸不解。

关于芒果树，我有一个"痛苦"的回忆。每当我做错事，妈妈必定叫嚣着要把我吊上芒果树，而且是把一只手指头跟一只脚指头绑在一起来吊——真不知道我妈哪儿来的鬼主意。到底有没有真被吊上芒果树，我记得不太清楚了。但是我记得我被捆绑在小抱被上，继而被扔在床上，然后被爸爸用晾衫竹抽着打的情景。晾衫竹一棍棍打在我身上的小抱被上，妈妈则在旁边大声助攻："知道错没有？下次还敢不敢？你说，你知道错没有！"小小年纪的我其实特倔，但是也知道不认错是不可能会停止挨打的，所以我总是会哭着极力对抗一段时间，累了才口是心非地说："错了，知错了。"妈妈还不依不饶："要大声地说'我知错了'！"我只好很不服气地抽泣着说："我知错了。"但心里始终憋着一肚子气，被松绑后仍然很不想搭理他们。有一次，我带领小伙伴们偷大人们藏起来的饼干，还有一次跟在小伙伴身后举着蜡烛在彼此的家里来回穿梭，又被捆着小抱被挨打了。

那株曾见证过倔强的我的芒果树，如今仍在。它高大茁壮，郁郁葱葱，成为几十年后历经变迁的镇中学仍保留着的三大当年景观之一。斑驳的翠枝绿影下，是我快乐无忧的童年。

八九十年代曾在小镇中学待过的师生们都知道，我与江小华青梅竹马。原本用"郎骑竹马来，绕床弄青梅。同居长干里，两小无嫌猜"来形容我们两人最为贴切。江小华跟我同龄，住在我家隔壁。他吃东西的速度非常慢，每天早上吃完粥的我背着书包，总是坐在他家的小板凳上目不转睛盯着他吃完，然后俩人并排一起朝小学出发。放学路上，我直肠子憋不住要在路边解手，他飞跑回家扯几段厕纸来"营救"我。我们在中学大门旁边的斜坡上抓着从树上垂下的枝条玩摇摆，落地时他半个身子飞探出去，差点栽进河里，几乎要把我吓哭。整个中学的人都拿我们开玩笑，整个中学的人都认为我们会是一对。我们本应该有云有雨地一起长大，说不定长大后还能做对知己或者情侣，搞不好还要结结婚什么的。可是没有机会，二年级的时候他突然随着双亲工作调动去了县城。他走的时候是冬天，在镇中学的大榕树下，他冻得哆哆嗦嗦，用口齿不清的话语对我说："××，我爸说我们要回家duo（过）冬又duo（过）年。"那时还不知道什么叫离别，于是我没心没肺地应道："好啊，那你早点回来跟我玩。"

中学校园大喇叭下午六点档的长篇武侠小说联播隔天就会出现"后会有期"这个词，可我不知道这个"期"是何时，因为那个每天和我守在大喇叭下听故事的人迟迟没有回来。他陪着我去垃圾堆挖回来种在家门口花盆里的丝瓜苗与苦瓜苗全部枯死了，我自己再去挖回来栽下，却始终结不出果实。三年后，我也转学走了。关于小镇中学与他的记忆，到此为止。

十几年后，在我大学的最后一年，我们辗转在QQ联系上。我们竟然都在广州上大学。他给我发来一张照片，头发长长，脸上满是青春痘，完全是一副艺术青年的模样，已不复当年我印象中的腼腆单薄的小男孩形象。几天后，他给我发信息说，他跟着老师同学到了苏杭写生，给我买了一幅苏绣，待他回来后，见面时就送给我。我期待着。殊不知在我们约定见面之前，因为遭遇了一些不甚如意的事情，我对所有人都隐匿了。我们再也没有见过面。那幅苏绣后来落在哪位女孩手中，无迹可寻。又过了十几年，我把我和他的故事写进了一篇以扬州作为背景的小说。故事里，我们有了一个美好的结局。但在现实里，我们还是，我遥祝你安好，你也祝我幸福吧。

我的小学距离镇中学不过几百米。从中学的校门口出来，落到山脚，经过一个小水潭以及两间小卖部，沿着银清佬的鱼塘边上走，上一个陡峭的小斜坡加一大段缓坡，往前经过一排花丛，就能来到小学的侧门。小学的侧门是一个几十级的长楼级，我总爱眯眯地笑着跨着步子，两级并作一步，蹦蹦跳跳地一口气走上顶端。

　　水潭的水来自大圳，非常清澈冰凉，常有附近的村妇出来洗菜洗衣服。大圳旁有两间小卖部，一间是银清佬的，一间是陆老师的。我那贪玩淘气的小蚊表哥曾经在银清佬的小卖部里赊了不少账，毕业离校前由大舅父一口气给还完了。银清佬是住在学校附近的一位村民，顶着一头灰白的卷发，嘴里镶着一颗金牙，在年纪小小的我心目中是一个神奇的存在：他有一间经常人满为患的小卖部，还有一个经常能目测到黑色大鱼的鱼塘，简直就是发家致富的典范。但当时的我一直很鄙视那些鱼。每次家里吃鱼，我总要先问问爸妈这是不是银清伯伯鱼塘里的。

　　因为路边的一个用木棚搭建的公共厕所，直接延伸到银清佬的鱼塘里。我一直不敢去那个厕所。除了因为它很臭很脏，蹲坑旁边经常堆放着一些莫名其妙带血的纸，还因为我一直很惧怕它的蹲坑——蹲坑就是在一排木板上面抠了几个长窟窿，人们的排泄物直接从窟窿落到鱼塘里喂鱼。我总是觉得，人站在蹲坑上面上厕所多么危险，今天不掉下去，明天就会掉下去！

　　我们家有一户亲戚，住在镇中学附近的村落。这户亲戚他给我最大的印象，是人到中年的清贫表叔是经人介绍，娶了一位来自外地的如花似玉美貌出众但是精神不太正常的表婶。我上学前班的时候，听说这位怀孕的傻表婶四处溜达，经过这厕所时忍不住了，就在厕所靠门处生下了一个小男孩。事后我既害怕又好奇地跟着邻居哥哥姐姐去看"现场"。但除了一堆可怕的血迹，啥也没看到。当时我还特别纳闷，不断追问：到底是谁拿刀子给表婶打开肚子取宝宝？表婶为什么要在厕所生孩子？宝宝爬来爬去，不是很容易爬到窟窿里掉进鱼塘里吗？可是没有人解答我这些问题。

　　陡坡加一个急转弯，就挨在鱼塘边上。若是骑自行车或者摩托车快了，很容易出事。一位邻居叔叔曾说，有一次他曾亲眼看到我的体育老师骑着自行车从坡上飞快地冲下来，方向没把握好，连人带车飞进了鱼塘里。这件事让我笑疯了，从此再也不能好好上体育课，每次见到那高大壮实、左眼皮有一颗痣的体育老师就会忍不住咧开嘴。

　　在陡坡的坡顶右侧，就是何姓人家的社公土地神。每逢初一、十五，那里就会香火缭绕。每次我经过见到别人拜神，闻着那袅袅的香火味道，就会觉得很心安。也许，那种味道也是我快乐童年的记忆之一。

　　小学的正门，与小镇的街尾相连。小镇的街是一条长长的街，每逢尾数是3、6、9的日子就是它的"圩日"，附近村庄的人都出来"趁圩"（即赶集），非常热闹。戏院则坐落于街的中部，外墙呈淡黄色，在小小的我眼中高大壮观。这座建筑物里面十分宽阔，正前方拥有一个用木材搭建的大舞台，台下则整齐地摆放着一排排木凳。尽管后来许多影视作品总是喜欢把小地方的戏院描绘得十分破旧与恐怖，这间随着时光也免不了日渐式微的戏院却在我心中永远亲切和美好。

　　每年的12月26日是毛泽东诞辰纪念日，也是小镇那些年最隆重的日子之一。当晚，小镇几所中小学的师生以及机关单位的工作人员就会聚集在戏院，举办一场盛大的文艺晚会。戏院内总是弥漫着兴奋和热烈的气氛。人们在台上跳当时流行的霹雳舞，合唱《我的中国心》，朗诵《恰同学少年》，表演溜滑轮，等等。更多的人，会用磁带播放《万水千山总是情》《将冰山劈开》

《一生何求》《皇后大道东》这些当时流行的港台歌曲作为背景音乐，表演自己编排的舞蹈。年轻人载歌载舞，多姿多彩，那是一场洋溢着青春和欢乐的盛会，代表了一段时期的文化氛围，令人快乐而忘情。

## （四）新生

20世纪80年代末，爸妈带着我来到了珠三角的某地。之所以选择在那里落脚，是因为那里毗邻二叔工作的单位。在二叔的帮助下，爸妈入住了一间位于小树林里的老房子。老记忆中，老房子的外墙是暗黄色的。屋前屋后经常出现很多福寿螺，偶尔还会爬进房子里。听大人们说，福寿螺是有毒的。但我们家吃过好几次福寿螺，我至今还记得那种美味脆口的味道。也许那时实在太穷了，爸爸只能"取现成的"，小心翼翼地处理好福寿螺的毒素，拿来给一家人"享用"。

那段日子，我和妈妈，以及尚为学生的叔叔姑姑就住在那幢老房子里。寒暑假时，叔叔姑姑就会跟随着他们的大哥从小镇来到这里帮忙。二叔经常会从单位打早餐给我们送来。我记得二叔送来的餐包非常美味，长大后才知道那叫酥皮包。这种存在于我记忆与味蕾中的味道，让我至今感觉甜美。

爸爸则一个人住在距离老房子不远处的蕉林里搭建的铁皮屋里，守着池塘里的鱼。鱼塘挨着马路，经常有人和车子来来往往。彼时爸爸以养鱼营生，有时还会从蕉林里摘些香蕉到马路边摆卖。爸爸说他一个人睡在铁皮屋里，晚上会听收音机，听鬼故事。爸爸给我形容他前一晚听到的故事——鬼全身是白色的，舌头红红的长长的，在树林里飘来飘去。总之，在五六岁的我心目中，无论是我们住的老房子，还是爸爸住的简陋铁皮屋，都让我感到非常恐惧。那些神出鬼没的鬼，究竟隐匿在哪个角落？

住在那里，我有过一次意外收获。有一次我独自在马路边玩耍，在小路拐角处的草丛里，突然发现躺着一条腮帮子还一开一合艰难喘着气的大鱼。我立刻跑回老房子报告。叔叔和姑姑马上提着水桶，在我的带领下喜滋滋地把这条捡来的鱼带回家。众人分析，这条大鱼应该是运送鱼虾的车子经过拐弯处时，从后座水箱里弹跳出来的。那晚大家大快朵颐，非常满足。

临近过年，我们在路边等回老家的大客车，从天亮等到天黑，不是没等到就是挤不上。后来又下起大雨，我们跟其他等车的乘客一起躲在了别人小卖部的屋檐下。第二天，爸爸制作了一块大大的写着老家地名的木板，朝着过往的车辆醒目地举起，终于让大伙在夜色里挤上了回家的大客车。我记得大客车非常拥挤，我们几乎没有地方下脚，浑浊的空气几乎要把又矮又小的我给闷坏。爸爸一直护着我。一路上，我感到很不舒服，稍有精神时才四处张望。听说客车上的扒手非常多，大人们早就把身上的钱分散藏在鞋垫、内衣这些地方了。那晚昏昏沉沉的我，内心多么担心大人们身上为数不多的钱，会被"贼佬"偷走了。

我还记得，我和妈妈、奶奶在沼城江边住过一段时间。现在想来，那时租住的房子大约是在距离江心大桥不远的棚户区里。那房子很破烂，外面下大雨的时候，屋里就下小雨，我和奶奶得出动全屋子的水桶、脸盆、口盅来接水。那些当我长大一些才在作文书里读到的情节，当时我已经在出租屋里经历过了。

每天早上和傍晚，我和奶奶便出门去捡煤渣子。距离出租屋不远处的那条路，经常有运煤车经过，车上经常会掉煤渣子下来。我们提着一个小篮子，奶奶拿着火钳，我用手，沿着江边的小路走，一见到路边有大大小小的煤渣子就如获至宝地捡起来，拿回出租屋当蜂窝煤来烧。尽管每次都弄得一手脏一脸脏，可我十分喜欢这种捡煤渣子的感觉，总是拉着奶奶早早出门。捡着捡着，停下来时，我和奶奶会放眼望去江上，看来来往往呜呜叫的大船。奶奶总说，你看那些船摇摇晃晃的，很容易沉进水里的样子，好可怕哩。我则不服气地告诉奶奶，我才不怕哩，那里面有我的"大船㜵"，妈妈说我就是她送来的。

　　不久，我就被大人带回小镇上小学了。很快，妈妈也换了另一个地方生活。在家里等待妈妈回来的日子，我经常把奶奶用来煲粥的一个小巧精致的小煲子洗刷得干干净净，然后对奶奶说："等爸爸妈妈带着弟弟回来了，我就用这个小煲子煲粥给弟弟吃。""好呢！"奶奶总是笑眯眯地说。

　　在我七岁那年深秋的一天，爸爸妈妈真的带着弟弟回来了。他们喜气洋洋地从一辆红色的出租车里走下来，妈妈的怀里抱着一个小婴儿。据说为了刚出生不久的弟弟，他们专程花了一百块钱从某地打出租车回来。爸爸问：奶奶呢？我说奶奶去了田里。爸爸说，去叫奶奶回来，说弟弟回家了。

　　记得我兴冲冲地跑到田头告知奶奶这个消息时，奶奶立刻把锄头一扔，笑眯眯地跟我一路小跑着回家了。因为光着脚板跑动，奶奶那自然地曲放在腰间的双手不自觉地有节奏地跟随着脚步前后摆动，显得特别轻快。一边跑，奶奶一边问我："弟弟是怎么样的？"我说："没看到，他用布包着。"过了一会儿，奶奶又问："弟弟胖吗？多胖？"我说不知道。

妈妈说："看啥呢？弟弟有那么好看吗？"我说："是呀，好看，很好看。"在妈妈和弟弟回家之后，我很高兴，一方面是见到所有人的心愿都遂了，另一方面是妈妈终于回来了，她再也不会走了。

很快冬天就来了。身为姐姐的我，开始学着提着一大水桶屎布尿布到小河边清洗。小我一年的堂妹小美也跟着我一起去。河水很冰冷，我们俩的手一碰到水就僵硬了，半天暖和不过来，很快还生了冻疮。可是我们可以一边玩水一边帮大人干活，心里还是非常愉快的。

妈妈变成了一位在家带孩子的普通妇女，没有了收入。不久，在爸爸和叔叔们的努力下，家里辟出了一个房间作为工作房，还不知从哪儿弄来了一些药品和针筒、药水，整齐地摆放在一个散发着木质清香的二层木书架上，让妈妈在家里行医。

我记忆中，那个小医馆的生意一般般。被吸引而来的，全是乡下附近有些小病小痛但又不至于要去镇卫生院看病的大婶大伯。妈妈从外公那里学过针灸，在工作中曾经也常应用，因此我见得更多的，就是她为长期痛症的病人们针灸。每当妈妈给别人做针灸的时候，我就远远地站在门边看着。那些比我的手掌还要长的尖细银针，被妈妈握在手里，准确地刺入病人身上的穴位，再被轻轻旋转。年纪小小的我便不自觉地打冷战：天哪，这样扎下去，难道不比头痛脚痛还要痛！

闲时，妈妈会手把手地教我打针。拿着白萝卜，按压一下找准位置，选中哪里就准确飞快地扎下去，一针一针，把白萝卜刺得面目全非，然后拿去喂鸡。

那段时期，妈妈对我加强了关于金钱的教育。每个孩子，总会在某个时期开始形成自己的金钱观。有很多父母，为了激发孩子的上进心，会故意把自己家的情况说得很糟糕，或者总是跟孩子说"为了养育你、供你读书家里已经花了很多钱，这些钱都是爸妈像挤牙膏一样挤出来的"。其实孩子听了之后，很可能一生都会背着这个沉重的包袱。它不仅会让孩子产生深深的自卑，而且成年后也摆脱不了。我就是这样一个典型的例子。何况妈妈说的这些"惨况"，总能在现实中找到"佐证"。于是小小年纪的我，对金钱变得越来越惶恐，更加压抑住自己心底的欲望，从来不会主动提出我想吃什么，我想玩什么，我想得到什么。每当买东西，我都会在心里飞快地衡量划不划算；不划算的话，再喜欢我都能忍住不买。只要多花了一分钱，我就觉得万分内疚，觉得对不起父母。

我对金钱的使用非常自律，这种高度自律后来延伸到日常的其他行为，保持至今。后来去上大学，我拿着每个月五百块的生活费精打细算，有时连肉也不舍得多吃，每个月竟然能省下不少。后来出来工作，有一次我在家族合股经营的企业里干活时不小心把毫米错报成厘米，导致玻璃店做出来的玻璃条需要翻工重做，但是店家还是要照收钱。虽然只是让公家损失了几千块，也没有人责怪我，但是我不能原谅我自己。虽然长大后的我也采取了一些方式自救，但实际上直到现在，我还是难以彻底摆脱那种伴随了几十年因为"家里穷"而带来的自卑感，以及面对金钱的得失会不自觉地计较与自责的纠结。尽管我明白，那样计较其实是一种很小家子的行为。看来，真正影响我们人生的，不仅仅是个人的努力与环境，还有曾经接受的教育以及成长的经历。

我喜欢存钱，到高中时已是同龄人当中的小富婆。存钱最大的目的，是为了增加安全感。安全感是一种好东西，很多人毕生都在寻找。其实我觉得自己并不是一个贪钱的人。明显不属于我的东西，我并没有什么贪欲要据为己有。可是在妈妈和弟弟眼中，我是个贪钱的守财奴。在我还在上中学的时候，他们总是笑话我，说我以后不能做财务类的工作，否则我帮人家数着数着钱，就会把别人的钱放进自己口袋了，随时要被抓去坐牢吧啦吧啦。当时面对他们的取笑，我只当他们瞎说懒得争辩，并没有意识到背后的原因是什么。

我成了别人的母亲之后，不会这样来教育自己的孩子。当我的孩子们问起"我们家是有钱还是穷"之类的问题时，我会告诉他们，我们不是有钱人，但也不是穷人，可以满足你们什么什么，但是如果我们想有更多的享受，例如要得到什么什么的时候，爸爸妈妈就需要更加努力地去赚钱了。例如爸爸要回去加班啊，妈妈要更努力地写稿子呀，你们也要努力读书，长大了获得高薪水的工作，那我们就可以怎样怎样了。哭穷是无法增进孩子的努力程度的。孩子需要的其实只是我们努力的样子，还有我们面对贫富时不抱怨也不膨胀的态度，是吗？

上大学后有一次跟妈妈聊天，我说，我小时候见到其他小女孩的红靴子，心里是非常喜欢的。我一直很想拥有一双红靴子，但是我从来没有向你们提过。妈妈听了之后，带着嗔怪说："你当时干吗不说呢，只要你说了我就会买给你。"后来我想，不是的，如果时光重来一次，我还是不会为了红靴子而开口。当我出来工作后，有能力为自己买好多好多红靴子的时候，却已经过了渴望拥有它的年龄。对红靴子的渴望，就留在了我的日记本里，再也没有被打开过。

　　弟弟是个小胖墩。妈妈让我背弟弟，瘦削的我没十分钟就说累了。家里专门为弟弟添置了一台结实的椅辘仔，也就是用竹子手工制作而成的专给小婴孩乘坐的玩具车。弟弟坐在椅辘仔里，我用绳子拉着椅辘仔在天井里来回地跑，一不小心就把车子拉倾倒了。弟弟连人带车摔在地上哇哇大哭，我吓得脸都青了。每当带不好弟弟，妈妈从来不会很凶地责骂我，只会嗔怪两句。反而是奶奶，有时会大声地批评我几句。

　　有一次，妈妈坐在靠近的竹椅上，抱着弟弟的胖屁股在盆子上拉便便，我则蹲下来观察弟弟的小屁股。妈妈问我，弟弟拉出便便没有。我说，拉了，弟弟拉了一条蜈蚣。原来，有蜈蚣爬进了便便盆。妈妈一听，吓得手忙脚乱地把光着屁股的弟弟高高举起来，笨拙地夺门而逃，嘴里大喊着叫我也赶快跑。我并没有跑，一个人留在房间里惊恐地大哭。妈妈没有再进来，只在外面抱着弟弟大喊大叫说我笨，叫我赶快跑。其实，有蜈蚣的便便盆就放在靠近门口的地上，我根本不敢跨过盆子冲出去。后来，是奶奶进来用鞋子拍死了盆子里的蜈蚣，才拉了我出去。

　　那时妈妈总是笑话我，说我在已经五六岁的年龄，还相信只要把一根小竹子安在屁股前面就能变成男孩子的说法。那是我们编出来开你玩笑的笑话呢，你看，弟弟这种才是真的，不能用竹子做的。我也笑，但是从来没有否认过。其实我很早就知道那是假的，可是我还是偶尔会就这件假的事情天真地发问，装得好像相信这是真的一样。你们不知道，只要我每次这样说，你们就会很开心。当我还是天真的年纪的时候，已经懂得装天真了，不知这是幸运还是悲哀。

　　我最快乐的，是弟弟出生后的那一两年，跟妈妈、弟弟一起度过的暑假。我们三个人睡在同一张床上——弟弟睡里面，妈妈睡中间，我睡外面。虽然我还是很怕鬼很怕黑，但因为能睡在妈妈的身边，能闻着她熟悉的体香，就什么都不怕了。我喜欢抱着妈妈的后背入梦，仿佛全世界都是我的。但更多时候，我是背靠着妈妈面对着床外入睡——这是很有效的对抗黑暗和鬼的办法，安全感会强烈很多。我后来想，那是我和妈妈之间，迄今为止难得一见的最亲密的身体接触了。

妈妈是个话痨子，什么都跟我说，除了给我讲故事，还会讲她和她娘家人曾经的经历，例如外公的故事、她的童年、她的学生时代、她刚刚出来工作的情形、她和我爸之间的事、她在外面打工的经历。我在倾听的过程中，有很多很多的问题问她，她都会很耐心地一一解答。妈妈还会叫我帮她挠背背。妈妈是一个很爱干净的人，所以我一点也不会嫌脏。相反，我觉得这是妈妈对我的信任，让我觉得很心安。

那是距离现在已有三十年时间的事情了。那种情形，可能是我们这辈子作为一对母女，难得的温暖融洽、最让我记挂的时刻。

## （五）远走

在弟弟两岁左右，妈妈和弟弟跟着我们回到了镇中学生活。妈妈回到了镇卫生院做临时工，日子貌似恢复到了生弟弟之前的一家人整整齐齐的状态。

但实际上情况已经有所不同了。妈妈在单位的离开与回归，前后若干年，单位很多人和事都改变了，工资少了一大截不说，她的心理可能还存在巨大的落差，估计做得比较憋屈。

　　靠爸爸妈妈两份微薄的工资，要养活我们一家人捉襟见肘。思量再三，妈妈决定再次离开小镇，外出打工。从这次外出开始，妈妈不再做普通的护士，而是采用跟医院合作的方式，用什么激光机去给病人治疗某些外科问题。具体的情况我并不十分清楚，只知道这门活的生意还是不错的，收费也不低。于是，妈妈聘请了我爷爷的姐姐，也就是我的大姑婆，来我们家里帮忙带弟弟，然后她只身前往外地某民营医院上班。大姑婆带了弟弟一段时间，就换成了我的爷爷来带。后来我再长大一点，带弟弟就变成了爷爷做辅助，我当主力。

　　记得那些年每到正月初七，妈妈就会带着行李，离家去外地打工。每年春节我们都是回爷爷奶奶家度过的，因此与她的离别，总是发生在爷爷奶奶家。我十分不舍，总是躲在家里的天台一边流眼泪，一边目送她远去。爷爷奶奶家的房子处在小半山腰，天台是三楼，能向东眺望很远。妈妈坐在请来的摩托车上，行李包捆扎在车尾，渐渐消失在我的视线内。那种离别的愁绪伤筋动骨，我总是强忍着强忍着，又忍不了，十分难受。堂妹小美有时会安慰我，有时会陪着我一起哭。哭只是一种属于孩子的发泄情绪，然而却并不允许。因为大人们都说，年初七是人日，人人生日，欢喜的日子不准哭。再者妈妈说过，有亲人外出，告别时若有人哭了，离家的人则会路途不畅顺。我很不舍得妈妈，却又怕因为自己哭了而让她路上不平安，只能拼命忍着。躲起来擦眼泪鼻涕的感觉委屈又难受，可若不躲，被奶奶发现了，必定又招致一顿责怪。

　　小美是二叔的女儿，曾经是我的好朋友，拥有血缘关系的好朋友。"曾经"这个词，有时让人不免伤感。由于种种原因，大学毕业后去了外国发展的她，与我渐行渐远。她是我的人生里，唯一一位感情没能存续的好朋友。我们之间的友情，只存活过二十二年。但我也明白，人是会变的，多年不见的朋友变得无话可说是正常的。只要你有成长，就不可能不面对这一点。现在我与她是亲戚，就是当有机会见面时打打招呼说说客套话然后礼貌地笑笑的那种亲戚。关于我们之间的友情，我曾经写过一段话："人生是一条河，是一个洗练的旅程，既洗练自身，亦洗练身边的人和事。每停靠一个港湾，回眸再看都是物是人非。你以为会一直都在的人，可能不知何时已经不再和你同一步伐，甚至不同了方向。只见背后雾霭重重，淹没退路，而前方莽莽苍苍，也一片迷蒙。"

　　那时，妈妈总是隔一大段时间就回家一趟，待上三五天再离开。她应该是把每个月的假期都存起来，一次性花在回家看看。妈妈新单位的福利不错，每个月给员工发两箱维他奶。妈妈舍不得喝，大老远把积存起来的几箱沉重的维他奶提回家给我和弟弟喝。妈妈说，她每次回家见到弟弟就心酸。那时的弟弟会跑会走了，见到妈妈回来，只会挂着两条鼻涕手握着那形影不离的玩具，也就是一根木棍子，躲在门后，不认得她。妈妈用维他奶逗他，他不接受，过后一个人偷偷翻看那箱维他奶。他不懂得用吸管吸溜，以为是没用的东西，用小脚板连续把几盒维他奶踩扁了然后扔去垃圾桶。身为母亲，见到这样的情形应该是非常痛心的。因此，当后来结束了分离的日子，妈妈加倍地对弟弟好。那是后话了。

　　妈妈有很多漂亮的衣服与高跟鞋。这些衣服，多数是她的侄女们，也就是我的表姐们淘汰给她的。表姐们毕业后一直在省城闯荡，哪怕是她们淘汰出来的衣服，也总引领着小地方的潮流。当妈妈不在家时，我就邀请邻居小清姐、小慧姐来我家，轮番换上妈妈的衣服，在我家客厅来回走动模仿电视里的时装表演。我也有许多漂亮裙子，也是表姐们买给我的。爸爸不管这些细节，但我自己会把所有的裙子排好队，只要每天轮流穿上去学校，就是漂漂亮亮清清爽爽的一天了。其中一条白色的公主纱裙是我的最爱，我通常在六一或者其他重大节日才会穿上，以示隆重。女同学们都很羡慕我，总是围着我和我的裙子转。

　　近几年，生活逐渐稳定下来的我，也给自己买了许多漂亮的裙子，一件一件地用衣架挂起来，按照款式风格颜色整齐有序地排列在衣柜里。每天晚上临睡前，我会去拨弄一下，挑出明天想穿的那一件，让明早不至于慌乱。那种轻松愉悦的心情，仿佛就是一个小小的仪式。它告诉我，无论生活多么糟糕，我们都可以通过这些小小的事情让自己镇静下来，以良好的心态去迎接下一个明天。

　　有一年临近六一儿童节，学校将要举行文艺演出，班主任老师安排我们班上的女同学们跳舞。那天放学后，老师拿着一台录音机来到教室，给我们播放用作伴舞的歌曲《鲁冰花》。播着播着，来到音乐高潮处，一群孩子情不自禁地跟着唱起来："啊……啊……夜夜想起妈妈的话，闪闪的泪光鲁冰花……"我的眼泪忽然夺眶而出，顿时哭得稀里哗啦。老师和同学们围拢过来，问我发生什么事了。我用力地擦着眼泪，使劲吸着鼻子，难为情地说："我、我'啊'得太大声了……"老师爱怜地摸摸我的头，小声说："想妈妈了是吗？"她不提倒好，一提，我的眼泪又涌出来了，怎么也擦不完。

　　由于妈妈常年不在家，爸爸的男同事们总喜欢来我们家聚餐和搞活动。例如煲汤、做菜、蒸包子蛋糕、打牌、看球赛等等。我很喜欢自己动手蒸包子蛋糕，就是因为那时候跟着爸爸学会了。有这些活动时，爸爸大多数会叫我和弟弟留在房间里不要出来，叫我写完作业就哄弟弟睡觉，而他则装些好吃的肉和汤进来给我们在房间里慢慢吃。每当这时，我的心里就会泛起一阵一阵的委屈——这是我们的家，为什么我们要像贼一样藏在房间里不能出去呢？其实爸爸应该也不是嫌弃我们俩，只是这位伪单身想和同事们玩得尽兴一点又尽量不影响我们的睡眠而已。

　　当然，妈妈外出打工的日子，在家的爸爸也并非闲着。为了给我们创造更好的生活条件，一直忠厚老实没什么其他特殊技能的爸爸，在工作以外进行了不少尝试。有一次，爸爸和两位老师承包了中学的松果米，到收获季节，就雇了一辆小货车送一麻袋一麻袋的松果米到广西售卖。松果米，就是松果晒开后的一粒粒松米，用来做种子的。那趟旅程，爸爸把我也带上了。那天我有点晕车，一直伏在爸爸的大腿上昏睡。爸爸说那天我穿了一件单薄的格子衫，经过林业站时，一位女工作人员还拿出衣服给沉睡的我盖上了。醒来后，爸爸问我还晕车不。我说车子开得很快，我好怕。爸爸摸着我的头说："不怕的，你继续睡觉。"在广西，爸爸带我去吃了一碗牛腩面。那是我人生第一次吃牛腩面。虽然那天的我因为晕车而胃口不佳，可那碗牛腩面真是香，让后来的我一直念念不忘。牛腩面在我心目中，从此就跟广西紧密地联系起来了，不可分割。

　　但爸爸那时的脾气有时不太好。如果我没带好弟弟，必然会招致一顿责骂。如果我的成绩稍有退步，没有稳定在全年级前五名，也会挨骂。因此我的状态经常是战战兢兢的，生怕一不小心就点燃了炸药桶。记得有一次，我带着弟弟把墙上的日历纸撕下来折小船玩，等爸爸发现时，日历纸早已被玩得不知去向。爸爸当时大发雷霆，说他去做泥水工的工时就用笔记在了日历纸上，现在没有了怎么算工钱?! 我瑟瑟发抖，既害怕又内疚，连续两个晚上都不能安睡。长大以后我才理解了爸爸。因为穷困与劳累，确实会让成人身上背负不少压力。而听话懂事的孩子，一般就会成为父母发泄的出口，因为他们不会反抗。当我明白这个道理之后，总是提醒自己别经常把情绪带回家。

在外地那单位工作了一段时间以后，妈妈先后又辗转换了几个地方的医院工作，然后回到了离家较近的邻县人民医院上班。每逢放假或周末，我和弟弟就被爸爸安排坐上一辆他的学生拉货用的小面包车，妈妈在邻县某个地方事先等候着接我们，实现无缝对接。那时，妈妈被院方安排住在医院住院大楼的七楼。那层楼的布局虽然跟下面几层楼的一样，却并不用来作病房，而是给一些单身的，或者来短暂学习、实习的医务人员居住，因此整层楼多数时候是静悄悄的。只要妈妈去上班，我和弟弟就被锁在房间里，不能踏出房门半步。

那房间真是豪华，有独立卫生间和冲凉房，有两张大大的松软的席梦思床垫，还有一台彩色电视机。对于这种软绵绵的床铺，我还是第一次见，跟家里的床板非常不同。要知道，那只是九十年代的中前期。每到饭点时，妈妈就去食堂打丰盛的饭餐回来，我们三个人乐滋滋地围在一起吃。当时还没有防盗网这茬事，妈妈总是担心我和弟弟会爬出后阳台掉下去，因此编了一个

"阳台外面有大蛇，你们伸头伸手出去就会被它咬住"的谎言来
吓唬我们。后来，我也用了类似的谎言来防止我的小孩爬出阳台
和窗户。我左脸上面一颗小小的痣，就是那时在妈妈的工作室，
被她和她的同事用激光机给我做掉的。

妈妈有点喜怒无常。有一晚聊天，她对我说起爸爸迎娶她的
那天，发生的一些搞笑的小插曲。我年纪虽小，但是能体会到她
的快乐。当时我撒娇地伏在她的背上听着，说："妈，你是不是
很想跟爸爸再来一次这么开心的事呢？"其实我当时应该是"这
么好玩的东西要不要再来一次"的意思，小女孩也不懂有别的意
思。妈妈忽然翻了脸。她大声地训斥我："你什么意思?! 是想我
和你爸离婚再重新结婚吗?! "我当即吓得脸色煞白，整晚不敢再
吭声。

类似的事情还发生过一回。当时我可能上小学三四年级吧，
有一次在家，妈妈不知从哪里找出来一些信件和纸条，喜滋滋地
递给我看，说这是跟我爸恋爱时互相赠送的情诗。当时楼上的小
慧姐来找我玩，我们俩坐在木沙发上一起饶有兴致地翻看这些纸
条和信件，还大声朗读。妈妈从房间里走出来，见到这一幕，发
怒地冲上来从我们手中夺走所有东西，用力地全部撕烂并扔进垃
圾桶，口中说着批评的话。我当时觉得既害怕，又可惜。

每天傍晚或者到妈妈的休息日，妈妈就会带着我和弟弟外出
游玩。从医院出来，往前走一段较长的林荫路，就会来到烈士陵
园。烈士陵园的绿化很好，有很多高大的树木，环境整洁干净，
空气非常清新。从正门往里面的林荫道走几十米，就会见到一个
烈士英雄纪念碑。妈妈教我，每次来到这里，都要首先对着纪念
碑下的革命先烈作揖，感谢他们。我喜欢这个清净素雅的地方，

后来它承包了我小学生涯关于写景类、游记类的所有作文。

从烈士陵园门口的三岔路朝东边走，就会来到一个游乐园。那是一个典型的九十年代公园，有一个水质并不清澈但有游船游荡的湖，有一些小火车、旋转木马等简易游乐设施，还时不时有外地人过来搞临时展览。有一次，草地中央的一块空地被生生围了出来，密不透风，看不清里面的状况。围板的四周挂着各种连体婴的宣传图片和简单粗暴的宣传语，操着普通话口音的人站在门口招呼我们买票进去看："两块钱，两块钱一张票，可以看真的连体婴！"我好奇地停住，妈妈却拉着我们急忙离开。妈妈说，里面只不过是放着几只桶，桶内用一种叫作福尔马林的药水泡着几具连体婴尸体而已。

对于尸体，我实在是怕。可是在医院里生活，总免不了撞见这些事。从医院到烈士陵园那条路的路边，时不时会见到弃婴，用脏兮兮的布包着，简单地被放在路旁的花丛边上。有时会有人围观，有时没有吸引任何人驻足。我其实打心里是非常好奇的，很想靠过去亲眼瞅一瞅，可是我不敢，妈妈也不会允许。有一次，一个被包得严严实实的弃婴被放在路边，我们连续两三晚散步都见到他还在。妈妈说，好惨哪，那个小婴儿应该已经死了。死了？我觉得实在难以接受，然后心里生出许多"他们会如何处理这婴儿尸体"的想法，例如被清洁工扔去垃圾堆？有人专门挖个坑拿去埋？还是一直放到发臭被人随便扫走？

可最令我害怕的并不是那些弃婴，而是放在医院门口的棺材。好几次我们从外面回来，刚回到医院大门附近，就见到一两副红色棺材停在路边，等候着把医院里的逝者拉走。那真是我的噩梦！我每次就在妈妈的指挥下，双手掐着中指辟邪，嘴里反复小声念着佛语，低着头从大门另一侧往里走。每当这样，回到七楼的房间我就会满身大汗，惊魂未定，得怕上好几天。

时间来到1994年。妈妈离开了邻县，前往她外出打工的最后一站——沼城某某医院。那是一家民营医院，位于长亭中路。只要你驾车从那里经过，车速稍慢的话，就可以发现它的存在。当然，它如今的寥落，不能跟当年的热闹相比。据说当年的院长姓何，为人刻薄。前两年我还在城西另一家民营小医院门口的横幅上，见了何院长的赫赫大名。他应该是在那里坐诊吧。真是宝刀未老，只是不知道生锈没有。

那一年的春节前夕，我和爸爸弟弟坐夜车来到了沼城，住进了该医院四楼的女生宿舍。跟妈妈同宿舍的几位同事女孩子，要么回了老家过年，要么识趣地暂时搬到了其他宿舍，以便把这间宿舍腾出来给我们一家四口享用。留下过年的其他宿舍的女孩子们，对我们一家人的到来非常欢迎，各种好吃的送给我和弟弟。那些女孩子全是未婚的年轻姑娘，来自五湖四海，都很单纯和友善。妈妈后来离职后，仍然与她们当中的小部分人保持了十几二十年的联系。

这家民营医院有洗头和按摩骨头的业务，妈妈的同事姐姐们拉着我去享受了。她们拉着我到二楼，一边叽里呱啦地用我听得不太懂的普通话说话，一边给我洗头揉头皮，一位哥哥还用花洒给我冲水，全程我的手都没有沾到水。这种服务真是……让我很不习惯。更不习惯的还在后头，他们说要给我按摩骨头，让我躺在一张按摩床上，给我按得又痒又疼，我费了好大的忍耐力才忍受完毕。

那一年的春节，我们的节目非常丰富：有时去在磁铁厂上班的五叔宿舍走走，有时去逛逛当地知名的景点与热闹的街道。不久，我的五叔就从磁铁厂辞职出来创业，起起落落二十余载。那年年初一当天，我们家和姐姐们还绕着市区的大湖逛了一大圈，号称"行大运"。当然，经过售票处，爸爸还是走过去问了价钱。应该是价格不菲吧，因此大家决定不进景区，继续在外围溜达。那是我第一次亲手触碰沼城。后来，还把这个愉快的寒假写进了作文里。

忽然想到，妈妈当年的年龄，跟今天写下这篇文章时的我的年龄是一样的。我们都曾经在各自的生活里，经历了那么那么多。

# （六）转折

妈妈是一个藏不住秘密的人。

我和爸爸、弟弟回到小镇继续过平静的生活，有一次妈妈从沼城休假回家，告诉我一个天大的秘密——她和爸爸正着手搞爸爸的工作调动，如果顺利，爸爸可以调去沼城，以后我们全家就在沼城生活。妈妈问："你喜欢沼城吗？"我欣喜若狂："喜欢！很喜欢喜欢喜欢！"得知这个消息后的那段日子，真是愉快到了极点，我做梦都会笑醒。但是冷静下来后，我心里又对同学们与小镇有不舍的念头，对未知的未来又有几分恐惧与担忧。

妈妈说："未来一段日子，爸爸要经常外出去搞调动手续的事情，弟弟放回爷爷奶奶家，你白天去陈老师家里吃饭或者自己下面条，晚上叫小清姐小慧姐陪你睡觉，你要听话，好好做作业，不要到处跑。"我答应了，还一一做到了。

只是有一次，爸爸说好要回来的那天还没回来，傍晚我自个去鸡窝捡完鸡蛋后回到操场边，碰上了秦校长。秦校长亲切地问："吃过饭没有？爸爸不在家，你习惯吗？"他不问还好，他一问，我顿感委屈，手里握着两只鸡蛋，撇着嘴站在操场边掉眼泪。秦校长爱怜地摸摸我的头，把我领回了他的家吃晚饭，还叮嘱小清姐好好陪着我。这是一个微小的举动，我却至今对秦校长心怀感激。有时候，一个人对另一个人的好，并不在于做了多少惊天动地的大事，而是体现在某些不起眼的细节上。后来的我跟我的孩子们提起这件事时，我告诉他们，哪怕没什么事，我们平时也可以对别人多关心问候几句，多主动帮帮忙。我们确实需要，把爱与善良的种子，传递下去。哪怕发出的亮光很微弱，根本微不足道。

可惜，那一年爸爸的工作调动没有成功。沼城某中学已经决定了要接收他，可是当地的教育部门因为教师较为稀缺而不肯放人。第二年，爸爸妈妈继续为工作调动的事情奔波。这次，当地肯放人了，可轮到沼城这边已经满员了。时间已经来到了1995年的8月底，爸爸的工作还没有落实。开学后，他和妈妈都留在沼城继续活动而没有回小镇，在爷爷奶奶家过完暑假的我则回到了镇中学独自生活，心急如焚。在爸爸妈妈的指示下，准备升六年级的我并没有如期回小学报到，而是在9月初的一个上午独自回了小学，找小学校长写转学通知书。

小镇不大，爸爸在搞工作调动的事，应该全镇都知晓了。校长问："写转去哪所学校呢？"我说："我不知道，我妈妈说先写着。"校长又问："那你爸爸去哪里上班呢？你们什么时候出发？"我低声说："我也不知道。"校长没再问，爽快地写好了转学通知书，交给了我。

离开教师办公室时，下课铃响了，几位要好的女同学从教室走出来簇拥着我，问长问短。我既不知如何回答，又带着万分不舍。当中的两位女同学，多年来在学习和人缘上跟我不相伯仲，让我一度非常嫉妒，甚至生出"既生瑜，何生亮"之感。但在那一刻，我心中对她们的愤恨完全消失了，取而代之的是惺惺相惜的感情。

当上课铃响最后一遍的时候，簇拥在我身边的人已经散去，一位矮胖矮胖的女生飞快地冲过来，往我的手里塞了一些东西，就从后门冲进教室了。那是一个崭新的作业本子，里面密密麻麻写满了字。我很感动，因为那是她送给我的临别礼物——她自己创作的故事。

这位女生姓黄，上四年级的时候曾经坐在我的前面，平时不爱吭声，成绩平平。同学们说她的妈妈死了，爸爸新娶了一位带着两个女儿的广西女人。广西女人的女儿插班到我们年级的隔壁班。班里有些坏男生总是故意问她，那谁谁和谁谁是你的姐姐还是妹妹呢。她总是低着头，不说话。她很喜欢写东西，经常会创作一些当时在小学生当中流行的狐仙、鬼怪的故事，把小小的作业本写得满满的，然后给坐在她附近的几个女同学看。

我也看过她的不少故事。有一次上自习课，她把一个小本子递给我，说是刚刚写好的，给我第一个看。那是一个跟七仙女与董永相类似的故事，只不过把男女主角以及大反派的名字给改了。我低声问她："写这么多字，你手不累吗？"她转过头看我，眯起小小的眼睛，扁平的五官被羞涩的微笑撑得十分生动。她压低声音回答："不累。我喜欢写故事。我长大了想当作家。"我说："我也想当作家。但是写那么多字太累了，我还是不当了。"她说："我累也不怕。写故事的时候我觉得很快乐。"在我转学离开一年后，她举家迁往广西生活了，我们再也没有联系。后来在时光里我还是偶尔会想起她。不知道她圆梦了吗？人生那么长，生活那么苦，她还会在写作中体会这难得的快乐吗？

写完转学通知书的那天，我是从小学的侧门离开的，跟我过去几年上学放学的路线一样。一步一步沿着那条长长的台阶往下走，我的泪珠一滴一滴一滴地滚下来。我猛擦，泪水猛流，眼前一片模糊。最后，我是咬着嘴唇回到家的。

校园的西边有个荔枝园。在我转学离开前不久，校长曾提着工具喊我跟着他去栽种牵牛花。不知那些牵牛花，后来会在时光里蔓延出一片青绿吗？

几天后，我和弟弟在爸妈的安排下，由六叔领着从小镇坐客车去到县城，再从县城乘坐轮船，前往沼城。那次应该是我最后一次乘坐往来于西江的红星3××轮船。因为不久后，随着公路事业的发展，这些轮船陆续退出了历史舞台。我对那些轮船有着天然的好感，不，应该是我对所有船都有着天然的好感。对于"我从哪里来"这样的问题，妈妈最初给我的答案，是从"大船罅"上面捡的。她还像煞有介事地说，是红星324。以至于我小时候每逢经过西江边，总会不自觉地寻找红星324这条载着我顺水而来的"大船罅"。

那天，我拉着弟弟的小手坐在客船的床位上，隔着玻璃窗户看着外面浩荡的西江水与对岸的青山，忽然就想起了小时候妈妈教我背诵的那句"两岸猿声啼不住，轻舟已过万重山"。

　　到沼城的随行行李，除了必要的衣物，我还把上学年的课本和学习笔记全部带上了——不知什么时候才能入学，不知道将会去到什么学校，但是我得提前准备好。到达沼城后，我们住进市实验小学附近一条横巷拐弯处的一间发廊。我的大表姐刚刚把发廊盘下来，准备跟二表姐在这里大展宏图。

　　发廊的一楼用来做生意，后面有个小小的厨房和卫生间，二楼夹层则是用来住宿的。那时除了我们一家四口，还有几位表哥表姐在这里同住，拥挤又热闹。发廊就在市实验小学侧门附近，我每天总是见到那些穿着整齐的校服上学放学的小学生来来往往，总是能听到他们的上课铃下课铃，而我却只能躲在发廊的玻璃门后，眼巴巴地看着这一切。大人们都说，等爸爸搞好调动手续，我就能进入这所小学读书了。那所学校对于我来说是陌生的，但也是令我期待的。我希望自己也能过那样的生活，可是我对那种新生活又很恐惧。

　　我们来到沼城的第一个晚上，大表姐说，明天我们一起去茶楼饮茶。我故作惊讶："饮茶在家泡茶叶不就是了吗？"大伙哈哈大笑："山妹子，我们说的'饮茶'不是你认为的'饮茶'，明天你就知道了。""哦。"我继续故作惊奇地应道。其实，我怎么可能会不知道他们说的是啥呢？没吃过猪肉，也见过猪跑。我从电视剧里知道得一清二楚，只是当时不知出于什么原因装模作样而已。

　　彼时，妈妈每天往来那民营医院上班。每当我问起她关于调动的进展，她总是说还不知道。而我，压根不敢问爸爸，因为他的脾气总是不太好，并且早出晚归。平日闲来无事，我就窝在发廊的夹层里开着小台灯温习课本，写写日记，抹抹眼泪，或者跟弟弟玩一下。在焦灼的等待中，9月底终于有了确切消息：沼城的学校是进不了的了，我们改去茴城。

那时，爸爸的大学同学席叔叔已经是茴城某单位的小领导了。在他的召唤和帮助下，爸爸的工作调动方向忽然改途成了茴城。虽然大家对于茴城完全没有心理准备，但是能确定下来终究是好事。

很快，我和弟弟跟着爸爸妈妈坐车回到了小镇，开始收拾细软。那几天我的心情真是沉重，对小镇的不舍与对未来的恐惧这两种巨大的情绪，渐渐变成了压力，让我吃不香睡不好。

1995年10月1日上午，在邻居们和爸爸的学生们的帮助下，我们全家的行李被打包好搬上了一辆大货车上，并被一一固定好。大货车启动的那一刹，我的泪珠滚了出来。我拼命睁大眼睛，压制着哽咽得有点疼痛的喉咙，用力地朝车外挥手，跟这个生活了十二年的地方，跟这里所有熟悉的人告别。心，就像崩开了一个大口子一样疼痛。

大货车驶离小镇中学，驶向街尾，在一家叫民安饭店的餐馆前停了下来。我们全家，以及跟爸爸关系比较好的几位老师，在民安饭店里吃了一顿践行饭。那顿饭我忍住眼泪，吃得如鲠在喉。我不时望向门外，看着民安饭店旁边那间小卖部。

我那时心里有好感的那位男生就住在小镇的街尾。他爷爷的名字叫国泰，家里开了一家小卖部；他爷爷弟弟的名字叫民安，家里开了一家叫民安饭店的餐馆。那一天，我多么渴望可以再见一面那位男生，尽管我清楚地知道我们必然没有结果。那一天跟你们所有人的想象一样，我并没有见到他，也没有人知道我渴望见到他。被人们编写出来的小说，总是会出现许多意想不到的奇迹与巧合，让人热泪盈眶。可是现实往往是如此打脸，被期望的一切都没有发生。

事实上，这个故事有一个你们意想不到的结尾。二十年后的冬天的一天，我和那位二十年来一直没有见面也没有联系的男生坐在深圳麦当劳里吃东西，他主动说起我们举家离开小镇的那天。他说，他当时就坐在小卖部的最里头，一直看着我们，最后目送着我们的车子离开。他说，那天他很难过。听到这话的时候我很想哭，不为什么。但我们是没有遗憾的。这样的结局就很好。

那天，爸爸妈妈花了几百块钱请来帮忙搬家的大货车行驶在G3××国道上面。那天正是G3××国道正式通车的第一天，到处彩旗招展。我坐在前排，看着美好的一切，却怎么也开心不起来。后来，G3××国道成了我们从茴城往来小镇老家的主干道。此后的几年时间，我都非常憎恨G3××国道这一大段漫长平坦的路。因为那条路对于我来说，意味着离别与伤感。只要我走在那条路上，就会很自然地流泪，眼泪无声无息地掉出来。时间再往后推十来年，来到2008年前后，由于和男朋友异地恋，我每个周末都必须奔忙在这一条路上。我对这条路，满是深深的厌恶。在厌恶的背后，是对世事强烈的无力感吧。

前段时间，我一个人开车回了一趟茴城，又走到了这条路上。行驶到某路口的转盘时，隔着玻璃也闻到了窗外闷热焦灼的空气。那些年，每一个寒暑假，我就是闻着这种熟悉的味道，来来往往，走在这条百感交集的路上。

尽管我对这条路有点情绪，可这条路是很多人的希望。

自90年代开始，每年春运，一批批农民工骑摩托车返乡就成了一道道风景线。大家约定俗成地把这类农民工，称为"铁骑大军"。他们家中上有老下有小，在外打拼了一年，终于等到了回家过年团聚的日子。那些成千上万的摩托大军，载着亲人，携着大包小包年货，风尘仆仆地从广东珠三角地区沿着当时的必经之路G3××国道返回广西、贵州和云南等地过年，在年后又再次返程，场面极为壮观。风雨兼程近千里，生死安危就在一瞬间，即便如此，也阻挡不了他们满载乡愁的回家路。

我对铁骑大军最初的印象，也就是从这时开始的。那些年，我亲眼见证过很多的"风景"。通常一部"铁骑"的标配，是男人+女人+行李：男人作为驾驶员，身穿大棉袄大风衣与水鞋，戴着头盔，有的甚至用胶袋把双脚捂紧，戴着厚实的手套，浑身包得严严实实；男人身后是穿着颜色较鲜艳外套的女人，她小心翼翼地坐在中间，双手从身后抱着或者扶着驾驶员的腰身；摩托车后尾架的行李垒得像小山高，结结实实地被绑在车子的最后面，那是他们带回家过年的年货，一整年的心意全都在里面了。对于他们来说，现实再难，总有解决的办法。不畏风霜，不畏辛苦，一年到头只为此刻的"回家"。

他们可能开得太远太累了，在天气晴好的时刻，不停开了几个小时的男人们会选择在路边的草地上歇息。女人们会为他们递上热水，或者捏一捏按摩一下他们冷得僵硬的手脚。年纪小小的我，虽然每次都坐在大客车或者叔叔们后来拥有的小汽车里，但同样能体会到迎风骑行那种扎心的冷。路上的摩托车一多，难免造成一路浓烟滚滚、轰鸣震天，还会发生争道抢道的事情。而且车多人多，时不时会发生事故。我也见过不少在路边摘掉手套、挽起裤脚止血的人，一瘸一瘸捡起路中央破碎头盔的人，以及推着摇摇晃晃的摩托车停在路边一筹莫展的人。连日阴雨、道路湿滑是我们最不愿意见到的情形，因为这样必定增加了出现事故的风险。几度风雨，几度春秋，风霜雪雨搏激流。平凡人的生活，骑摩托车回家过年的农民工，也许就是社会大多数人的缩影。

年少的我，会好奇地问爸爸，他们为何如此折腾，坐大巴不好吗？爸爸说，很多外出务工的人其实收入不高，赚钱很不容易，所以能省则省。开摩托车回家的成本，比坐火车、大巴要低很多。加上他们大多生活在乡下，交通非常不便，未必有汽车直通家里，何况春节探访亲友还是得有一台摩托车才方便。而且摩托车是农民工在打工地的主要交通工具甚至是主要财产，他们也会担心若不把摩托车骑走就会被人偷走。

与铁骑大军交相辉映的，是源源不绝往西开去的长途大巴。与此应运而生的，是国道两旁林立的听闻专宰过路客的大小餐馆。当时谁会料到，来到二十多年后的今天，铁骑大军会渐渐消失，道路两边的餐馆已然凋零，甚至珠三角的长途客运站也因客源骤减而关停不少。

百度会告诉你，2003年起，××市由交警牵头策划组织，公路、交通、总工会、共青团、妇联、医疗、志愿者和企业共同联手参与开展"暖流行动"，免费为铁骑大军提供食品饮水、摩托车检测、换车胎等服务。"暖流行动"已成为××市志愿服务一张特色"名片"，影响到周边省份城市。他们没有机械地套用法律和安全常识来指责铁骑大军返乡这一行为，而是在铁骑大军返乡沿线设立了大大小小的春运服务站，免费提供医疗、食品、取暖、休息、车辆保养维修等服务，准备热水、食品、急救药品等，及时救助沿途滑倒摔伤人员。在过去铁骑大军的鼎盛时期，为确保他们的安全，当地政府甚至还动用警车为他们开路。

　　长大后的我，几年前曾跟着单位同事加入了当年的"暖流行动"，来到G3××国道旁某春运服务点，为过路的铁骑大军提供服务。那天恰好是大寒。冬将尽，春将始，只待游子归。

　　那是我第一次近距离参与这种与铁骑大军息息相关的活动，十分激动。但那天的大军稀稀疏疏的，没有想象中的浩荡。甚至当中有好几个时段，是服务点的工作人员远远多于过路的摩托车。他们有的在摩托车头插着手机支架，一路回家一路直播，到达服务点时还把很多镜头给了身为工作人员的我们；有的在摩托车尾架着音响，放着激扬的音乐一路向前，戴上墨镜，装备齐全，犹如《速度与激情》里随时准备浪迹天涯的男主；有的在车尾绑了两三只大鹅，摩托车停下来时，探出来的鹅头一伸一伸地朝大家嘶叫，引来很多笑声。更多的是看起来五十多岁的憨厚的农民工夫妇，把摩托车停在一旁整顿一番后，略带怯怯地走过来问我们可否装一杯热水。我朝他们笑，说这里免费供应热姜茶与开水，那边有方便面和饼干，还有八宝粥，我带你们过去取。

　　近几年的铁骑大军越来越少了。究其原因，除了交通便利了，人们经济条件变好了，还有一个重要的因素，是以前骑摩托车的人变老了。一个令人心酸的现实是，以前会骑摩托车千里返乡的人，如今年纪已大，不能再出来打工了。岁月不饶人，看着一年一年的铁骑大军从身边而过，我的爸爸妈妈已从壮年步入老迈，我也从一个小女孩变成了一位中年人。而且很多用人单位不再愿意招聘大龄的农民工，当年的摩托大军主力如今已经没有就业市场了。现在的新生代农民工，是很难接受骑摩托车千里返乡的，他们怕丢脸，怕被人笑话。何况现在很多年轻人，已经没有老一辈人那种省吃俭用的心态了。但不管怎样，这个群体真正变少了其实是好事，总的来说，证明社会在进步。

路上成千上万的摩托车集中返乡的景象我们应该越来越难再见到，这逐渐成为一代人的回忆。在时间的流逝中，铁骑大军终将消失在历史的长河之中。由铁骑大军背后联想到的，是千千万万的留守儿童。那些留守儿童已经长大，他们很多人重复着父辈当年走过的路，成为带有鲜明时代特征的新一代农民工。

对于那些素不相识的铁骑大军，我一直觉得是熟悉而可敬的。我们哪怕不能到路边的服务点去为那些农民工兄弟送上一杯热茶，但至少能够拒绝"何不食肉糜"的态度。没有他们，恐怕就没有今日珠三角无数高楼间温馨的万家灯火。当每年新春的烟火再一次照亮珠江的波澜时，在一千多公里外连绵叠嶂的群山之中，一缕炊烟正袅袅升起。那缕缭绕的炊烟，也许就是某位农民工兄弟一年到头的全部热望。

把镜头拉回1995年。我们举家迁到崀城后，撇开才五岁啥也不懂的弟弟，妈妈应该是我们全家在这次搬家里，最忙前忙后欢呼雀跃的一个。也许对她来说，那是扬眉吐气的一天，是新生活的开始，是即将结束这些年来奔波劳碌的先兆。

我们入住了爸爸新单位的教师宿舍。妈妈时不时从沼城休假过来，我们在新住处里重聚了。一个周末，我和妈妈、弟弟三人带着傻瓜相机去了公园拍照。我们拍完了一筒胶卷，事后把照片全部晒了出来——妈妈愉快地笑，弟弟无忧无虑地笑，我却没有一张在笑。自卑与不适应，一直如影随形地跟随着来到崀城头两年的我。

爸爸首先入职了崀城的一所学校。由于爸爸是开学后一个月才入职报到，学校只能分给爸爸两个单间作为宿舍。爸爸妈妈和弟弟一间，同时作客厅；我自己一间，同时作厨房。解手和洗澡得去公共卫生间。那时的治安很不好，我们晾晒在走廊的衣服偶尔会被附近的民工半夜上来偷走。我上初一开学的第二天清早，大家发现整栋楼的衣服被偷了个一干二净。还有一个晚上，半夜发现有人从我房间的窗户拿一根棍子伸进来撩衣物，被我发现后大声疾呼，叫来隔壁房手持木棍的爸爸，才把贼人给吓走。我却被吓得整晚都睡不着了。

　　貌似只有到了这一年，我们一家人才真正完整地每天生活在一起。虽然都是一家人，可我真的不习惯，开始时我饭不敢多吃，话不敢多说，每当说话时就不自觉地脸红。爸爸妈妈时不时会争吵。有一次，为了缓和气氛，我忍不住小声说了一句："你们工作调动就是为了解决夫妻两地分居的问题呀，可是为什么住在一起老是吵架呢？"我预设中，说完这句话爸爸妈妈应该会安静下来和反思一下。可是，他们不约而同训斥我："小孩子懂什么！"我的脸立刻又红了，好没趣，立刻就走开了。也许正是具有这种敏感而内敛的性格，才导致了我在文字上淋漓的发挥。当然，我们整个家族都是羞于表达感情的人，可能与时代有关，可能和当时的社会风气有关，也可能和我们家的传统有关。

　　在这里，我们认识了不少新邻居。跟我们同一层楼有一个邻居叫甘老师，一个来自西北的三十出头的女人，说话带着流畅的卷舌音，让我每次不得不竖起耳朵听她说话。她有一个头发卷卷的像天使般漂亮的女儿，十分可爱。她坦然地说，她跟她的丈夫分手了，自己带着女儿一个人来到茴城生活。我仿佛见了外星物种，每次见到甘老师都不禁仔细打量她，看她跟其他女人有没有什么不同。西北那个地方我只在地图上见过，想不到如今竟然能亲眼见到西北人。而且，在我和我的家人的认知中，从没有见过离婚的人。她是第一个。

二楼楼梯口的另一边，住着一个沉默寡言的年轻单身女教师。我不知道她姓甚名谁，因为她每天独来独往，从不跟人打招呼。听说，她和本校一位已婚男教师发生了婚外情。那男教师看起来黑黑实实的，不帅。男教师家里的龙凤胎儿女才一两岁，妻子就找上门来了。他的妻子看起来瘦削柔弱，可是爆发力惊人，用一个打气筒把女教师的头给敲伤了，流了一地的血。此事闹得人尽皆知。此后，女教师更加低调。不久，她考上了北方的研究生，消失在人们的视线中。那是我人生里第一次认识婚外情。对与错，我无从考究，也不懂分辨。虽然我由始至终不曾和女教师说过一句话，但是我始终记得她那张平静沉默的脸，带着无限的伤感与憔悴。

紧挨着我们家的，是一位姓柳的单身男教师，当时二十出头。他很矮很壮实，很受学生的欢迎，总是有三三两两的学生结伴来到他的宿舍玩，弹吉他、听歌、聊天，青春飞扬。我后来才知道，那应该是柳老师悲苦的前半生里为数不多的快乐生活。

几年后，柳老师跟一位姓杨的女教师组建了小家庭。婚后不久，杨老师骑着摩托车下班遭遇了车祸，从死亡线上抢救回来后重度残疾了。柳老师和其父母倾尽家财，照顾了杨老师好几年。但杨老师永远都没有恢复成正常人的一天了，无法工作，无法生育孩子，甚至连生活也不能自理。妈妈与几位旧友有一次曾上门探望，但已面目全非的杨老师流着泪口齿不清地叮嘱，以后请不要再来了。妈妈事后叹着气对我说：我以后再也不去了，杨老师

可能并不希望别人见到她现在的样子。再后来，对未来生活看不
到丝毫希望的柳老师和另一个无法生育的离异女教师"好上"
了，闻说还请人抬着杨老师去离了婚。不久，杨老师咬舌自尽，
结束了生不如死的日子。当年跟杨老师私交甚好的妈妈跟我说起
那些事的时候，说，她后来曾多次在路上或者市场里碰到柳老
师，但都故意别开头，再也没有跟他打过招呼。

　　每次听妈妈提起这件事时，我总是在想，面对那些无法破局
的困境，柳老师能怎样？他又可以怎样？我们只是普通人，不是
圣人。这是一个就发生在我们身边的事件，让年轻的我非常震
撼。也就是从那时起，我清楚地知道了人生的幸福不是必然的，
也许某天就会横生枝节。我从来没有把这个故事写进我的文字
里。在真正的悲剧面前，任何文字都是苍白无力的。悲剧里，所
有的人都是输家。令人讽刺的是，那个制造了柳老师家庭悲剧的
车祸元凶在现场即逃之夭夭，只留下一辆套牌车。在二十年后的
今天，真凶仍不知所踪。

　　迈进新世纪的前后几年，社会治安还不是那么好，出于自身
安全着想，妈妈不但不会佩戴任何首饰，连正规的钱包都不敢使
用，只会使用方便面袋子来装钱。黄色的华丰方便面袋子，是她
经常使用的"钱包"。这种习惯后来还延续了十多年。当时谁也
不会想到，二十年后的今天，满大街都是高清摄像头，人们会使
用电子支付，生活水平提高了许多个档次。

　　手机这个便捷的工具，在千禧年前后也开始进入寻常人家
了。在20世纪90年代中前期，我们对于手机的认识，还仅限于被
戴着金项链的暴发户夹在胳膊下的像大水壶那么大的大哥大。席
叔叔身为小领导，也总是随身携带着一台大哥大。虽然席叔叔说

话总是不自觉地带着一点跟我们的生活仿佛很遥远的官腔，但不妨碍他在年少的我眼中成为成功人士的标准之一。

我们最初来到茜城，家里没有固定电话，也没有手机，别人要联系我们家，只能打去爸爸的老同学兼同事品叔叔家，然后由品叔叔家派人过来通知爸爸过去品叔叔家里等候，等候在十五或者二十分钟后再次响起的铃声。

一年后，搬去新家稳定下来后，我们家才新安装了一个固定电话。号码非常好记。这个号码带给我们家许多美好的回忆，在被我们家使用了十几年后，因全家不再在这里常住，才被爸爸拿去注销了。一两年后，爸爸也有了手机，是那种黑白屏的只能打电话和发简短信息的诺基亚。这台灰褐色的诺基亚虽然很容易被放进口袋，但在我心目中终究不及席叔叔当年手中的大哥大威武。

在这单位工作一年后，爸爸调动去了茜城中学，一直干至退休。茜城中学是茜城唯一一所重点中学，同时还是我和弟弟后来的母校。与此同时，妈妈参加了一场重要的考试，进入了茜城一所新建的学校，成了一名校医。辗转多年，妈妈重新成为体制内的人。

在这一点上，我与母亲也是共通的。在命运之神偶尔垂青之时，我们都能毫不犹豫地抓住那微弱的一线机会，一跃而起。

## （七）屋檐

父亲的新单位分给我们家一套小房子，八十多平方米的一厅三房。当时适逢房改政策，父母花了几万块钱把它给买断了。虽然是已有十年楼龄的旧房子，可我们依然欣喜。只要一有空，我和母亲就快乐而忙碌地为小房子添置各种家具和家私，用心装扮我们的新家。母亲把后阳台改造成了一个新房间，温馨而别致。母亲经常独自跑去那个新房间睡，和我的房间仅有一窗之隔。夜里，我和母亲偶尔会隔着窗子说话。

短暂而热烈的新鲜感过后，共同生活的矛盾就凸显了。其实我们一家人已经七八年没有完整地每天生活在一起了，现在同住，父亲不习惯，母亲不习惯，我更不习惯。母亲经常会就各种小问题找碴子，而我和父亲多数同一阵线，会有理有据地反驳。结果是，惹来更加激烈的争吵。母亲的缺点开始表露无遗。她个人决定的事情，无论对错，无人能说服。为了息事宁人，其他人只能妥协与屈服，哪怕带着不甘心。

母亲有严重的洁癖，她对于我们的日常言行举止和生活习惯，有着严格的指令。例如我们洗完澡换上干净的衣服后，只要在床以外的任何一处地方坐上一屁股，哪怕只坐了半秒，当晚都必须重新换一套新的睡衣才能回到床上。否则，她不会停息。我一直不明白，成年人为什么说话会那么狠毒，稍有不顺意的地方，就用一些难听的话语来对待自己的家人。不，她也会用类似的话语来对付她自己，没有人能幸免。

举个小小的例子。她认为外面很冷，命令我要穿上这件那件衣服才能去上学。我不肯，她就开始用一些难听甚至是恶毒的语言放在我的身上。开始时我很疑惑，真的非要说些两败俱伤的极端话语才能表达心中的不满吗？彼时我已经进入了青春期，开始反叛。每每听到这样的话语，瞬间就能成功激起我的叛意。我会和她发生激烈的争吵。现在回想，那个时期的我，其实说话和想事情也很极端。仿佛不极端，就难以表达出我的不忿不平。这应该就是"传承"了吧。

半夜外面下起大雨。我有时睡得沉，夜里不一定会察觉。优秀作文里，不是经常有这样的情节，说母亲在风雨交加的夜里悄悄推门进入孩子的房间，轻轻关上窗户，进阶版的还会帮孩子盖好被子摸摸头，再温柔地离开，留下其实已经悄悄醒来的孩子满心感动吗？可是我家的现实版是，被风雨惊醒后的母亲，大力推开我的房门进来，"砰"一声巨响伴随着她尖细的嗓音，传遍全屋："下雨啦！你不会自己关窗吗？如果不是我帮你关的话，你就吧啦吧啦吧啦！"同时房间的灯被按亮，她一边大声说话一边慢慢移动去窗边，用力地把窗户给关上。如果发现窗户早已被我关上，她会大声唠叨几句毫无意义的话语再关灯离开。这种情况下，被突然惊醒带着起床气的我会跳下床用力合上自己的房门，顺口跟她来几句争吵。吵完后，我自己半天睡不着。其实，从她被风雨惊醒的那一刻开始，全家再也没有人能安睡。

母亲十分喜欢磨蹭拖拉。她说，要去洗澡了，往往在说完这句话之后的两个小时，还没有付诸行动。因为她的执行力极差，并不能专心持久高效地完成一件事情，甚至无法抓住工作的重点。我要回学校上晚自习，爸爸要回学校值晚班，因此我们俩通常在晚上七点前就会吃完晚饭离家。接近晚上十点，我和爸爸放学到家的时候，通常见到晚饭的餐桌还没有收拾，母亲还没有洗澡，年幼的弟弟也还没有做好睡觉的准备。中间的三个小时，她用来慢慢吃饭，沉浸在珠江电视台连续剧的喜怒哀乐当中。看和吃的途中她忽然想起了A事情，就去忙活了一番，在做A事情的过程中发现了B事情也还没有做，就把B事情也搞了一下，然后不幸地发现C事情也得赶快处理，于是转向了C事情……忙活了半天A、B、C事情，她才重新回到餐桌上吃早已凉掉的饭菜，继续看电视……结果，一个晚上最重要的几件事情——吃晚饭、洗碗、洗澡、安排儿子睡觉，她一件都没能准时做好，A、B、C事情也大多半途而废。等她磨磨叽叽搞定所有事情的时候，往往已经过了晚上十二点。第二天一大早又必须早起去上班了。所以她经常到处抱怨说自己很累很辛苦，身体这里疼那里糟。但这能怪谁呢？正因为母亲身上有这种毛病，所以我平时做事十分有计划和麻利。我绝对不想成为她那样的人。

母亲虽然有洁癖，但是她的洁癖很有局限性，只适用于她关注的范围，例如床、沙发、衣服等等。对于家里的整体卫生，她倒不怎么关注。而且她还经常把物品乱放找不着了，不得不要我善后。所以，我一直承担着整个家庭的打扫、抹尘、拖地、物品摆放之类的家务。

我喜欢听着歌做家务，那样的话会特别放松。去上大学时，隔一段时间我就要整理我的所有物品，让它们从整齐变得更加整齐。我喜欢感受这个整理的过程，仿佛自己真的有能力操控自己的生活。如今在我自己的小家庭，我还保留着这样的习惯，每周必须给我的房间收拾一遍，打扫、抹尘、把物品摆放整齐。那样会给我一个明确的心理暗示：新的一周，又是一个全新的开始。无论多糟糕的事情，都会随着上一周过去，都会随着这些乱七八糟的东西被清理走。这样的日子，才有盼头，对吗？

母亲的新单位位于四五公里外的市郊。在九十年代中后期，自行车还是社会上主要的交通工具，因此母亲每天必须骑自行车通勤。为了节省一点距离，她经常把自行车搬上二三十级的楼梯，来到人少且平坦的堤围上方骑行。她个子小力气不大，通常搬得很吃力，于是常常叫我帮忙去搬车子。我是一个很有时间观念的人，会早早完成自己的事情出门上学，而母亲习惯于拖拉又非要我等她，有时被我催得急她会赌气地说不用我搬了，让我既生气又于心不忍，因此几乎每个早上我们都不是愉快的。多年以后，她由于常年不运动而身体变差，可每当谈及那段远距离通勤的日子，她就下结论说，当年不得不每天骑单车通勤，让她的身体骑伤了。

三天一小吵，五天一大吵，是我整个中学阶段与母亲的常态。我对母亲有诸多不满，但是无力改变她。她也并不接受软声细语的沟通——当然，年少的我，也并未具备使用这种武器的能力。

初三中考复习期间，坐在我后面的男同学向我借初一下学期的英语课本。一次晚自习，他指着我的课本最后一页右下角的一串大写英文字母"IASMILYM"，小声问我是啥。我没有告诉他，那是我和母亲发生完一次激烈争吵后的某个晚自习，我伤心地在课本上写下当时的感受——I am sorry, mum, I love you, mum.

母亲还很喜欢抱怨。抱怨父亲对她不够细心体贴，抱怨我是白眼狼养不熟，抱怨这抱怨那，永无宁日。年少时，每当母亲开始抱怨，我就会回避。我当时其实很不理解她，甚至会在心里想：没有人要你这么做，你为什么要做这么多呢，做了，又要来抱怨。一来二去，我开始不愿意接受母亲的付出，因为接受了会让我陷入不孝的道德压迫感里。我宁愿她完全不对我好，也不愿她对我有一点点好却又指责我"狼心狗肺"。

但我们家也有温馨的时候。有时周末的早上，大家都不用赶着上班上学，父母就不会那么早起床。他们俩会躺在床上的被窝里小声聊天，然后咯咯地笑。弟弟贪恋他们的被窝，通常一大早就会爬到父母的床上去，钻进父母之间的位置躺下来撒娇。我的心里其实也很想像弟弟那样，但是彼时我已经是个上初中的大姑娘了，有着少女的羞涩，所以只会经过父母房间门口时，羡慕地看几眼并排躺在床上的他们。那时的母亲，有时还是温柔的，她会像小时候和我说话那样，拉着长长的温柔婉约的尾音对我说，如果饿了就自己先去做点什么早餐来吃。那些，都是美丽温馨的清晨，让后来的我无限留恋。

在我上高中的时候，家里安装了两台空调，分别在父母的房间与弟弟的房间。其实夏天一到，节俭的我们家只会开着父母房间的那一台空调。于是，母亲会把他们房间的地板拖得干干净净，让弟弟把被铺搬过来，变成母亲和弟弟睡床上，父亲睡地铺，度过许多夏天的夜晚。而我由于要保证学习和休息时间，加上不怎么怕热的体质，因此通常只有周末晚上才到父母房间地板多开一张地铺来享受舒爽的夜。

因为单位距离家较远，每天中午母亲是不回家的。我和爸爸、弟弟则会准时到家，我负责洗米做饭，爸爸利索地做菜，弟弟玩耍一会儿，很快我们就有简单的午饭吃了。我们会一边看TVB的午间剧集，一边吃饭，有时聊几句有的没的，十分愉快。午饭结束后，我们尚有足够的时间去休息，然后精神饱满地迎接下午的到来。其实，只要母亲不在家，我们三个都是和谐而放松的。

母亲很有表达的欲望，碰上谁都可以说上半天。你可以理解为"好聊"，也可以理解为"婆妈"。于是我和弟弟很荣幸地成了她与外界沟通时口中的男女主角。由于角色需要，我们两位主角被赋予不同的分工——弟弟是可爱听话，我则又"凶"又"恶"。

我后来总结了一下，母亲对外宣传我的方式主要包括两种：一是在我背后说，二是在我面前故意用强调的语气大声跟别人说。所谓的故意让你不爽、找碴就是这一种。不知道具体从何时起，我被贴上了这样的标签。在若干年反反复复的宣传与扩大宣传中，我的"恶人形象"正式被建立起来。在她所有的娘家人眼中，我的形象最鲜明突出，跟恶霸地主黄世仁一样，一辈子都别想洗白。在我们家族那些亲戚眼中，我的形象则毁誉参半：一方面，他们认识小时候的我，觉得我不是那样的人；一方面，他们又认为身为母亲怎么可能会捏造事实诋毁女儿呢，我极可能是变得坏透了；再另一方面，他们认为我不知何时起竟然演技变得如此好，见面时看不出我如此坏的哟，谁知道背后竟会如此不厚道呢！传说中的一滴水，渐渐地一轮轮地涨成了河。

一个十几岁的女孩面对这些能有什么办法？她会伤心，会愤怒，最后是破罐子破摔——你说我是这样的，我就赌气地贯彻到底给你看。破罐子破摔的直接后果，就是被人们印证了我真的是个"恶人"。若那是一个江湖，我必定是梅超风。年轻时候的我，确实就是固执偏激，复杂多变，性格并不讨好的一个人。

可我在父亲的同事眼中，却是另一副形象。究其原因，还是出于角色安排与面子需要。因为我就读的中学就是父亲的工作单位，距离我们家很近，母亲不好"家丑外扬"，因此很少对父亲的同事"宣传"我。相反，父亲的同事、家属在碰面时，总会时不时对我的父母说，你们的女儿很乖巧很听话。听罢，母亲每次笑意盈盈地点头致谢。可惜每次一回到家她就会嗤之以鼻："对外扮听话乖巧，回到家对母亲恶狠狠的人，有什么用哩！"

母亲对外界关于弟弟的描述，则一律是疼爱而怜惜的。她总是心疼地对别人说："我那儿子呀，老是不怎么肯吃饭，瘦得像芽菜一样……"后来她的同事有机会亲眼见到我弟弟，发现竟然是一个壮壮实实的小男孩，不禁脱口而出："这么大根芽菜?!"

不知母亲是故意让我不痛快，还是确实有过这样的想法，在我上初二的时候，她有一次突然对我说：家里没钱供你上大学，你爸叫你初三毕业后就报中专好了，早点出来干活。我听了悲愤难当，伤心了好长一段日子。彼时我就读的是重点中学，学习氛围浓厚，并已结交了不少志同道合的好友。我和我的好朋友们，不，应该是全校的同学们，都是奔着好好学习考大学去的，我家却竟然因为没钱而要我去读中专?!

独自难过了一段时间之后，有一次我忍不住哭着问爸爸，能不能先借钱让我上高中大学，以后我赚了钱一定还给你们，我真的不想去读中专。我爸惊讶地问："干吗了?"了解到那只是我妈一厢情愿的想法和做法之后，爸爸说："没有这样的事，不用管你妈，你现在只管好好读书就行了，以后肯定要上高中考大学的。"我实在无法解释我妈的行为。这对我而言也是关于金钱的沉重的一课，我们家的环境真的那么差吗？长大后的我想，实际上一对双职工夫妇，哪怕当时的整体福利待遇不算很好，起码也比很多人要强了。我的母亲，为什么要这样做呢？难道是为了"激励"我努力学习？

2001年的国庆节，父母带着我和弟弟去市内某著名景点旅游。虽然地域上离得很近，但那是我第一次到该景点，觉得非常开心。为了不在消费奇贵的景区里用餐，我们用一个小旅行袋装着饼干、开水、八宝粥用来在路上填肚子。小旅行袋有点沉，大家轮番提着走，我则抢着来提。那天我们带着傻瓜相机，拍了好多有纪念意义的照片，玩得很开心。那次小小的短途旅游，让后来的我每每想起，仍然觉得满足与快乐。那次，也是我们家为数不多的集体出游机会。

那些年的我，经常被父亲各种责怪。我也不明白自己为什么有那么多的缺点被父亲挑剔。从吃饭走路的姿势，到看电视的时间，到渐渐力不从心的成绩，到对弟弟的照顾不够到位，仿佛通通都是我的错。每次我被父亲骂了，就会到一位好朋友家哭泣。她的父母是开服装店的小商人。在我眼中，他们家夫妻恩爱，父慈女孝，非常和睦。她的父亲非常疼爱她，两父女有什么话都能好好说，让我非常羡慕。而我除了接受和忍受批评之外，好像并未能从家里获得更多的关心。一项研究数据显示，人在十五岁之前，大部分哭泣的时候都是在外边进行的，而人在十五岁之后，大部分哭泣的时候都是在家中。也许那些年，好友家的床，堤围的石凳，运动场的台阶，都见过我的不少眼泪吧。

我想，那些年的我，尽管和母亲有诸多碰撞，尽管与父亲鲜有有效沟通，可我是全副身心地爱着这个家的。盛饭的时候，我习惯了把饭面那些隔夜饭以及煲底那些焦掉的饭，全部装进同一个碗子里，给自己吃。夹菜的时候，我习惯了只夹那些没肉的或者看起来卖相不太好的菜。其实，我并不喜欢吃焦饭、隔夜饭，并不喜欢吮吸骨头，至今也不喜欢。我只不过，想把更好的，留给我的家人。但是这些，都没有人知道。我也从来不指望被任何人理解和知道。

我一生里感受过两次彻骨的孤独，一次是小学五年级的转

学，一次是在大学中后期的被部分女同学排斥。转学，对于才
十二岁的我来说是伤筋动骨的。我有很多的自卑与敏感，很多的
无所适从，很多的格格不入。可是这些，父母从未察觉。彼时还
没有交到新的好朋友，我只能把一切心事都藏进日记里。这种孤
独，一直到上了初中才彻底有所改善。

　　在小镇读小学的时候，我总能轻易地保持全年级前五名。但
在教育水平一般的乡镇小学里，这个成绩其实不足挂齿。来到茴
城后，来自遥远的乡下且带着满口乡音，很快我被大众贴上了农
村姑娘的标签，导致我很自惭。城市的小学，从五年级开始教授
英语。而小镇的小学，不学英语。因此转学后，我无法直升六年
级，只能复读五年级。这个复读，又是我自卑的另一个重要原
因——导致我几乎比所有人都大了一年，而且这不免在同学当中
"沦为了笑柄"。除了靠更加刻苦的学习来洗脱自卑，我别无
他法。

　　1997年参加的小升初考试，我所在的小学全级360多名学生，
只有41人考上了茴城中学，我是其一。在高手如云的茴城中学，
我只能保持中上的水平，无法再拔尖。2000年，我们中考。适逢
高中扩招，我们班60人，其中有56人考回了本校高中。上高中
后，对于理科我越来越学得力不从心，渐渐泯没于全年级的700多
人里。最后的高考成绩仅上了一个大专，其实也不是一件让人非
常意外的事。

　　很多人认为我是教师子女，可以享受很多人无法拥有的资
源。然而并不是。我的父亲除了责怪与批评，好像并没有为我提
供过什么资源来提高成绩，甚至从来没有跟我分析过成绩逐年走
下坡路的原因。他只会经常说，谁谁谁的孩子怎样怎样棒，谁谁

谁的孩子如何如何好。这常常让我无地自容，也无能为力。他是一位裁判，只会无情地向我宣布结果。他和我从来也不曾想过，他本来真正的身份，理应是一名教练。

我埋怨过父亲吗？写这篇文的此刻我停下来仔细想了一下。

没有。相反，我只是觉得遗憾。成绩未能如意，这是我个人的过失。我未能坚定不移地把所有的心思放在学习上，意志与精神涣散，我脑袋开窍的时日与求学的日子并不匹配。当日没能好好学习，导致我日后走了许多年的弯路，但这个根源主要还是在我自己的身上。

而且那个年代的亲子关系，并不像现在这样亲密和开放。在那个年代，父母往往不会跟孩子们太亲近，他们更多的是以教育者的身份出现。身为孩子的我们没有太多机会与他们交流，也没有太多的自由去表达自己的想法和感受。这种关系的建立方式可能对我们的成长产生了一些负面影响。然而，我并不想将责任全部归咎于我的父亲或者那个时代。我们每个人都要对自己的选择和行为负责，不能一味地抱怨别人或者环境对我们的影响，而是要审视自己当时的行为和决定。

尽管与家人的相处上有些不尽如人意，可日子总体是平静与快乐的。在同学当中，我渐渐发展了几小撮好朋友。有些和我性格相似，有些跟我性格互补，有些与我志同道合。我的中学时代，因为有他们的出现，而变得活色生香。我们有许多美好的回忆，例如小露台、糖水店、运动场等等。那些友谊至今已延续了许多年，而且毫无疑问会持续下去。

年少的我们乖巧得混混沌沌，苍白而知足，像一只只隐忍的蜗牛，一步一步爬行在升学的轨道上，默默幻想着轨道那一头的华丽与荣耀。

时光飞逝。使用磁带的录音机渐渐没落，兴起了播放影碟的DVD机，很多家庭有了卡拉OK。随后有了随身听。再后来，MP3凌空出世。跳舞毯一度成为我们的宠儿，又悄无声息地退去。

在历史的洪流里，我们其实都是泥沙，被裹挟着缓缓前进。

## （八）依恋

2003年，我的高考成绩不算理想。

一直语文成绩不错的我，作文竟然写偏题了，拖了总分的后腿。这是我唯一一次作文跑题的经历，竟然发生在人生最重要的一场考试里。当然数学也没高分到哪里去。多年后我回看那些高中理科考试的题目，发现找到思路后其实并不是那么难对付，不知道当年为啥就是无法开窍。也许专心专注与否，效果截然不同。

家里为我努力了一番后，我有了两个选择：一是去某热门且就业率极高的学校读大专，二是去某重点师范院校读三本。由于当中有个时间差，前者一切已经准备就绪，而且前者毕业出来的学生职业前景良好，也考虑到后者的学费不菲，不知家里是否承受得起，我的内心倾向于选择前者。可是我又怕自己选择错误。于是在母亲的授意下，我打了电话咨询在小镇当小学校长的大舅父的意见。大舅父说，先选职业，再选学校。于是我满心欢喜地选择了前者。后来事实证明，这并不是一个最正确最理智的选择。那时的我还不知道，在后来的社会竞争中，第一学历是本科还是大专，有着天壤之别。

　　9月，我到了广州上大学。由于学校的特殊性质，刚入学的我们被安排去了某部队封闭式军训一个月。那一个月的地狱式训练很累很苦，但在我的接受范围内。我再次印证自己真的不是娇气的人，什么苦都能吃，能干净利索地完成任务，能管住嘴巴不抱怨不说三道四。这一点，不得不说是从母亲这个反面教材中汲取的教训。

　　在部队里，我很想家。尤其是在部队里过的中秋节，令人"倍思亲"。中秋节那晚，教官给我们放了小假，不用训练也不用紧急集合，大伙还可以轮流打几分钟电话回家。我打完电话后就哭了。关于和母亲之间这几年来的磕磕碰碰，在那一刻都变得不再重要，我甚至不再有半点怨恨。我殷切地期望，今后放下所有，就和母亲、父亲、弟弟一家人平平静静安安稳稳地生活下去。军训结束后适逢国庆节放假，我回家和家人度过了一个难得平静的假期。我珍惜和他们相处的每一分每一秒，对任何不满不如意也不做任何反驳。假期结束，要乘坐大巴回学校。出门时，我在家里阳台蹲下来系鞋带那一刻开始不停掉眼泪，一直到大巴临近广州时才勉强止住了眼泪。那一天，我久违地感受到了自己对于母亲与家的依恋。

　　由于不再同住，大学几年，我与母亲的关系得以改善。我会在电话或者短信里告诉他们我在学校的一点一滴，例如今天吃了什么菜，加入什么社团了，准备搬新宿舍了，等等，全挑好的来说。母亲经常会嘱咐我许多生活的细节，例如洗完头要及时吹干头发，不要为了省钱而少吃肉，等等。大一的冬天，母亲准备给我买毛衣，发信息问我喜欢圆领还是桃领。那是一件深红色的圆领毛衣，穿起来才发现领子有点高，没能完全隐藏于校服的领口以下，以致我每次穿起来时都得折一折领子。那件毛衣后来被我穿到不能再穿，又不舍得扔，于是至今被好好地保存在衣柜内。后来我写过一篇关于毛衣的小说，虽然还是披着爱情外壳的小情小爱文，可实物的原型，就是母亲曾经买给我的这件圆领的红色毛衣。

放假回家，我陪母亲上街采购。有一次，母亲在一个毛巾档口挑毛巾，手里不断翻动各种商品，嘴里问着档主各种关于毛巾质量的问题。档主兴许被问得不耐烦，起初回答得很敷衍，后来粗声粗气地怼母亲。我站在离母亲身后一米多远的地方，一边提着各种"战利品"一边等待，把一切看在眼里。在档主再一次没好气地大声怼母亲的时候，我马上冲上去拉起母亲就走，还一边回头怼档主："有什么了不起的？我们不买了！"

读大一时，我和女生们的关系还可以。但从大二开始，我与同宿舍的女同学相处得并不怎么愉快。究其原因，有多个。第一，因为我第一次过集体生活以及独立自主地与外人相处，人际交往经验不太够，说话经常不懂拐弯，不太讨喜。母亲身上那种怕麻烦、极度挑剔的复杂性格深深影响了我，因此当我面对别人磨叽拖拉的行为时总是看不惯，会毫不留情地指出来，而且态度不太友好。第二，大一时我们都是丑小鸭，大二开始我也许或者不算是。一群看起来没啥区别的丑小鸭抱团玩耍当然没有问题，可是如果个别鸭子看起来不太像鸭子了，情况就会发生微妙的变化。毕竟，那是一所男女比例为9∶1的学校。第三，鉴于第二点，我可能影响了某位"女神"一贯的地位，因此被她带头，让我不得不渐渐从一开始就加入并适应的小团体中脱离了出来。

在大二、大三，尽管我经常用当年流行的几米绘本《又寂寞又美好》来安慰自己，可实际上是挺憋屈的。每天傍晚，别人三五成群，我却经常是一个人孤单单地去搞体能，围着运动场一圈一圈地跑。当然我也不是一个彻头彻尾的可怜虫、孤独精，一般交情的女同学还是有的，只是没有能发展成好朋友的对象。那些交情一般的女生，当中的很多人生活节奏跟我不一致，例如她们经常会偷懒不去搞体能训练，还时不时逃课，或者只吃零食不去吃饭。我是一个很有时间观念以及遵守规则的人，每当遇到这些情况，我只能独自去把该做的事情做完。

　　如今的我每天下班后独自去单位附近的运动场跑步时，经常会情不自禁地想起当年那种孤独。但如今心境已发生变化。当年的我是在别无选择下与孤独为伴，可如今的我却已不再害怕孤单，甚至很享受这一小段属于我个人的自由时光。有时不得不说，年龄真是一个好东西。

　　事实上，无论被人认为我是鸭子还是天鹅，在结束了一段遥远的网恋之后，我还是听话地单身着度过了大学时光。入学第一天，校领导就反复重申校规里重要而严格的一条，"禁止在校内谈恋爱"。这条校规，跟无条件服从管理一样重要。我竟然那么听话地执行了那么久。在一个陌生的环境里，没有爱情，也没有深刻的友情，可以说是失败的。但是中肯地说，我跟女生们相处不甚融洽，归根结底肯定跟我当时有较大的性格缺陷有莫大关系。出来工作后，我会常常以那段经历作为镜子，在人际交往中不断反省自己。其实，人是群体动物，谁也不喜欢孤独，不是吗？我并不希望历史重演。

　　由于学校的规矩与制度实在太多，我们每天从走路到吃饭到睡觉都是惴惴不安的。尤其是我，内心总是绷紧神经丝毫不敢放松，生怕一不小心就被大队伍落下了。正因为我深深理解那种若被大伙丢下的不安与难受，所以在日常生活中我会比较照顾动作较慢的同学。如紧急集合，或者要执行什么任务，每个人搞定自己后都拼命向前冲或者赶紧就位，我动作一般比较快，在自己搞定后，我总是会刻意稍停一停，帮助或者等等最慢最后的那位室友，不管她跟我的交情深不深。当时没想太多，就是潜意识要求我这样做。

可是这种做法，后来实践证明是多余和失败的——没有人会留意到这个细节，没有人会感激你，当我成为最慢的那个时，也没有人会停下半秒等我，甚至有人会因为有你作为垫底而感到高兴。后来女生分帮分派，我还是被无情地杯葛了，不曾因为你心底是否存在过善意。有时社会就是这样，现实会逼得你不要滥用善良。任何情况下，首先保存好自己才是正道；若你还有余力而你又愿意的话，可以有限度地帮助一下别人，但是千万不要奢望别人会知恩图报。这一点也适用于职场。

此外我还感悟到了一点：只有好朋友才愿意无限度地包容你，一般人未必会。别把你的坏情绪，别把你的真性情，随意展示给那些"一般人"。写到这儿，我真心感谢一直陪伴和包容着我的好朋友们。我与他们之间的友情，大多已经超过了四分之一个世纪。你们可能会有机会看到这篇文的，那就各自对号入座吧。

学校实行半军事化管理，从开学第一天持续到学期结束，被默认为每一天都必须生活在学校里。每个周末的白天，学生可以自由离校，但是当晚十点熄灯前必须回校报到，否则点名时被发现就当违纪处理。当然，学校也允许每个班每个周末有几个外宿的名额。学生必须内部自行协调好，由申请者递交外宿申请条并获队长批准后，就可以外宿了。这样算下来，我平均一个月只能离校外宿一两次。这些周末外宿的机会，我除了回家，就是遵照母亲的安排去大表姐家了。

大表姐家位于市中心，是个逼仄而温馨的小房子。那套五十多平方米的小房子只有两个房间，大表姐和表姐夫一间，我和表姐的女儿一间。去表姐家外宿的日子，跟严格而孤独的校内生活相比，是快乐而自由的。我喜欢那个很有人间烟火气的老小区，很怀念那一段居住的时光。我偶尔还会在母亲的指示下，去省城郊区的小蚊表哥家住一个晚上。在母亲的心里，她娘家的侄子侄女，也就是我的表哥表姐，是天之骄子般的存在。尤其是在郊区开了一两家诊所的小蚊表哥，是母亲心中永恒的骄傲。表哥表嫂待我也很好，让我在孤独中感受到了片刻的温暖。

我刚上大三时，母亲不知从哪里获得了焦虑，竟然希望我放假时回去相亲。那位相亲对象与我虽然至今仍未谋面，但是我记得他的身份——他是表嫂的同事，本城某监狱的狱警，陕西人，时年二十八岁。当时我觉得很难接受，心想：相亲不是那种大龄剩女才会做的事情吗？我需要做了吗？你到底是有多想把我嫁出去？！于是在这件事上，我磨磨叽叽的，每次母亲一提起此事，我就找各种理由搪塞，例如"跟他回去一趟他的老家好远啊""他年纪太大了都快三十了""北方人的生活习惯跟我们太不相同了"。

陕西人的事情不了了之后，对于我的"婚事"，母亲还操心过一阵。彼时她和她单位的一对校工夫妇交好，校工夫妇的儿子和我同龄，然后母亲与他们合谋要结成亲家。校工夫妇鼓励其儿子追求我，母亲鼓励我被追求，惹得我非常反感。当时那男生准备报考警察，可是有点近视，而我对于解决这个问题又有点经验，因此母亲和他的父母让我陪他去了一趟广州。那位男生事后对他父母说我"太冷酷，不好追"。校工夫妇把意思传达给我母亲后，母亲回家狠狠批评了我，并放出狠话"看你自己以后能找什么样的男人"。

　　每当我跟母亲因为这些事闹别扭的时候，我就会想起小时候她曾经答应过我，不会像《一千零一夜》里面的父母一样，强迫我嫁给大胡子的。

　　很多年后，母亲忽然跟我提起那个陕西人。她自言自语地说，幸好你当年没有嫁给他，他已经离婚了，走到离婚这一步的人肯定是不好的。后来又有一年，她又主动跟我提起校工的儿子，说他后来考上了哪里的公务员，并且娶了一位大学老师当妻子。母亲说："瞧，人家后来讨的老婆比你强多了。"我就"哦"了一声，没有什么意见要发表。

　　母亲不知道，我也没有说，其实在我大学最后的那两年，是我一生中桃花盛开最灿烂的时候。当中不乏优秀的人，但有点遗憾，我当时并没有在其中选出良人，任由时间蹉跎。那时的我总以为来日方长，以为美好人生才刚刚启程，殊不知，其实我即将坠入命运的深谷，与岸上那些花儿，连道别的机会也不曾拥有。

## （九）黑夜

　　2005年下半年的公务员考试，我遵照家里的安排报考了运城某市直单位，可惜落选了。但由于总成绩依然排在全市前列，因此拟被调剂回我老家所在的县区，而且很大可能将被分配去乡镇。父母希望我去，但我自己不想，最终我让他们妥协了。谁料之后再也没有这样的机会了。因此我那年的选择，后来时不时被母亲拿出来翻炒。她带着既抱怨又可惜的语气说："知错没有？当初叫你去你不去，后来都没有这样的机会了！"她每次提及这个话题，我都不吭声，爸爸和弟弟也不会吭声。

其实那是全家人心中的一根刺，尤其是插在我胸口很多年的一把匕首。但我从来不会说后悔不后悔——如果后悔有用的话，我就后悔；如果没用的话，我不后悔。年轻的将士才总会悔恨过去，熟练的将军总是在深夜里擦亮剑尖，准备下一场战斗。活到了现在的岁数，再回望这件事，虽然还是免不了遗憾，但是我会拍拍自己，叫自己向前看。

母亲有一位亲姐姐，据说当年出生不久就被外公外婆送去了镇上的育婴堂。送去后，外婆和邻居们再次去到育婴堂看了看，见到可爱的小婴孩后不禁后悔了，想把她带回家。外婆与同行的村民都没有文化，以为带走小婴孩需要给育婴堂支付费用。外婆当天带的钱花光了，于是直接回家了，打算次日带上钱再来抱走小女婴。谁料次日到来，小女婴已经不见了——应该是被人抱走了。

每当母亲跟我说起这事的时候，我总是暗暗激动地想帮她了却这个遗憾。这个计划在我大学末段的时候正式成形——我打算考上公务员之后，待生活稍微稳定一点，就利用工作的便利性，以及单位资源的优势，尽我最大的努力去寻找这位姨妈。可惜后来的我不但没考上公务员，还自顾不暇。

后来我结婚生了孩子，蜷缩在小镇里带孩子的时候，发现来我家干活的那位保姆阿姨跟母亲的相貌有几分相似，年龄也和传说中的姨妈相仿。为此我还专门调查了一番，结果当然不是。我想，我应该一辈子也不会再有本事，去寻到那位姨妈了。命运真是讽刺，当年我不愿意被调剂到乡镇当公务员，几年后却在小镇里做起了在家带孩子的啥也没有的全职妈妈。

原来命运安排好要你承受的，一点都不会落下。

2006年上半年，由于一些特殊的原因，我不得已再一次从公考之路落败。7月，离开大学校园后，我在父亲的安排下，去了五叔和五婶开办的企业上班。五叔的创业经历充满了与时代的共振。他享受过时代的红利，当经济形势起起伏伏，也和很多创业者一样，充满着韧性和希望。我和所有的家族成员，包括父母在内，不可能说不羡慕。那是当时的社会给予我们的一种世俗的对于成功的定义。

我先被安排在办公室做文员，然后被安排在实验室，最后被安排做人力资源专员，还被一些人在背后揶揄为"吃闲饭的人"。很多人在背后窃窃私语，那谁谁不是听说很聪明的吗，咋也来厂里了？呵呵呵！

由于厂内复杂的环境，里面分帮分派，加上我在那里不怎么说话，渐渐地，那些所谓的管理人员开始随意地差遣我，甚至连普通文员都欺负我。可是我假装听不到，也不计较。龙在浅水都可以被小虾小蟹欺负，何况是我。只是在给好朋友们写信的时候，每一封邮件的标题，我都用了《来自老鼠的信》。那些信，至今还保存在我的邮箱里。浮生若梦，为欢几何。在黯淡的时光里，只能悄无声息地崩溃，用漫长的结痂来自愈。

彼时在工厂，每个月领到手的薪水不多，但是我只留下三分之一作为日常花费，其余全部交给了父母。唯有这样，才可以减轻我心中失败的痛楚以及对父母的愧疚感。同年的下半年，为了减轻我落选心仪工作那件事对我家造成的巨大冲击，也涉及买房时机的问题，在叔叔姑姑们的鼓励和支持下，父母东拼西凑地借了十几万，支付了沼城市区一套新房子的首期。

　　到新楼盘看样板房的时候，需要更换拖鞋才进去。母亲那双黑色小皮鞋已经破旧不堪，她的动作如往常一般缓慢，看完样板房出来，已迅速换回自己鞋子的大伙，都站在一旁等着看她穿鞋子。她似乎感受到大家的目光，于是有点不好意思地对站得离她最近的售楼小姐以及我说："我喜欢我这双鞋子呢，好好穿的。"我觉得心酸，事后买了新鞋子给她，可是她一看到就嫌弃，一次也没有穿过。

　　母亲就是这样的人，无论我买什么东西给她，都可以被她挑剔出一百个不满意的理由，并且事后还用实际行动来表达她对我所购买的东西嫌弃到底的态度。例如，母亲和二婶是同一天生日，我们还在上中学时，有一年我和小美给她们买了两件一模一样的浅绿色外套作为生日礼物，美其名曰"妯娌装"。二婶收到礼物后满心欢喜，母亲却各种嫌弃，一直指着那件衣服说不要。我站在一旁，窘迫又难过。最后连二婶也看不下去了，大声说："这件衣服挺好呀，颜色好看，又有口袋可以装东西，是我们女儿给我们的心意呀！大嫂，女儿买的东西就开开心心收了呗！"母亲才勉强收下了那件衣服，但是事后极少穿。反而是二婶，经常穿小美送的那件外套，有时还会自豪地对别人炫耀"这是我女儿买给我的生日礼物"。

　　那套新房子，为失落丧气的我们家带来了一丝希望。签合同的时候，我的叔叔们建议房产证只写父亲和弟弟二人的名字。弟弟当时未满十八岁，是未成年人。母亲对于房产证没有她的名字感到不爽，据说还闹过一些别扭，后来不知被叔叔们如何说服了。新房子尽管没有我的名字，当然我必然知道不可能会有我的名字，却仍然感到由衷的高兴。那是我在那段黑暗日子里唯一的一点亮光。那是我的新家啊，我想。

　　家里的房子买下来了，却没有钱装修。在五叔创业起起落落的多年间，出于他生意周转的需要，我们家的经济状况总是与五叔紧密相连。可是没钱也掩盖不住大家喜悦的心情。在一个夏天的周末，父母和弟弟从茴城过来，我从工厂休息出来，我们四个人在没水没电的毛坯房子里拿着简单的包裹打地铺睡觉聊天。哪怕是打地铺都觉得开心的日子，就是穷开心了吧。第二天我回去上班，父母和弟弟由于出门忘了带钥匙，回来时不得不通知物管上来帮忙开门。据说屋里地面摆满日常生活用品的"窘况"，被开门进去后的物管们看得一清二楚，父母的老脸几乎都没地方搁了。我听着弟弟当笑话般的叙述，真是好笑又酸楚。

## （十）外嫁女

　　2009年，我结婚和怀孕了。

　　母亲在那年的单位体检中，查出了患有甲亢，然后去省城进行了一场漫长的治疗。去之前，她还说些"不治疗了，要留着钱装修房子和给孩子娶媳妇"之类的话。对于她的身体，由于她多年来一直无意义地熬夜、不运动，加上她本人平素总是喜欢小题大做、大惊小怪，所以我的心里总有一种"狼来了"的感觉，并不当一回事。但是这次，貌似很严重。记得那天我握着手机坐在大巴里对先生哭诉这件事的时候，先生马上表示他拿出几万块给我的父母，让他们再想办法凑一点，拿去装修。正是由于他的牵头与促成，父母的新房子终于在次年装修完毕并入伙。

入伙那天，我们的大儿子刚刚出生几个月且大病初愈，我们没有带着孩子去。我和先生就像普通客人一样，匆匆赶去喝完入伙酒就离开了。当然，入伙仪式当中有很多繁文缛节，母亲都不用我参与，甚至叫我别靠近。当时的我不认为是一回事，以为只是母亲体谅我远道而来。很久以后我才知道，其实她早已把我这个外嫁女排除在家人以外，并不准我靠近，以免破坏喜庆的意头。

彼时我在一家公司做小助理，地位卑微且辛苦，因为起点低几乎没有晋升的可能。深谙学历是自己的硬伤，于是我利用业余时间去修读了本科。毕竟学历确实是一个"门槛"，如果连"门槛"都达不到的话，那自然就有很多事情无从谈起、很多想法无法落实，当然也就意味着面临很多机会时只能可望而不可及。平时别人用来逛街与睡懒觉的时间，我只要不用加班，时间多数用来看书与学习。后来怀孕，我是挺着大肚子去现场参加考试的。虽然这种非全日制教育的含金量比不上全日制教育，可我还是很珍惜这个重新学习的机会，用了非常认真的态度去对待。

两年半后，在我的孩子一岁多的时候，我领着他去了一趟省城，参加某知名高校的本科毕业典礼。尽管我接受的并不是真正意义上的全日制本科教育，但给我颁发毕业证书的还是那所货真价实的名校。在那高校的标志性建筑前，我让孩子站在正前方，教他摆剪刀手的姿势。年幼的他还不懂熟练地运用手指，只是别扭地伸出了几只手指头，迷茫地看着我。这一幕定格在了我的手机里。日后每当看到那张照片，我就会摸摸孩子的头，心里寄望：希望你以后，能像妈妈当年邀请你一样，由你来邀请爸爸妈妈去参加你的毕业典礼。

母亲的病在省城治好了。在省城期间，是我在省城的表哥表姐们负责照顾她的起居饮食，因此她总是认为是她的侄子侄女们给了她第二次生命。在她的认知里，哪怕没有这次的省城治病事件，她的侄子侄女们在她心目中的地位都是非常崇高的，仅次于我弟，远高于我和父亲。

对于装修新房子，母亲哪怕处于病中，还牢牢抓着话事权，也不管自己的某些想法幼稚不已。她曾说要把主人房的洗手间改成房间，因为考虑到我们入伙当晚，远道而来的表哥表姐们来到我们家里不够地方住，所以得提前准备好这个房间。瞧，一套准备全家使用几十年的房子的日常功能，竟然需要为了她在乎的人来住一个晚上而改变。我极力反对，与她发生了激烈的争吵，最后还是其他亲戚帮口，她才放弃了这个傻瓜式的念头。

但对于装修房子，只要不争吵的时候大家还是非常快乐的。当时的我，经常一厢情愿地快乐想着说着，属于我的那个房间要怎样怎样，以后我带着孩子回来就可以怎样怎样，完全没有留意到母亲每次听到我这样的话语时的脸是焦黑色的。后来的我才后知后觉，她是碍于我的先生赞助了钱给他们装修，才没有发作。

2011年，母亲退休了。这意味着，她不再需要过那种和父亲每个周末从茴城过沼城度周末，然后又回茴城上班的日子了，从此可以安心快乐地长居在新房子里。彼时，我和先生已经入住了属于自己的新房子。我和先生的新房子在西江的南边，而父母的新房子在西江的北岸。对于南边的房子，其实我是不太喜欢的，可是由于种种原因，当时还是买下来了。我的心始终是向着父母的新房子，潜意识里认为那里才是我最喜欢的、属于我的家——结婚两年了，我还没有从心理上接受自己外嫁女的角色。

我的妹妹，也在这一年结婚了。

这些年，同在沼城发展的表妹越来越深度融入了我们的生活。表妹是母亲一位远房亲戚的女儿，由于一些复杂的家庭原因，她被亲生父母放弃了。母亲怜惜这个乖巧听话且一直跟她很有缘分的女孩子，想把她认作干女儿。我和父亲、弟弟十分赞成。于是，表妹成了我的妹妹，成了我们家的一分子。平时，母亲对待妹妹的态度，跟对待我没差别。

那几年，好像我的神经变得大条了，没有留意到一些细微的变化。母亲总是不断强调，外嫁女夫妻不能同时回娘家居住，偶尔回来住也必须分床睡，不然会对娘家不吉利。除此以外，我和妹妹在重大节日是不能回娘家的，否则也会对娘家不好。母亲还经常说，你们在你们自己家待着不是好好的吗，怎么又有空过来了？

其实我们知道，我们回来给她增添麻烦了——哪怕我们仅仅住一个晚上，第二天她都要把我们睡过的床铺全部拆来清洗与消毒，把我们坐过的凳子用消毒水擦来擦去。而且因为她要求我们夫妻必须分房分床睡，因此她清洗的床铺免不了是双份的。而我带着孩子偶尔回来住一个晚上，因为我和孩子都要遵守各种规矩，因此一切都是麻麻烦烦的。

我一直认为，是母亲从她娘家带来的迷信思想以及她的职业洁癖给大家的生活增添了无限的麻烦。可是后来才发现，不全是。她最尊敬的哥哥，也就是我的大舅父，对待自己的子女不是这样的。大舅父大舅母无比欢迎表姐们带着老公孩子回娘家过年过节，只要他们喜欢，两夫妻在自己的房间住上三五个月都不成问题。母亲不认为大舅父允许女儿这样做有问题，但是她认为她如果允许我们这样做，就会出大问题，真是双重标准。

我的大儿子出生后，由于第一次做母亲，我一直比较忧心他将来的教育问题。父母新房子旁边有一所美誉远播的重点小学，每每看着那所学校，我就满怀着希望与失望。我的小家庭在西江南边，对于将来孩子能入读哪所小学还不了解，更不知道那些学校好不好。

我一个闺密的小家庭跟她的娘家相距不远。她总在每个周末回妈妈家吃饭，我和她逛街时也时不时收到她妈妈的视频电话，两母女感情特好。尽管她的妈妈只是一名普通的清洁工，但是她对她的关心和支持让我感受到了浓浓的爱意。

有一次，我跟闺密聊起孩子上学这个话题时，她说："这还不简单，既然你爸妈在这里有房子，为了能让你的孩子接受到更好的教育，肯定就放在娘家读书了！"考虑到当年迁户口的政策限制还比较多，她给了我一个建议，让我先把自己的名字加在父母的房产证上，成为其中一名户主之后，就带着孩子迁来我父母家，然后再在房产证把我的名字除名，甚至把我的户口迁走，只留下孩子的户口在这里，我的孩子就理所当然成为该重点小学的地段生了。真是好办法。我听后立刻兴冲冲地回到母亲家，跟她提起这个建议。在我的预设中，母亲会先和父亲弟弟商量一下，然后大家分头去了解一下操作手续是否麻烦，需要多少费用，我和先生能接受的话再自己去跑手续。

谁知道，母亲听后的第一句话就是冷笑："哼，看来你五叔当日说得真对，你果然变着戏法回来跟弟弟抢家产了。"我惊呆了。母亲继续说："当初买房子的时候，你五叔就提醒我们，万一你以后嫁得不好，或者生活得不好，很大机会会回来跟弟弟抢家产的。而你弟弟自小不及你聪明，房子很可能就会被你抢走了，提醒要我们提防着你。看来，他说得真对！"

我当时既伤心又愤怒，一股怨气对着"胡说八道""挑拨离间"的五叔。为了表达我完全没有回来争家产的想法，我从此只字不提闺密的这个建议。后来，当我年纪再长一点，每一次想起此事，心就淡了一点。这件事的本质，并不是五叔这个外人如何"挑拨离间"，而是母亲发自内心地对五叔的观点的认可与接受。

去年我听闺密说起她外公外婆卖房子的事情。她愤愤不平地说，她外公外婆的房子卖了几十万，唯一的舅舅把卖楼款全吞了，一分钱也没分给几位姐姐。闺密说，哪怕给每位姐姐分两万，意思意思一下也好呀。我当时不假思索地反问："呀，你竟然以为外嫁女有得分父母的身家啊？"她白了我一眼："你是法盲吗？"我笑笑不说话。虽然这些法律知识我们都懂，可是在我们家，我真的从来没有想过我有可能获得半点利益。后来，父母和弟弟偶尔会提起茴城旧房子的处理问题。每当谈及这些话题，我从来不插话。

外嫁女就是这样的。也只能这样了吧。

后来这些年，我们回娘家有一整套惯常的程序：首先得我和妹妹在电话或者微信里提出申请，得到母亲的允许后，大家会商量好谁买菜吃什么、谁来煮，然后我们在约定的时间到达，活动地点控制在客厅、阳台、厨房、厕所，吃完饭差不多就离开，尽量不给娘家添麻烦。通常，父亲得知我们回来，会自告奋勇去买菜与煲汤，有时还会做他拿手的家乡酿豆腐。妹妹通常会承担做菜的任务，我则帮忙打下手与饭后洗碗。

这里只能称为我的娘家了，我已经失去了久住的身份与资格。只有一个人在厨房洗着那小山般的碗碟时，我才感到自己是这个家的一分子。就如刘德华在电影《失孤》里面的那句台词："只有在路上，我才感到自己是一位父亲。"

尽管母亲要求多多，可父亲对我们是很宽容的。他经常盼望着我们回去，那样家里可以热闹一点。由于童年爱的缺失，妹妹总是很依恋这个娘家，尽管有诸多限制，她还是认为要多回去陪陪父母，因此总是乐此不疲地"打申请"，希望能获得母亲的"批准"，让她带着孩子回去待上一天或者半天。

## （十一）家族

对于家族的感情，我以为我一直会心怀自豪，满腔热情。

别人说我们家在当地算是有点名气的家族。大概是因为家族成员大多有点文化，父亲六兄妹在社会多个领域均有涉猎，在城市里有所发展。更重要的是，我们家虽然人口众多，但整个家族从未分家，而且能做到团结扶持，这一点在当地农村里显得尤其特别。身边有不少人家，亲兄弟姒娌之间，为了争几厘米田埂，或者半池田水，可以斗个你死我活，老死不相往来。当然每个家庭总免不了有各种各样的矛盾，我们家也不例外，但整体来说还是温馨和谐的。这让过去的我一直感到自豪。每年的春节和清明，不管多忙大家都会相聚在乡下；每年爷爷奶奶生日，不管怎样大家都会聚聚餐；在大学毕业前，我们家大部分小孩子都会回爷爷奶奶家过寒暑假。

从小到大，我都会回乡下过春节。别人家的孩子寒暑假是去各种各样的培训班，参加丰富多彩的夏令营冬令营，而我则是回乡下，帮爷爷奶奶把全家各个床铺的被褥洗干净晒干，把几栋屋子和天井的卫生搞得一尘不染，以迎接大家的回归。我很小就开始参与家务劳动，已经记不清这是什么时候开始的。

越近年关，我越忙，因为家庭成员都陆续从各个城市回来了。二十多口人制造出来的家务量惊人，每天光是洗衣服、洗碗这两项工作就把我累得够呛。那时还没有普及洗衣机，二十多口人的洗衣任务落在我和小美的身上——我们每天只能提着几大桶衣服去河边用手洗。我是大姐，小美是二姐，后面跟着一堆至少比我们小七八年的弟妹，不能指望这群小家伙干家务。

但忙有忙的快乐。每年除夕的上午，女人们从菜地里摘回各种各样的新鲜青菜，我和小美就抬着两大箩筐青菜到附近的水潭边清洗，为当晚的年夜饭与次日的年初一盛宴做好准备。如果洗菜洗得快，我们俩还可以忙里偷闲回二楼偏厅吼半个小时的家庭式卡拉OK以犒劳自己。而大人们，有的忙着贴爷爷写好的春联，有的忙着摆放拜神的贡品，有的跟邻居们合作包粽子做印糍，有的在厨房里准备年夜饭，马不停蹄地忙上忙下。每个人的脸上都挂着喜气洋洋的笑容，带着默契有条不紊地通力协作，各司其职。当林子祥那首充满强劲节奏感的《财神到》从音响里传出来时，过年的欢乐气氛更加浓郁了。

家里人多，每一顿饭下来，用过的碗碟筷子能装满两大盆子，我和小美把盆子捧到厨房外的小空地上，搬两张小板凳，就着从井里引来的凉冰冰的井水，一边叽叽喳喳不停说话一边刷碗。空地旁凌空探出去的茂盛大红花、旁边那株微倾而树皮黑褐的老京柿树，阳光下一叠叠被冲洗得锃亮的碗碟，以及身旁那位和我总是有说不尽的悄悄话的小伙伴，几乎贯穿了我关于过年记忆的全部。

其实过年的意义，更多是为了一种仪式感，跟过去的喜怒哀乐说再见，然后在觥筹交错、爆竹声声中迎来新的一年。人生几十年，如果只是日复一日地熬下去，没有像过年这样值得期待的标志性节点可以让我们回顾、总结、休整、展望，该是何其的枯燥。

大家族有个奇怪的地方，就是每个小家庭的孩子，管教权一般在于其父母。对于非自家亲生小孩子的非原则性犯错，大人们一般会比较宽容，用睁一只眼闭一只眼来对待。唯一例外的是对我。我想，也许自己小时候作为大家庭里唯一的孩子，受到了"万千宠爱"，因此每个人都把我当成了自家的孩子，任何时候都可以随意说教。对于任何人对我的教育，父亲从来都不会吭声，也不管。因此，我就成了每个人都可以管教的对象，也成了可以随意吩咐的对象。小美仅比我小一年，可她鬼灵精得很，随着年纪渐长，她越来越会偷懒。大人们安排的家务她通常糊弄几下就跑了，二叔二婶知道了也不会说啥，其他长辈更加不会把活儿强加到她的头上。可父亲对我非常严厉，不允许我到处去玩而不帮家里干活。因此后来很多本属于小美的家务活，也越来越多地推给了我。

父母平时会叫我多干活不要计较，多干一点没什么大不了的。弟弟则因为年纪小，一般不用干活。如果东西不够分，父母会叫我先让给其他兄弟姐妹。如果孩子们集体犯错了，父亲只会批评我，说我错在"带坏头"，或者"明知是错的还要跟着做"。因此很早的时候，我就下定决心，努力做事是唯一能让我感觉良好、唯一能弥补那些"做得不够好"的观念的方法。从来没有人告诉我，其实那并不能解决所有的问题。

记得有一年，我搓着冻得红肿的双手，在天台上晾衣服。一边晾，眼泪一边在眼眶里打转。母亲知道我生闷气，跟着我上了天台。我委屈地说："小美只洗了她和她爸妈和妹妹的衣服就跑了，其他人的衣服全部是我一个人洗的。妈你看，我的手指头全是冻疮。""我知道。你比小美乖多了。"母亲帮我把衣服一件一件晾起来，"你可以这样想，我们都是一家人，为家人多干点活没有问题吧？以后你嫁人了，想为爷爷奶奶叔叔婶婶他们干活的机会都少了。"年少的我单纯稚气，觉得母亲说得很有道理。后来无论要我干什么活，我都没有怨言。

大概是在千禧年后开始，考虑到众人回乡路途较远，为了便于非节假日的团聚，当时做生意正意气风发的五叔建议，把每年爷爷奶奶的寿宴地点定在家族成员聚集较多的沼城举行。爷爷奶奶生日当天，他们会派人用车子把爷爷奶奶接来沼城，宴会结束后再把老人家送回乡下。

其实那些年每一次聚会，我都是被呼来喝去做事情：给客人倒茶递水、出门迎接谁谁谁、跑腿去哪里拿什么东西、催促酒楼厨房怎样怎样、席间代寿星派发红包、临走时送别客人……几乎每次聚会，我都吃不饱，也没有时间吃饱。整个晚上东奔西走干着打杂的活，几乎一刻也没有停下来过。我是长孙女，跟父辈相比，我的辈分最低，理应受他们差遣；跟同辈相比，我是大姐，理应懂事地做出表率作用。于是这个尴尬的身份，赋予了我理所当然地承担起更多的活。

但做得多，也错得多。我负责订的大蛋糕是方形不是圆形的，他们说"意头不够好"；餐前水果我没及时拿出来分发好，是我"不够醒目"；姨公姨婆来到饭店但没找到宴会厅门口，都怪我"没有出去等候"；对于某某事我提出了不太有建设性的建议，被回怼"什么时候轮到你出声了"……诸如此类。我不做不对，做了也不对，无所适从。他们责怪我时所使用的口吻，就是那种不耐烦、语调带着第四声去声的语气。这种语气伴随了我许多年，我实在太熟悉了。虽然那些全都是不值一提的不起眼的小事，但彼时我已经是个二十多岁的大姑娘了，已经出来工作，甚至是已经结婚成为别人妈妈的人了，还是被随意地呼来喝去。但似乎所有人都忽略掉了这一点。我的先生有时也会看不过眼，他不止一次对我说，你只是其中一个孙女，尽本分就好了，不需要这么积极的。

其实我真的不介意多干活，因为大家都是一家人。一直以来，我都有一种天然的使命感，觉得通过自己的服务，甚至舍弃掉自己的一部分快乐，从而去满足周围人快乐的需求，让大家拥有轻松和谐的氛围，我就能获取成就感，就能收获开心了。凡是家里举办什么聚会，最积极最投入的是我，一心把大局和各人感受摆在前面，把自己放最后。以前的我，也真的不计较他们对我的不良评价，心想只是他们误解了我而已，但也没关系，自家人不用解释。

后来有一天，我在一本叫《镜中图图》的书中看到了一句话，不禁潸然泪下。那句话是这样写的：从前有个小女孩，前额长着一缕卷发，尽管她是个好孩子，却总是受到指责。

我曾经想，也许我在他们心目中，除了是个好差遣干活的对象，并没有什么地位。尤其是读完书后的我做什么都不顺，还要寄居在五叔的麾下谋生。他们选择了相信母亲对我的各种宣传，都认为我很凶很倔很没有家教，而没人见到我一心一意为这个家庭付出过汗水与满腔的心意。年纪渐长我才明白，很多东西不是你一味退让就会有好结果，不是你肯牺牲与不计较，别人就会看得见你的好。

其实对于每个人，一开始我总是抱着百分之百的真心去对待的。可是，不是每一份真心都能被珍惜、被尊重的。这世界好大，人与人之间有太多的不同了。不被重视与不被理解，热情总是会慢慢退却，谁的心都会一点一点地冷下去。有一年，我不记得自己又做错了什么，被长辈们说得很厉害，连弟弟都看不过眼，事后对我说："姐，以后他们喜欢怎样搞就怎样搞吧，你别再管他们了。"

我"幡然醒悟"。是的，天真、热情、真心只有那么多，没办法再被消耗了。保持对他人的善意和包容这点没错，但这不意味着你就应该是一位"老好人"。许多人并不真正了解你，也有许多人是从别人的口中了解你，他们从来不会从你的口中以及行为里了解你。自以为是的无私奉献，要适可而止。正如曾经看到过一句话："八面玲珑是不行的，你六面玲珑就够了，留下两面，得是刺。"

我曾怀着伤感，在一篇小说中如此写道："每个人身上都有漫长的历史可以追溯，透过那些怀着深重的匮乏感的成年外表，可以想象到TA可能经历过不被尊重的、弱小的、自我疗愈的年少岁月。时间是个好东西，可以让视野和反馈都会变得不一样。褶皱未必可以被抚平，但是可以让你放下。如果将来有一天，当她成了别人的母亲，她会俯下身子，去倾听将来成为她女儿的那个人的声音。以后，如果小姑娘遇到了委屈与难过，她不仅会抱一抱她，还会温和地告诉她：你只要做自己就好了，你不需要去讨好每个人。"

之后，大概在我三十岁后的年纪，我不再主动或者被动把很多事情包揽在身上，而是把更多的时间放在一些难得相见的亲戚身上。是的，我真的不再是那个曾经受过万千宠爱的三岁小女孩，也不再是那个善良无畏只希望大家快乐的十六岁小姑娘了。

每个人在成长过程中都会犯各种小错误。我承认年少的我性格当中也有很多不甚让人满意的地方，也有不少做得不够稳重妥帖的地方。但是我始终被人揪住那些不好的东西先入为主，并没有被用发展的眼光看待，其实如何"洗白"也是徒劳。何况，我从来没有做过任何"洗白"的努力。

记得大约是2014年，有一回爷爷生病，在沼城某医院住院。那时我在附近上班，每天中午和傍晚都去医院看望爷爷。其实我也没能做些什么，能做的无非就是陪他聊聊天之类的。送饭送汤那些事，还是由他的儿子儿媳妇来做。

爷爷出院那天，受六叔嘱托，我特意翘班，拿着六叔事前留下的银行卡，花了半天跑上跑下为爷爷办理出院手续。我把住院发票特意用纸袋装好，千叮万嘱爷爷要放好，到家后要及时交给六叔，由六叔事后替他去办理报销手续。那时的医保，还没有实现跨市即时结算的功能。办妥手续后，爷爷继续坐在医院里等待他们来接，我则先回去上班了。

第二天一早，我先后接到了几位长辈的电话。在一遍遍解释了昨日处理发票的过程后，我还是接受了劈头盖脸几顿骂，说我没有好好保管爷爷的住院发票，现在找不到了。除了老人，前前后后碰过发票的人，就只有我一人。大伙不敢责备老爷子，只好说是因为我没保管好发票。其实，发票很大可能是八十多岁有点糊涂的老爷子给弄丢了。没有发票，意味着一万多块钱的住院费用无法报销。我虽然觉得心里憋屈，但更多的是内疚。明知道老人家记性差，我当时就应该想个更好的办法，把发票包好安放在某个地方，以便顺利传递给下一任经手人的。

这时，爷爷给我打电话。他说，你别管他们乱说什么，是爷爷老糊涂了，是我自己弄丢了发票，不关你的事，你别放在心上啊。我的眼泪一下子涌了出来。后来我才知道，爷爷那天挨个给他们打电话，不许他们再责怪我。其实已经有点糊涂的老人家，也许真的没有意识到发票是自己弄丢的。但他愿意这样维护我。我既心酸，又感动。

多年来，我一直认为自己不被家人关爱，谁都可以随意呵斥我，教育我，责怪我。爷爷一直被视为最重男轻女的人，我却在那一刻，感受到了他的爱护。貌似除了爷爷，所有人都忽视了我已经长大。

我是一个傻瓜，一直心甘情愿地接受一无是处的外人指指点点吗？不是的。他们当中很多人曾经对我好过。撇开小时候他们对我的各种疼爱不说，我的高考成绩不理想，是六叔帮助我进了较理想的大学；五叔替我出了第一学年的学费；我就业面临困境时，二叔主动出谋划策……还有很多很多。那些都是亲情与恩情。相比之下，被人说几句，责怪几句，算得了什么。

本质来说，我们都是亲人吧。

当然，万事万物都是存在着变化的。在后来的年月里，长辈们也在慢慢适应和接受了我已经长大的事实，他们更愿意用宽容和理解的态度来对待我了。不知什么时候开始，我不再"挨骂"，甚至因为积极主动的态度和细心的做法收获了不少赞美。可能是随着时间的推移，长辈们逐渐步入中老年，他们的心境与做法跟当年也不再一样。

如今的我，只需要继续记住大家的好与和睦，那些曾经的小小的不愉快，就让它们成为某个历史阶段的小插曲吧。

## （十二）医院

母亲退休后的这十年间，曾经摔倒住院两次，做胆囊手术住院一次，心脏出现问题住院一次。

她第一次摔倒住院是2013年夏天左右，马上被送进了市一医院。那个周末我和几位好友去香港玩得十分开心，回来后才收到这个消息。我心里有点紧张，赶快去了医院看望。住院的晚上需要陪护，我提议我和父亲、妹妹轮流过来陪护。彼时弟弟刚考上百公里外的乡镇公务员，每晚无法赶回来。但是父母都坚决地说我的孩子小，妹妹则在郊区上班路途远，不用我们过来，反正母亲无甚大碍，陪护的人晚上也只是在简易床睡个觉而已。我听从了。

那时，我在职的工作环境比较自由，于是每天早上到市场买好材料，上班期间在办公室用电炉熬汤，临近中午再乘坐公交车送去市一医院，以表心意。几天后，几位亲戚长辈含蓄地批评我，说我和妹妹把晚上陪护母亲的责任全部扔给了父亲，让父亲连个安稳觉也睡不了。原来，母亲因陪护的问题背地里对我和妹妹诸多不满，但是她又没有直接对我们说，而是对所有前来探病的亲戚控诉。

几个月后，母亲因做胆囊手术再次进了医院。这次我死活不敢不去医院做陪护了。当然，这次住院毕竟要动刀子，比上次严重许多，确实需要人彻夜不眠地来精心护理，我也不愿意父亲这样熬夜。那晚母亲麻药未过，整夜沉睡。我遵照医嘱，隔一阵子就用棉签蘸些水湿润一下她的嘴唇，还观察一下尿液情况以及其他数据。

母亲的脸色蜡黄，躺在病床上。我当时有一点点心痛的感觉，但仅仅只有一点点。当夜，除了照顾母亲，我看完了几本带去的杂志，做了几次拉伸舒展运动，在脑袋里构思好了一篇小说，天还没有亮。我记得凌晨三点市二医院上空的夜空，橘黄与深蓝混合在一起，清澈透亮。五点的天空泛着鱼肚白，透过轻轻摇曳的树枝看出去，带着清醒的希望。

几天后母亲可以下床，我帮她洗了脚。当我的手碰到她脚的时候，她下意识地缩了缩。她带着不好意思地说："妈要你洗脚，觉得很不好意思呀，觉得自己好像是个废人。"我伸手去捉她的脚，低着头说："乱说什么话，身体好了就不用我洗了呗。"那一刻，虽然外人看起来也许场面很温馨，但是我自己其实只感觉到疏离和尴尬，唯独欠缺了感动。想必母亲也一样。

2019年夏天，母亲再次摔倒了。她参加老干大学诗文班的学习，那天中午跟老师同学们去茶楼饮茶聚会。本来因为骨质增生而行动不太利索的她拿着茶壶到处给人倒茶，没看路，一脚踩空摔倒在地上，吓坏了所有人。她的同学辗转取得我的电话，通知我来茶楼接走她。我到达时，大伙马上围着我七嘴八舌地向我讲述当时的情景以及他们采取的补救措施，可能生怕我找碴吧。母亲当时不愿意去医院，说自己懂医，对这些很有经验，回家如何如何就可以了。其实像她这样的半桶水心理最要不得，自认为懂行而不肯听取别人的意见，殊不知自己由于长时间没有自我提升，所谓的懂行也只不过是停留在多年前的水平而已。

当天晚上她疼痛不已，才让我们半夜带她去看医生。最后她自己选择了去某医院住院，还是由父亲全程陪伴。这次住院检查，显示母亲有轻度的脑萎缩。其间，我和妹妹去看望过她几次，有时带了饭和汤。

2021年5月，母亲对弟弟说自己心脏不舒服，怀疑自己甲亢复发。她说，她准备去小区附近的小诊所做个检查再如何如何处理。我知道后马上打给她，说还去什么小诊所，你在星期几早上几点钟前直接到达某医院，我提前去帮你挂号并在那里等你，你得做个详细的正规检查。

那次检查，显示母亲的心脏瓣膜出现了问题，需要动手术。她马上征求小蚊表哥的意见。最后小蚊表哥托了熟人，让她转院去了市二医院，准备接受手术。幸好这次住院，用药物治疗了十多天后显示好转，无需手术即出院回家了。由于疫情防控，医院并不允许亲友前去探望，因此她这次住院我一次都没有去看望，连走走过场的机会都没有。全程还是由父亲一人做陪护。我竟然，在很正常地过我的日子。

这件事有个小插曲。因为母亲入院当天我向单位请了半天假，回来跟同办公室的同事提了一嘴母亲住院的事情。几天后，同事关心地问起此事，我便说了新进展。一位女同事问："是你妈还是婆婆住院呢？"我说是我妈。然后她不经意地说了一句："我以为是你婆婆呢。如果是自己妈妈有事的话，我会上心很多。"

我当时很纳闷，是我表现得过于正常了吗？我应该忧心忡忡，茶饭不思，愧疚无助，惶惶不可终日？

# （十三）伴侣

我在企业从事人生第一份工作的时候，认识了厂里一位姓钟的电工。他当时年约四十，长得瘦削沧桑。据说他是五叔的同学，带着家人在工厂附近租房子住。平时在其他人口中，我对他的宠妻事迹已略有所闻，例如他放弃在厂饭堂吃饭的机会，每天一下班即赶回出租屋做饭给妻子女儿。别人说，老钟的老婆平时是不上班的，只管在家带女儿。有些人表面上对老钟的行为表示赞赏，但更多的人在背后对他嗤之以鼻。

一个晚上，为了赶着修好车间线路，厂里留下了老钟干活。老钟虽然多次提出"可不可以明天再做"，但得到否定答案后还是尽心尽力地做，缺了配件还立刻骑摩托车到镇上去买。

老钟去镇上不久，一个头发蓬乱、满脸阴郁、毫无笑容的女人领着一个三四岁的小女孩悄然来到了厂里，在其中一栋楼的楼下找了张凳子无声无息地坐下。大家都在车间里忙活着，没有人发现她，除了我。我立刻跑进车间说："厂里来了一个疯女人，好可怕，你们赶快出去赶走她！"有人出去看了看，回来说：

"哪里是疯女人，那是老钟的老婆。"我不相信，却没有人管这件事。当我再次走出去的时候，女人冷冰冰地对我开口了："老钟去了哪里？"我不安地说："他刚刚去镇上买配件了，我们赶着要他帮忙修机器。"女人继续冷冰冰地盯着我说："现在都八点多了，你们还不让人下班？我们全家都还没有吃饭呢，在等着他。你帮我叫他回家做饭！"

老钟从镇上买完配件回来，还没停好摩托车就被他老婆见到了，不得不接受了她的破口大骂。老钟嗫嗫喏喏地解释，没有效果。最后，是当晚职位最高的小领导看不过眼，叫老钟不用加班了，带老婆孩子先走。这件事令我非常震撼。据说这个女子是老钟的第二任妻子，所以他对这段婚姻尤其珍惜。这件事可以看出此女子性格彪悍，通常老钟也不得不用步步忍让、息事宁人来维持家庭的稳定。此后我每次见到老钟，看他的目光都带着深深的同情。

对老钟深深同情的感觉，我后来始终记得。那种为了息事宁人而不得不采取沉默忍让的态度，其实是助长了被忍让者的无理气焰。老钟们也许后来也会认识到这个做法是错误的，但是他们已经错过了重新调整做法的最好时机。打个不恰当的比方：对于家庭关系的经营，他们已经错过了切除"毒瘤"的最佳时机，如今面对已经扩散的"癌细胞"，做任何治疗已经是没有意义的了。

我后来经常和弟弟妹妹讨论，该如何经营夫妻关系：由于人存在个体差异性，不能强求对方的思想与你的想法一致。但是如果你在共同生活中，发现了配偶存在致命的缺点，也许对方浑然不觉，而这些缺点会对双方关系以及家庭成长脚步造成不良影响，你必须严肃地指出来，并且想尽办法去帮助对方改正。这个"想尽办法"的方式有许多种，视具体情况与个人解决能力而定，不一定是通过日复一日的强烈争吵来实现。夫妻应该是同步前进的共同体，万一哪一方落后太多，脚步较快的那一方应该稍微放缓脚步，去等一等后面的人。如果对方是资质太差而落后，那资质稍高的那个，也应该想办法助其提高。

不过，虽然道理是这样说，可万一遇到猪一样的队友，烂泥糊不上墙，我估计自己可能也会很不耐烦的。我有时会对当时尚未择偶的弟弟说，你在选择终身伴侣的时候要注意，要考虑能享受对方带来的现有成果，而不是要做"妻子育成计划"。记得我曾经写过一段文字，原文是这样的："当勇敢的两个人要缔结婚姻，一定要自己学着长大，学会经营。就如准备创造新生命的人，务必要先学会照料。身为伴侣，彼此都有责任在未来漫长的共同人生里为对方遮风挡雨，同舟共济。万一哪一方偏离了航道，另一方也有义务为其修正方向。这样，才能共同到达幸福的彼岸。不然，要么婚姻之船茫然搁浅，要么船上的人痛苦不已，苦海无涯。"

母亲几次住院，作为女儿，我都能感觉到父亲的担忧与尽力照顾。可是母亲，直接无视了父亲的这些好。其实，没有谁对谁的好是理所当然的。可惜这样的道理，她似乎并没有懂。

母亲经常会说："你父亲如何如何对我不好，如果我不是为了你们姐弟，我早就去死了/离婚了，你看你们对我有没有良心！"这种做法，跟她对小时候的我的金钱教育方法一样，造成的后果其实都是类似的，只会让孩子感到沉重与内疚。但幸好我从来不会因此内疚。长大后的我其实很想对她说，别再道德绑架我们了，过什么样的日子都是你自己选择的，如果你真的觉得不好，完全可以放弃，去过另一种生活。生命只有短短的几十年，为什么总是纠结于芝麻绿豆的小事而看不开？我们不是应该要开心、快乐地度过每一天吗？

就如网上那些鸡汤文，说什么"有一个姑娘，他爸他妈养了她二十多年，她没吃你家一口饭，没喝你家一口水，就因为她爱你，就得离开父母，把你爸妈当亲爸亲妈，把你兄弟姐妹当亲兄弟姐妹，照顾你大半辈子，从一个如花似玉的姑娘变成一个只知油盐酱醋的妇人，十月怀胎生下的孩子还得跟你姓，如果你还辜负她，你就该下地狱"。我想说的是，不要把女性和男性放在对立面，不要因为爱他就觉得他必须回报你。女人从年轻变老，那是生理变化，不是因为嫁给了谁。男人辜负你，你忍受得了就忍受，有本事离开就离开，人是你自己选的，谁也不能怨。生命的要义是分享与享受，不是控制与痛击。饭吃一顿少一顿，日子过一天少一天，我们为什么要被狭隘裹挟，杀气凛冽，把自己的生活弄得剑拔弩张呢？何况，伴侣对你好不好，你被辜负不辜负，你能忽略逞口舌之快的快感，理智中立客观地下一个结论吗？

有朋友笑我，谈起这些话题时理论一套又一套，那么，你自己的伴侣呢？

我一直觉得，我的伴侣没什么好写的。在我人生里最低潮最不知所措的那段日子，他恰好出现了。他与我过去所喜欢过的男人，没有什么共通的地方。那年他刚好就出现了。我也没有其他选择，认识七天后，他说我们在一起吧，我说好，然后就在一起了，一直到现在。从求爱到恋爱到结婚到如今平淡的婚姻生活，从来没试过轰轰烈烈或者激动人心，一切就那么平和自然。

　　他不像我这般感情丰富与细腻。我写的文字，发表过的文章，那些杂志书籍随意放在床头桌尾，他从来不看，早些年他甚至还不知我的笔名是啥。我满藏少女心事的一堆日记本放在柜子里，他也从来没有兴趣看。他好像从来没发现他妻子的才情。而我认为自己拥有的好多可贵的品质，以往曾被一些异性欣赏过的品质，他似乎没能全部发现。除了贤惠。

　　他和我可能真的不是同一类型的人，我们心灵世界的交流似乎不能像我和好朋友们一般深入和自然。恋爱初期，我曾尝试把他打造成为我这样的人，很快发现不行。当年的张恨水对胡秋霞，估计也是这般郁闷吧。后来我改变了自己的心态，想着多点发现和欣赏他其他的优点就好了。人无完人，他有他好的地方，我不能用自己的标准去要求他。而我所看重的心灵与思想交流，可以在我的好朋友身上找到。也许这就是婚姻，就是生活，没有轰轰烈烈，没有要生要死，没有曲折迂回，就是平平淡淡。我深深明白，人生本身就是不完美的。别人都说，接受并不代表妥协，妥协是忍受，而接受是承认现实。但在我看来，接受和妥协本来就是同一个意思。

　　以前我认为，过日子应该还是要找相似的人。很多时候，见到身边有的夫妻或情侣，两人有共同的兴趣，有说不完的话，有一致的共同努力的明确目标，心里非常羡慕。也许，那就是传说中的三观一致。没有绝对三观正的人，但绝对有三观正好和自己一样或者相近的人。我们生活中有很大部分的快乐，就是来自和我们三观一致的人。但要找到三观一致的朋友也不简单，千千万万的人在你身边经过，成为你好朋友的人才不过十个八个。何况，是千万分之一才能遇到的人生伴侣。所以遇不到，不是正常的吗？

　　我遗憾吗？我从来不愿意深入去细想这个问题。这个世界有太多太多的问题了，不一定每一个问题都能找到答案。何况，让你找到了答案又如何？想太多，是一切痛苦的根源。那都是你个人的选择，你必须为自己的选择承担任何后果。难道不是吗？何况我们的人生已经定型，你还想怎样，你又能怎样？为什么古代那些没有感情基础的夫妻，也有恩爱和谐的？也许注意规则感，各司其职，各行其是，不给对方找难受，那就算没有爱情，也能和谐。两个人不是没有争吵，而是在争吵过后，还能够一起面对问题，愿意用某种方式接受彼此，慢慢去培养彼此的默契，去滋养彼此的情意。在求同存异中平静地生活下去，然后一起走完这场漫长的婚姻之旅，已经是上天给的一种恩赐。知足常乐，不也是一种很好的人生状态吗？

　　多年后，我从急躁、固执，变得从容、淡定。就是那种"天塌下来也别急，我们一起想办法解决"的从容。那种安定与祥和，就是我的伴侣给予我的。这一切来源于一种安全感——他对我非常包容。

# （十四）弟弟

　　小时候，我对小我七岁的弟弟感情很复杂，一方面觉得他是妨碍我出去玩的累赘，一方面又惧怕带不好他引来父亲的怒气，一方面又喜欢这个总是时刻黏着我的可爱小人儿。

　　我喜欢在弟弟的胖胳膊上咬上一大口，开始时他会疼会躲，后来知道这是属于我们之间的小游戏后，每当我做出表情与动作时，他就会主动伸出胖乎乎的胳膊让我咬。我负责每天给他洗澡与喂食，他不好好吃饭我就吓唬和"教训"他。父母会经常煲红枣瘦肉粥让我喂弟弟。那种粥真是香，我经常一边喂一边忍不住偷吃。有一次当我喂完弟弟把碗放回厨房时，母亲随口问了一句："弟弟吃了多少呀？"原来我每次边喂边偷吃的行为早就被妈妈发现了，顿时觉得羞愧难当。后来，父母煲这种粥时总会多煲一点，算上我的份。弟弟好几岁了还经常流口水，我经常帮他擦，一边擦一边笑他"丑死啦"。我在沙发底放一个小盆子，训练他每当想撒尿时就从沙发底把小盆子拉出来，拉开小短裤的橡筋，对准小盆子尿尿，完事了得把小盆子慢慢地推回沙发底，以免溢出。那家伙有一次在我开学前两天，把我辛辛苦苦做好的暑假作业撕烂在后窗户做"雪花纷飞"，我几乎想把他的小屁屁打烂。

有一天我在房间里，突然听到厨房里啪的一声，随后见到弟弟一脸慌张地跑进来扑进我的怀里。我闻到一股淡淡的焦味，低头看他，发现他前方的头发有些烧焦。原来这小家伙学着我和爸爸平时的样子，自己拧开了煤气炉，却由于头靠得太近，额头以上的部分头发被瞬间窜起的火花给烧焦了。我火冒三丈，不由分说在他的屁股上打了几巴掌，说："谁让你玩火！"他拉着我到厨房，指着煤气炉上面的粥兜说："饿了。"原来弟弟肚子饿了，但是他看到我在学习不想打扰我，于是自己悄悄来到厨房，打算煮热早餐剩下的粥来吃。我顿时又生气又自责。那天我拿着剪刀坐在窗台边，一边帮他把一根根焦掉的发尾剪掉，一边反复说："小孩子不能碰煤气炉。以后想吃东西就告诉姐姐，知道吗？"

当我长大后回忆起这一段日子，我想，在与弟弟抱团取暖的那些日子里，其实潜藏在我内心深处的母性不知不觉地被激活了。我不仅是一个姐姐，更主动扮演了属于母亲的角色，凡事为他着想，凡事以他为先。这种用心对待的爱，后来一直存在并越来越浓烈，直到我有了自己的孩子。作为一名粗犷的男生，他也许从未感知。又或许，后来他从母亲身上获取了更多更浓烈的爱之后，认为我曾给予的这种小爱根本不值一提。我深深明白一个道理，无论是亲情、友情还是爱情，你只要问心无愧地做好你愿意付出的那一份就可以了，不要去想别人能否感受到以及是否会回报。

那时母亲下班回家，经常会带着香蕉、苹果、雪梨等水果回来。我和弟弟很馋这些。刚上小学的弟弟很喜欢吃肉。有一段时间放学回来，他喜欢坐在阳台铁门旁边看电视，一见父母买菜回来就会跑上前去捏父母手里新鲜购买回来的肉菜，然后说"买这么少"或者"哇，今晚好多肉，好呀好呀"。

弟弟还会经常握着小木块、小木棍、小绳子等的小发明，等我们到家就兴奋地朝我们一一展示。如果他的小发明有危险性，我通常会虎着脸教训他，说"你知道这样会造成怎样怎样的后果吗""这样好危险，以后不准这样搞"之类的话。有一次他在厨房门口的小地毯下藏了一块裸露出钉子的小木头，被我骂得可惨。可能被我教训得多，慢慢地，弟弟放弃了他的"小发明"。上大学后的我回想起此事，感觉有点对不起弟弟，不知道是不是自己的行为扼杀了他的科研小树苗。

可我们家的传统就是这样的，爷爷对父亲，父亲对我，我对弟弟，前者面对后者的新创举、新想法、新念头时，多数情况下，首先给予否定，其次是打击。若后者通过事实或者辩解说服了前者，前者只会用沉默或者走开来表示赞同，从不会正面表达内心的认可。吸取了原生家庭这样的教训，当我成为别人的母亲之后，每次孩子天真地向我展示他们的"新发明""新创举"时，我会第一时间笑着给予肯定与赞叹，然后再温柔地告诉他们，要怎样怎样才能更加好，现在这样有着怎样的危险，下次不能咋样了。还有进阶版的做法，就是当我的孩子还小的时候，每当他们向我分享某一件其实没有什么意义但他们认为很好笑的事情时，我会顺着他们的意和他们笑成一块。他们会因为我接受了他们的快乐，从而更加快乐。当我后来接触了不少育儿书籍后才知道，这种误打误撞的做法是正确的——孩子其实非常需要来自亲密的人的认同。

　　弟弟上二年级的时候，有一次在学校里跟同学玩耍，把对方的书桌下方的一条铁梁给踢坏了。那是一张很旧的单人书桌，不知流转过多少届了，也许那条放脚的铁梁本来就有些松垮。弟弟的班主任通知父亲，叫他找个时间搬那张书桌到街上焊好。彼时我已经上初二了，父亲命令我去办妥此事。于是我在一个放学后去小学接到弟弟，在校门附近待到全校的人都走光后，上去他的教室把书桌搬下来，然后扛着它满大街找可以焊接的小店。一路上，我像个小大人一样，双手捧着书桌，严厉地训斥弟弟调皮捣蛋，又让他详细地讲述"事发经过"。弟弟背着小书包走在我右手边，一边默默听着我的教训，一边耷拉着小脑袋说"事发经过"。说到某个细节，我们两个都忍不住同时笑了起来。他侧着头看我，见我真的是憋不住了，也才放肆地笑起来。他欢快地朝我挪近一点，把手搭在了我的手腕上。记得那天的夕阳，把我们俩人的影子拉得长长的，就像过去无数个我拉着他的手走路的日子。

　　弟弟唯一一次"偷钱"，发生在他上五年级的时候。那时我上高二，有一次无意中发现自己用来存放一块钱硬币的钱罐叮叮当当，里面只剩下几个硬币了。经过几句"审讯"，弟弟承认了，说开始只偷了一两个跟着同学去游戏机室玩游戏。偷了几回后，见没人发现，于是"放心"地偷了，直到把满满一罐硬币偷得只剩下几个……我怒火中烧。并不是因为几十个硬币化为乌有，而是对弟弟有种强烈的"恨铁不成钢"的感觉——小家伙竟然学会偷钱了！那天我非常生气地教训他，命令他写检讨书，把每一次偷钱的详细过程和心理活动全部写下来。他用有限的文笔，写了大半页信纸，诚惶诚恐地交给了我。我再命令他抄几份，威胁他说要贴一份在家里的墙上，送一份给他班主任贴在教室后面的"学习园地"，寄一份给乡下的爷爷奶奶让他们贴墙上……他又害怕又难受，忍了一天，终于哇地哭了出来。见到他哭，我的心立刻就软了。父母任由我这个"失主"教训了一天，这时候也出来打圆场，说"行了行了以后改正就好了"。从此，弟弟没有再偷钱。现在想起来，原来我一早就有教育小孩子的"潜质"了。

　　2006年秋天，我和那个后来成为我先生的男人在一个餐厅里吃饭。那是我和他第一次单独吃饭，对于聊过什么我如今已经忘了。我只清楚地记得，那天的我对还没有成为男朋友的他说，我弟弟是我最爱的人，以后的老公孩子都比不上的。那天的我，再次强烈地感受到自己对于弟弟那种浓烈而真挚的爱，不掺任何杂质。

　　2009年，弟弟参加高考。那天是一个周日，我不用上班，处于笨拙的孕后期。我一整天靠在床上，担心着他，辗转反侧。那种紧张与不安，甚于自己当年参加高考。2013年，毕业一年后的弟弟考上了公务员，我又高兴地默默流了很多眼泪，觉得是弟弟代我完成了心愿。

　　初出茅庐的弟弟，什么都愿意对我说，我也以过来人的身份给过他不少意见和建议。我希望自己可以成为为他点灯的人，让他尽量少走许多弯路。弟弟也曾说过："姐，你是吾之子房。"在那几年我落魄与迷惘时，弟弟也给过我不少支持与鼓励。记得我对弟弟说起在单位做临时工的卑微与辛苦时，弟弟说："去年我和你坐在这里饮茶时，你说在那家风雨飘摇的私企随时被解雇都不知何去何从，那时听起来更心酸，现在不是比去年好了一点了吗？"

　　母亲结束因求子而在外漂泊的日子回家跟我们团聚后，也许是出于对年幼儿子的补偿心理，所以对弟弟特别好。我离家上大学后，母亲更是把所有的爱都倾注到了弟弟一人的身上。母亲对孩子的影响是深远且巨大的。也许出于接触较多，出于母亲不管青红皂白总是愿意站在他的角度想事情谈事情，因此弟弟的内心经常会倾向于认同母亲。母子俩经常享受着一种私密的连接与快乐，有时彼此交换一下只有他们两个才能看得懂的眼神，内心是澄明的了然与得逞的快意，是那种自己人合作成功、亲密加倍的感觉。

　　弟弟有一回笑我，说我这人对家里毫无良心，去上大学后只有缺钱时才会打电话回家。那当然不是事实。可是这从如今的弟弟口中说出来，很大可能是母亲在多年后某次对弟弟谈起我时所下的结论。我想说，这是不是当年的事实，难道你不清楚吗？哪怕你当时年纪还小记性不好，哪怕母亲的这番结论跟她平日对我的定性十分相符，难道你就没有认真思考过，爱了你二十多年的姐姐是这样的人吗？哪怕她从来没有说出过口，可是她有没有爱过你，你是否丝毫没有察觉过？

考上公务员后，弟弟只有周末才能回家，因此平时家里多数只有父母两人。平时只有两个人生活的家，万一气氛都不好，更难过日子。我总是认为，他作为父母同时钟爱的孩子，不是最适合充当润滑剂，应该想尽办法去化解家庭矛盾，让家庭气氛融洽起来吗？可惜已出来工作多年的弟弟，似乎还未能掌握化解家庭矛盾的本领。

弟弟在单位工作了好几年，总是遇到各种"糟心事"。我对弟弟说，多干点活不是让你在工作中一味忍让多干，而是去注意平时工作的积累，因为即使是在关系错综复杂的单位中，没有后台的人也不是完全没有机会的。但机会一旦给了你，你也要接得住，要不然就没有下次了。我还有针对性地提出了不少建议，但并未获得弟弟的认同。

随着时间流逝，进入职业倦怠期的弟弟工作做得越来越郁闷。在情绪低潮期，他在母亲那里得到的心理支持越来越多，我提出的意见建议越来越不得其心，他已经很少对我倾吐心事了。是我变了吗？不，我只会在年月里被磨炼得越来越智慧，越来越通达。但我的通达并不是那几年的他所需要的。何况我对自己的前程也自顾不暇。我的弟弟，已经不再需要我的"指导"了。弟弟的价值观和处事方式和我越来越有差距，跟我的距离越走越远，甚至让我几乎忘了自己曾如此深爱过这个小男孩。

后来，弟弟终于找到了意中人。恋爱大半年后，他们步入婚姻的殿堂。为免父母瞎折腾又经常吵架，我早早替他们设计和打印了各种资料，便于他们统计宾客名单、购买物资以及安排分工。但对于筹备弟弟婚事，我自觉地不敢过于表现积极，因为对于母亲来说，身为外嫁女的我只是其中一位宾客而已，并不是主人。

弟弟结婚那天，出于母亲认为的风俗需要，在新娘进门前后，我这位新姑奶奶被要求站得远远的，不能靠近。我在阳台背对着客厅站了很久很久，见屋内的轰动渐渐平静下来，才惴惴地跟着其他亲戚走进新房看新人。我站在新房门口，探头探脑地看到弟弟和弟媳二人正坐在梳妆台前吃喜面，弟弟往弟媳的碗里夹了一块鸡肉，嘱咐她慢慢吃。

我感到世界瞬间安静了，心里涌起一股温柔的感动，眼眶不由自主地红了——我曾经最爱的弟弟，他真的已经长大了。我从心底祝福弟弟安好。我相信为人夫、为人父后，终究会让一个人渐渐成熟的。我衷心希望弟弟能在崭新的小家庭里重新成长，长成一棵真正可以独当一面、为家人遮风挡雨的大树。

事实上，在我的生命中，随着外出工作与出嫁，我只和弟弟共同生活过十三年。弟弟后来人生里的第二个、第三个十三年所带来的丰厚回忆，已不是由我来缔造的。

那十三年，我和弟弟日夕相对，感情深厚。有好吃的，姐姐会记得弟弟；有好玩的，弟弟会记得姐姐；有好笑的有趣的，一定会分享给彼此，共同笑得人仰马翻。很多很多个周末的清晨，我在自己的床上朦朦胧胧地醒来，隔着蚊帐会看到年幼的弟弟搬张小凳子坐在我的床前，手里握着他的玩具小棍子，默默地等待

着。见我翻身，他马上会把头凑过来："姐，姐，你醒了？"然
后他开始吧啦吧啦地跟我说话，说他的学校他的同学怎样，说电
视情节和人物怎样，说各种乱七八糟无聊不无聊的事，好像永远
也说不完。

那个可爱的很多话说的依赖着姐姐的小男孩，如今已经长大
了。成长必定要付出代价，包括要和曾经亲密的人疏远或分开。
有时，我宁愿我们俩永远停留在那个相亲相爱无忧无虑的时刻，
不曾长大。

# （十五）孩子

也许很多人都不记得童年阶段发生的事情，以为那段时光对
一个人来说不太重要。其实，童年的经历对一个人影响甚远，这
些经历深深沉积于一个人的内在，甚至能够驱动人们余生的感觉
和行为。

胡适在《我的母亲》中写道："如果我学得了一丝一毫的好
脾气，如果我学得了一点点待人接物的和气，如果我能宽恕人、
体谅人——我都得感谢我的慈母。"从小饱受母亲折磨的张爱玲
则说："我知道自己冷酷无情，忘恩负义，反正自己也不会有什
么好下场。"可见不同的教育方式，让孩子成人后为人处世大相
径庭。

对于养育孩子，我是有过愧疚的。

记得我的大儿子上幼儿园大班时，有一次我带他过市区拔
牙。那段时间，孩子的牙龈发炎了，他说不疼，但我看得心疼。
彼时我在江对岸的市区上班，为了拿到当月的全勤奖，我决定带

着他一大早先回公司打卡，再在相熟同事的掩护下，利用上班的空当带他到附近的医院看牙。面对拔牙，孩子很勇敢，不到半小时就搞定了。完成后，我拉着孩子急急忙忙往码头赶。按照和孩子爷爷的事先约定，我带着孩子乘坐渡轮把他送回对岸，交给在岸边等候的爷爷，我再乘坐渡轮以最快的速度返程，回到北岸上班。

为了节省时间，从医院出来后，我拉着孩子抄近路走进了一条横巷。那时还早，僻静的横巷里透出慵懒的味道，路边偶有成堆的垃圾还没有被清走，发出难闻的味道。我的孩子拉着我的手，连蹦带跳地跟上我急速的脚步，眼睛好奇地东张西望。过了一会儿，他问："妈妈，这里就是沼城了吗？"我只顾赶路，应道："是呀。"他继续问："这里不是城市吗，可是为什么跟我们乡下差不多呀，房子都那么低，两边也没有东西卖……"我怔了一下，这该是一个在城市生活了几年的孩子说出来的话吗？在下一个路口，我立刻拉着他拐出了主路，对他说："妈妈刚才为了赶路才带你走小巷子，你看，这里才是沼城的大街。"彼时已经接近码头，身处旧城区的四周低矮的建筑与寥落的街景似乎并不能让他信服，孩子还自顾自地跟我唠叨着。坐上渡轮后，我搂着他说："妈妈这个周末带你们去逛街，去逛好玩的，吃好吃的，好吗？"他睁大那笑眯眯的小眼睛，快乐地点头。

自那天起，我开始反省。为了生活，我们营营役役，那些好吃的好玩的好看的，我们并不在乎，也不敢在乎。可是孩子在乎。虽然一个人的幸福童年不一定要用资本堆砌出来，但是必须有父母的精力与心思的参与。过去为了避免消费，也想着没有必要，哪怕不用上班，我都很少带孩子上街，甚至很少外出活动。

但我没有想到，那样对于日渐长大的孩子也是有影响的。

　　从那以后，我经常在各个周末带着两个孩子外出体验生活。有时，我们坐着公共汽车在街上到处晃悠，隔着玻璃车窗指着外面的世界说说笑笑；有时，我们去大学门前看轰隆隆的火车，一看就是大半天；有时，我们去金鱼池喂大肥金鱼，沿着一级级的楼梯爬那些小矮山；有时，我们会去山涧戏水，玩到浑身湿透。双层观光巴士上，留下了我们欢乐的脚印；新开通的高铁站，也留下过我们的足迹。一开始，由于囊中羞涩，去到超市，我会告诉孩子每人只能买多少钱以内的东西。他们会精挑细选，反复掂量，小声商量与讨论而定。幸好，日子总是一天天在好转的，慢慢地我们就摆脱那种窘况了。但孩子早已养成了节俭的习惯，什么该买什么不该买，什么划算什么不划算，在他们心中已有定论，不会对我们提过分的要求，也不会让我们花冤枉钱。孩子爸爸开始时抗拒，后来偶有参与，再后来积极参与。当孩子再长大一点，我们组织了越来越多的短途游甚至长途旅游，创造了更多的快乐。孩子有时候会指着我背上的背包，说这是我们家的"万能口袋"。我想也对吧，因为里面除了装满各样"装备"，更装着爸爸妈妈的心意，以及我们的欢乐。

　　后来，周末出去吃一顿好吃的，看一场电影，打打篮球跑跑步骑骑自行车，玩一两个小时桌游，讲讲故事聊聊天，这些都成了我们家亲子时光的常态。陪他们一起学习、一起玩的时候，他们不喜欢我总是看手机，那我就不碰。无论多困难多忙，我都不再吝啬花在孩子们身上的时间和金钱。我希望待他们长大后，回忆起小时候，都是快乐和充实的。

　　可玩归玩，我还是会很注重孩子们的学习成绩。我认为自己这十几年的道路走得如此坎坷，最重要的原因还是学历不足，在该好好学习的年龄没有引起高度重视，没能好好把握机会，所以才导致后来的步步维艰。我并不希望我的孩子重蹈覆辙。因此我会通过不断鼓励与说教的方式来给他们做思想工作，并且通过自己的实际行动来陪伴他们学习，来影响他们。每隔一段时间，我和孩子们就会共同制定近期的总目标与各分项目标，在实施的过程中，我和孩子爸爸以表格的形式对孩子们的各种表现予以量化打分，与得分相对应的是各种他们非常关心的大小奖励。事后我们还会召开一个"小小总结会"，讨论接下来该如何做才能拿更多的奖励。我并不希望自己如当年的父亲一样，只会对我提出严格要求，又没有具体的帮扶措施，让我整个求学阶段诚惶诚恐，不知所措。

我还会注重他们性格的培养。作为一个没有什么背景的普通家庭出来的人，我明白自己的社会资源实在太匮乏了。我的父母是普通人，我和孩子爸爸是普通人，我的孩子也是普通人。他们将来什么都只能靠自己。作为母亲，我只能把积极、乐观、冷静、周全这些品质，潜移默化地传给他们，让他们面对未来不可避免的艰难时，不至于太茫然失措。但同时我又明白，我们尽了自己的条件爱他们即可，不必想着替他们解决所有的难题。

刚成为母亲的时候，我曾经看过一篇文章。细节忘了，大概是许多伟人名人长大成人后回忆起他们的母亲，大多都评价母亲是温柔而宽容的。很少有有所成就之人公开撰文怀念其凶狠、自私、冷酷的母亲。因为在一段关系中，任何的不良情绪，包括焦虑、伤心、愤怒、委屈、绝望、唠叨、道德绑架等，本质上来说都是一种攻击。被攻击的那一方，不会好受。发射攻击的一方，也未必发泄完毕就完事了。双方只会在这过程中，被折磨得伤痕累累。当时我看了特受震撼，于是深深地记住了：身为母亲要温柔而宽容，孩子成材的概率才会大大增加。我不敢奢求自己的孩子将来能成为伟人名人，但至少，我不想自己给他们拖后腿。

我还时刻提醒自己，要做一个情绪稳定的母亲。我养育孩子，并不是为了要孩子们将来的报答，而是我本身享受抚养这些小生命的乐趣。我们都是独立的个体，他们不欠我，我也不欠他们，我们彼此在心底轻松而无私地爱着。有一句话说，父母情绪稳定，孩子长大后，对人间琐事更宽容，也更有幸福感。我希望通过自己的努力，让他们将来的幸福感更多一些。

"幸福的人用童年治愈一生，不幸的人用一生治愈童年。"不能说我的童年是不幸的，但应该是有一点遗憾的。当我有了自己的孩子之后，我一直在努力学习如何做一个合格的母亲。站在一个拿着接力棒承上启下的位置，我总是提醒自己，不要做错。哪怕前棒传下来时是错误的是脏兮兮的，可到了我手上，我还是得修正和清理干净后，再传给后面的人。

母亲的记性很好，我的记性很好，我两个孩子的记性也很好。

母亲的好记性，总是停留在过去。不是有一句话说，当人生的宽度增加之后，会把一切放下吗？然而她似乎并没有。她总是怀抱着放不开的执念，选择性地活在由各种芝麻绿豆组成的痛苦回忆当中，无视现实，不断地为自己加戏，并将其转化成抱怨与负能量释放出来，让自己和身边人总是都过得不甚痛快。她的温柔，她的健康，她的快乐，就在年月里一点点被内耗了。

我的好记性，在于我能把自己人生历程里所有的喜怒哀乐都记住。我的人生并非一帆风顺，甚至比母亲更多波折。可是面对曾经的不愉快经历，我更愿意从中吸取教训与力量，让其转化成有用的东西，让将来的自己过得更好。因为体会过不容易，所以愿意更宽容地对待别人。成熟的标志之一，就是可以和曾经的痛苦和解，再也不沉溺于过低的情绪。所以每当我年长一点，我就会对生活的抱怨更少一点。因为真正知道自己想要什么的人，往往懒得抱怨，也没有时间抱怨。我还明白到，其实人生真正的快乐是很难寻的，它未必会自动出现，所以我们要有自己制造快乐的能力。爱自己，让自己活得更开心，是需要我们终身学习的一个永恒课题。

　　我两个孩子的好记性，在于他们常常在生活里快乐地提醒我，我们以前曾经一起做过什么，妈妈你以前说过什么，爸爸教过我们什么，这个地方我们什么时候来过……那些都是他们童年快乐的记忆。而那些快乐回忆，多数是由我和孩子爸爸来共同缔造的，而孩子们全数接受了。我发自内心地爱着他们，对待他们从来不会厚此薄彼。一碗水端平，是身为父母对孩子们最起码的尊重。我希望，当我的孩子长大后，回想起他们的童年，回想起他们的父母，会是喜悦与平和的。就如这一段来自网络的话——

　　"我们要尽量对孩子好一些，让他们在小时候尽量快乐。因为长大以后他们会遇到很多痛苦，那时候，小时候的快乐就会成为他们最美好的回忆和安慰。父母存在的意义不是给予孩子舒适和富裕的生活，而是当你想到你的父母时，你的内心就会充满力量，会感受到温暖，从而拥有克服困难的勇气和能力，以此获得人生真正的乐趣和自由。"

# （十六）我们

我的母亲尽管有不少缺点，但善良与体贴是她教会我的。

母亲常说，如果我们在天黑的时候碰到街上卖菜卖水果的小贩，那就尽量光顾他们。万一碰上下雨、阴冷的时候，更加应该光顾。因为这时候的他们一般还剩下一些货尾没卖完才会继续摆卖，不甘心就此收摊回家。如果有人向他们买了，一来他们可以离高高兴兴回家更近一步了，二来买家也可以用较低的价钱购买到较多的虽然也许已经不太水灵的商品，双方都是赢家。小时候的我不太明白这些道理，直到长大后见识过社会的艰辛，才明白母亲这种"小善"背后的意义。

几年前，我当时那份工作非常忙，一天到晚要加班。母亲好几次主动邀请了我婆家外出吃饭，并且赠送礼品。在饭桌上，母亲对我的公公婆婆说："××工作忙，常常顾不到家里，顾不得孩子，请两位亲家多担待和体谅。"然后又称赞他们把家庭照顾得那么妥帖，把两个小孩子教育得聪明伶俐，让人听得舒心无比。

母亲有时还会关注我的微信运动。见我连续几天步数偏少，会打电话来告诉我不能不运动，哪怕只散散步也行。

弟弟说，母亲为人非常挑剔，唯独对一个人，她从来没有说过半句不是。那就是我的先生。她一直认为先生性格温和，待人接物大方，有礼貌懂礼节，是她最喜欢的人，还说我嫁给他是我一生最大的福气。她总是对亲戚朋友说，她的女婿已经把她的女儿给"宠坏"了，她的女儿"都好几十岁人"了，还"不用学做饭"。前年夏天，我的小家庭打算去海边旅游，先生一开口邀请，母亲就屁颠屁颠地答应了，逢人就说"我女婿要带我去旅游了"。旅游回来，她对先生的细心周到给予了高度评价，搞得好像那是她儿子一样。在这些事当中我获取了一个经验，凡是家里出现难处理的"硬骨头"，我就授权给她最喜欢的那个人去办，那样很大可能会收获皆大欢喜。

当年我大儿子出生的时候，由于母亲还没退休，偶尔还要去省城治病，她并没有来小镇看望我，只是偶尔给我打打电话。相反，我的奶奶、三姑以及几位堂姊堂妹，组成了庞大的亲友团不时前来探望，给我带来了许多补品。三姑还来我家住了一段时间，伺候我坐月子。后来才得知，她们当时的频繁到访不仅仅是出于个人的心意，还因为受了母亲的再三委托。

2018年，我出版了一本书。在我的新书发布会上，母亲非常高兴，邀请了她所有的朋友来捧场。那天，母亲穿着得体的盛装，与我的家人们坐在观众席上不停地鼓掌。母亲还让我把一批新书放在娘家，并时不时要我在书上写赠言与亲笔签名，便于她赠送给她所认识的人。那应该是母亲以我为豪的高光时刻了。

母亲还时不时叮嘱我：你以后出去社交得注意言行，毕竟现在是知名作家了。我觉得好笑，对她说，什么知名作家，别自己给自己加戏，我只不过是一个刚刚起步的小菜鸟。母亲笑，说，看什么时候再多出几本书就真的成知名作家了，但是得注意身体，不要熬夜写稿。我从沙发上挪了一下位置，托着脑袋对她笑："我才不敢熬夜，我怕长白头发。您看，这里有好几根了。"

有一次回到娘家，我坐在地垫上整理书架上那一沓沓老照片。那些新新旧旧的照片，勾起了许多回忆。母亲跟平时一样，忙出忙进不知道在忙啥。我举起其中几张照片，说："妈，为什么我这么漂亮？"母亲撇了撇嘴："你哪里漂亮了？"我说："我这不是一直都这么漂亮吗！""再漂亮还不是我生的！"母亲没好气地笑了。过了一会儿，她又从房里走出来，换了一种轻快的语调："你英姨（母亲的老同学）的老公没见过你们，上次来我们家做客时他说要看看你们的样子，我把你们的照片给他看了。他说：'哇，你女儿像香港小姐那么漂亮！'"我漫不经心地回嘴："香港小姐？那他有没有说我是落选还是过气那种？"母亲哈哈哈地笑弯了腰。

"别以为你才会写。"母亲从房里拿出一个小本子，念道，"'品质清高异众才，凌霜傲雪绝尘埃。西风篱畔枝头坐，笑向渊明径上开。'这首《咏菊》是我新写的，你觉得怎么样？"我一边收拾手里的照片，一边夸张地说："我的天哪，所以说妈妈您当年退出文坛我是极力反对的！"母亲开心得笑个不停："得了得了，要把你妈捧上天了！"

前段时间，我看见母亲站在阳台上侍弄着那些花，艰难地弯着腰舀水。我坐在沙发上摁着电视遥控器，望着阳台的一幕，又默默把目光转移回电视画面上。几年前母亲体检时显示，由于她长年不运动，腰部的肌肉已经全部萎缩，全被脂肪填满，因此她的腰板早就使不上力了。虽然我对她的各种不良习惯一直看不顺眼，可现实如此，我还是有种淡淡的微微的颤动。那一刻，我忽然想，行吧，她喜欢怎样就怎样吧。你看天上的燕子，在自由自在地飞。但我们不必羡慕。你有你的烦恼，它也有它的忧愁。人怎么会没有烦恼呢？所谓的忘忧草，也不过是黄花菜的别称而已。

如果你问我，有没有那么一刻，曾经感受到来自母亲给予我的最大的爱意。我会告诉你，肯定有的。在我五六岁那年，爸爸和表大舅领着我，踏着泥泞不堪的小路，翻山越岭来到一个小山村。那天下着小雨，妈妈在屋檐下远远望见了走到公路边的我，呼喊着我的小名冲上了小斜坡，在小斜坡的大树下紧紧地拥抱着我。那天是我们分别很久之后的相见。我一辈子都会记得那个温暖而让人落泪的一幕。

原来我的妈妈，曾如此深爱过我。在我后来的人生里，每当她说了让我伤心的话，做了令我伤心的事，事后平静下来的我都会不由自主地想起小斜坡大树下的那一幕。

原来人一生的感情，往往就隐藏在某一瞬间。那种感情或会温暖你或会刺痛你，并且伴随着你的一生。

世间上的母女关系，除了常见的和睦温馨，还有冲突与矛盾，奥妙的情感，曲折的情绪，相互的伤害，表达和隐藏的怨恨，具有许多深刻真实的复杂性与多样性，不是简单一个“爱”字可以概括。其实情感遗传就像基因遗传一样，不知不觉代代相传。一些传承令人喜爱、赞叹，让人心怀感激和自豪，另一些则让人心酸，并且具有破坏性。只有对自己的生活模式进行诚实的反思与修复，我们才有可能更加喜欢自己，并在养育下一代、处理人际关系，以及人生的其他事情上做得更好。

人的内心是复杂而多面的，每个人都有着自己的优点和缺点。母亲作为我的至亲，也不例外。她的身上可能有着一些无法忽视的瑕疵，但这并不妨碍我作为女儿对这位母亲发自心底的感激——尽管我不怎么愿意承认。正是这些复杂的特质，才成就了有血有肉的她，真实丰满的我。

　　母亲很少向我提及她的母亲，但是我曾无意中看过她的诗作《忆母亲》——忆母泪沾襟，恩重似海深。孝亲今不待，嗟叹梦中寻。爱着但并不表露，也许就是她，是我，是很多含蓄隐忍无意把感情诉之于口的人。

　　我与母亲，用了十年时间爱过对方，又用了十年时间互相消耗感情，再用了十几年让我接受了彼此之间似乎渐行渐远的现实。我们在一次次的碰撞中，各自长出了自我保护的老茧。我们应该会保持着这种不远不近的距离，磕磕碰碰地前行，直到生命的尽头。

　　但那又有什么关系呢？尽管我们之间没有娇柔的表达方式，但她始终是我的妈妈。

　　对于母亲，我其实并没有什么奢求，甚至没有具体的要求，我只不过希望——在这世上感到被爱。哪怕，她由始至终都不是那么的懂我。

# 出　路

## （一）

1994年6月，人事部下发《国家公务员录用暂行规定》，国家公务员考试录用制度正式建立。此后，公务员考试成为国家选拔人才的重要途径。2006年，《公务员法》正式开始实施，从此，"逢进必考"。2006年的一则新闻报道说，来自全国各地的近6万名考生争夺6300个职位，使我省公务员招录考试的平均录取比例达到了9∶1。此后，"公考热"逐年上涨，再也不减。

进入21世纪的最初几年，本省的公务员招录考试是每年两次，且对学历的要求还不算很高。因此对于一心考公的人，很容易达成愿望。但市面上的公考书籍绝大部分都跟国考有关，专门针对省考的书籍还芳踪难寻。那时，如今享负盛名的几个公考培训机构尚处于摸索初期，一部分公考人探头探脑地站在门外，对这种收费昂贵的新式培训抱着观望与怀疑的态度。

2006年上半年，正值大学的最后一个学期，我怀着满腔热情和信心，跟着全年级的同学参加了早已准备多时的公务员考试。

可由于一些特殊的原因，我不得已落选了心仪的职位。后来，任谁都能在百度上随便搜索到，2006年我母校的毕业生通过公务员招录考试走上心仪工作岗位的比例为97.21%。当中没有包括我。毫无其他就业准备的我，在这个夏天，仓皇地毕业了。

　　沼城是一个收容所。对于那一年的我来说，是这样。她适合疗伤。事情尘埃落定后，我冷静地告诉父亲，我很累，没有资本也没有雄心到大城市里闯；我也是时候要找个人结婚了，我不愿意到外面认识一个天南地北的男人，两个人在大城市里熬到头破血流后跟他回他的家乡从零开始。我说我要留在这里，说近不近，说远不远，哪怕什么都不懂，我都可以从零开始，然后我会在这里找个人嫁掉，在这里定下来，然后老死掉。我累了，我只想找一个合适的地方，过完我剩下来的人生。

　　2006年9月，在"兵荒马乱"中，我带着各种不能形容的情绪与处于崩溃边缘的状态，来到了距离沼城市区十公里远的一个小镇。我和所有的同学断绝了联系，换掉了电话号码与QQ，去了五叔开办的企业上班。和外界断绝联系的出发点很复杂，既因为突然从踌躇满志的新工作跌落成工厂妹面子上过不去，也因为有种想与痛苦割裂躲起来好好疗伤的想法，更因为难以面对突然失败和也许永远没有站起来的可能的自己。那时候的网络远远没有现在发达，只要你不想，你完全可以把自己定格在别人的失联名单上。这一躲，躲了很多年。你见过永远不会亮的天空吗？我见过。黎明总是未能抵达，我甚至不知道它在什么方向。我想，我在那些夜里，把一生的眼泪都流光了，从此我不再相信眼泪可以改变什么。

　　我的职场人生，就是这样潦草而伤感地开始的。那一天，也是我获得了"黑色生命力"的一天。那天的我告诉我自己，往后的人生无论遇到什么困难，都要撑下去，一定要撑下去。

五叔首先安排我在企业的办公室上班。初来报到的第一天，很多人看起来很热情。我是老板的侄女，传说中厉害的"学霸"。传说中，我的学习战无不胜，只是高考"失手"考了一个大专，然后不知又为何再次"失手"，要来厂里谋生。世事难料，所谓的"学霸"也要来到这家企业成为一名初级文员，当然会成为枯燥的工厂生活里的一大谈资。

这家工厂，到处堆放着废旧塑料。黑的、白的、黄的、灰的，堆得像一座座小山，在烈日的暴晒下发出浓烈的胶味。男人们拿着刀站在小山上割开一根根捆绑着塑料的包装绳，浑身被汗水浸透；一个个女人举着一小捆塑料，站在一台台机器面前，把一条条长条的塑料投喂进机器。伴随刺耳的声音，在机器尾端，那些投喂进去的长条塑料变成一两厘米的塑料粒。另外的人在机器的另一端拿着铲子，把这些塑料粒铲起放进箩筐，再用小推车拖进生产车间。见到有人领着我进来，很多工人停了手。有人说说笑笑间目送我们走入办公室："又是老板的亲戚！"

办公室卢主任把我安排在办公室最后一个靠角落的位置。那个位置不起眼，我很满意，因为很契合我当时的心情。

我人生第一天上班，脸上堆着言不由衷的笑，坐在座位上坐立不安地度过。慌，不甘，难受，无能为力。那种情绪，后来伴随了我许多年。感觉整个世界都是灰白的，不是让人惊恐的深黑，也不是那种明媚的透亮，而是一种无奈的、平静的绝望。

见过很多人，认识很多人之后，在办公室里终日无所事事的我，开始抢着擦桌子，洗杯子，主动搞办公室的卫生，博得一个积极、勤快的虚名。但那又如何？被再多的人赞扬，却依然改不了我工厂妹的身份。

中午，在到处湿漉漉的饭堂里，我挤在各种汗味的工人中间，排队打饭。办公室人员吃饭不用钱，这让我多少有点安慰。饭堂阿姨知道我的身份，还会故意给我大勺子的饭和大勺子的菜。那一年的我也不知为何，特别能吃。满满一大碗饭菜，很少浪费。也许一个人心灵的空虚，总是需要一些东西来填补。

从窗外看出去，那是一个怎样的世界？到处堆放着一堆又一堆颜色深浅不一的废旧塑料，空气中到处弥漫着刺鼻浓郁的味道。在这垃圾场一样的环境里，没有一个人戴口罩。当然，戴口罩在2006年会被视为异类。一个问题总时不时萦绕在那时的我的心头，那铺天盖地的味道有毒吗？其实，稍有点知识的人都知道，加热加工废旧塑料有没有危害。但那又有什么办法呢？从老板到管理，到基层，每个人都需要一份工作来安身立命。人皆要谋生。

与五叔的新厂紧挨着的，是五婶的老厂。老厂是五叔和五婶共同起家的基业，但随着规模的扩大，夫妻二人逐渐起了分歧。于是五叔不久前另起炉灶，紧挨着老厂创办了新厂，重新布局与招兵买马，建立一家自己能享有绝对话事权的企业。五叔安排我入职了他掌管的新企业。

办公室的工作，无非是打打字、统计一下数据、分发一下文件等琐琐碎碎的工作，简单无趣，但我还是什么都不懂。我坐在最后一个座位，悄悄地假装在看书，实际上是塞着耳塞听歌，以及惆自己的怅。偶尔跟着人去车间巡一下，看一看那酷热地方里日复一日地重复着拖料、加料动作的大叔阿姨。生产车间里，若干台机器轰隆隆地永不停息地运转着。生产车间被列为"机密"，不允许闲杂人等踏足半步。人们都认为，那些"机密"是多么神圣，只要不停地运行，就能产生白花花的银子。

新厂与老厂中间隔着一道小门。那道小门让两个世界泾渭分明——五叔掌管的新厂生产出来的产品是白蜡、黄蜡；五婶打理的老厂主打产品是黑蜡。不同的产品由于成本不同，售价也不同。两个厂总是充斥着各种各样的蜡味。那些挥之不去的蜡味，后来成为我生活密不可分的一部分。

厂里给工人们在镇上租了几栋私宅，作为员工宿舍。我被安排在三楼的一个小单间。住在那小单间里，每到下半夜，我躺在床上就能听见外面传来剁砧板的声音。勤快的，有节奏的，像剁肉饼的声音。我问了别人，别人都说旁边那栋楼并没有人住，而且那栋楼的厨房在一楼最里处，跟我三楼的房间风马牛不相及，不可能晚上有人在"剁肉饼"。别人都说，我那是"见鬼"了。于是每到黑夜，我又平添了一份恐惧与惆怅。无论是人还是鬼，都不能让一个处于人生低潮的人心安。

周末到市区五叔家的豪宅小住，爷爷在阳台一边抽烟，一边对我说："现在的我有什么盼头呢？就是希望身体健康，能多活几年。人生总有很多事没那么如意，所以你不用太在乎一次半次的失败，要向前看。"那是我第一次和爷爷如此近距离地谈心。那一天，我不是一个永远与家人有隔阂的、羞于与亲人谈感受的孙女。我泪如雨下。

在我后来的人生里，每次再和爷爷聊天，我都只是挑好的方面来说，如我又赚了多少稿费，换了什么样的工作，参加了什么样的培训……在那眉飞色舞的描述当中，连我自己也相信生活在一点点变好。我更愿意让爷爷知道的是，不管遇到了什么，我都一直在努力，一直在进步。

奶奶是个地道的农村妇女。不记得是后来的哪一年，奶奶问我现在在哪里上班，我说在"五叔的厂里"。坦率直白的奶奶，脱口而出说"丢脸"。我并没有怪奶奶，但后来一直记得这个词。也许在一般人的眼中，在外面难以谋生，才会替亲人干活，从亲人的手中捡漏。

入职一个多月后发工资，我才知道自己拿多少月薪。不多，而且并没有给我购买社保。于是，我每月把三分之二的薪水拿给了父母，自己仅留下一小部分来生活，持续了好几年。那为数不多的薪水，是我对家人的一点心意，也是一种难以名状的弥补心理。

在这里，我觉得自己是一个废人，什么都不懂，却偷偷摸摸假装着忙着的废人。也许因为办公室本身就不缺人手，加上我的"碌碌无为"，不久我被调去了实验室。实验室设在老厂，为老厂和新厂共用。仅仅是指那座独立小房子的话，那是一个与世无争的地方。实验室里面摆着几台显微镜。我们每天最大的工作，就是为每一批刚生产出来的蜡做检测。实验室原有阿钦和老徐二人，我加入后，变成了三个人。

阿钦是一个龅牙但是懂很多知识的小伙子。他的女朋友是厂办公室里当文员的一位外省妹子。妹子一有空就跑来实验室，大概是恋爱中的人都喜欢腻歪腻歪，更是为了"监视"我这个新来的年轻女同事吧。

老徐来自外省，因为患有肝炎，有过好几次被其他企业拒收的经历，所以才到这家"爱惜人才""来者不拒"的小工厂谋生。他沉默寡言，除了工作，就是一天到晚拿着手机看。那个时候还没有智能手机，手机纯粹只是拿来看，而不能刷。听别人说，他的学历挺高，只因患有肝炎无法进入富士康而郁郁不得志。也是因为他，我才知道"富士康"是个什么样的企业。不久，我在新闻里见到全国瞩目的富士康"九连跳"的报道，都会让我想起那个长着一副典型北方人面孔的老徐。

在工厂上班，每天最难熬的，是中午这段时间。中午吃饭和休息的时间只有一个小时，我嫌麻烦，硬撑着没有回两三公里外的宿舍。多年来在校园里适应了固定的作息时间，习惯了午睡，因此每逢到了下午两三点，我就困得连眼皮都睁不开了。无奈之下，我只好拿着一张椅子藏到某间堆放杂物还散发着霉味的平房里面，伏在椅背上忐忑地睡半小时。还不敢睡熟，怕被人发现挨骂，更怕别人知道我偷偷来午睡这个小秘密。

不久，车间新来了一个小伙子阿麟。阿麟是五婶娘家的亲戚，跟我同龄，比我迟一届毕业，由于学的是机械专业，所以被安排去了生产车间。有一个无法抹去的事实是，有年轻人扎堆的地方，总是容易带动其中的人。不管他当时处于什么样的状态。隐约记得在实验室那段时间，我和阿钦、老徐、阿麟也曾有过欢笑的日子。笑的内容记得不清楚了，也许跟我不久后恋爱后的心情有关。

我恋爱了。男朋友是厂里的销售，最初被派驻到外省开拓市场，由于厂里的人事变动，他被召回主攻本省市场。当时，五叔和男朋友的父亲有生意上的来往。为了笼络关系，五叔主动邀请刚毕业的他来自己的企业工作，代其父亲"调教调教"。年龄相仿的我们，认识后顺理成章地相爱了。

　　由于我们这层恋爱关系，五叔貌似嗅到了商机。不久，在五叔的促成下，以我男朋友父亲的技术、机械以及客源为基础，五叔和我的男朋友父子合股在附近新开了一家工厂，还自作主张拉拢了一些其他人加入。但类似于古代的"后宫不得干政"，五叔认为我不适宜进入这家新企业工作，于是把我继续留在了实验室，并叮嘱我完全不能插手男朋友的工作。

　　一个下午，生产车间，蜡味熏天。生产车间着火了。一时间，大火烧穿屋顶，火光冲天。我和大家站在不远处围观，别人似乎司空见惯，我却十分惊恐。那一刻，我深深感到人类的无力感。灾难就在眼前，消防常识告诉我，人必须撤退，而不是围观。于是我跑去和五婶说，叫大家赶快撤退。钱财损失事小，出人命事大。五婶毫不客气地怼我："人都撤退了，那谁来救火?!"这时，卢主任急急忙忙拖着一个大灭火筒来了。在大家的合力救助下，火被熄灭了。

　　惊险一幕过去，我却久久心有余悸。在几百摄氏度的高温里，不是真的很容易爆炸吗？做这一份工作，开这样一个厂子，真是危险。但我又无法不承认自己的怯懦与无知。面对这样的情景，二十三岁的我确实无法做到冷静自如。

　　企业由于生产性质的原因，在环保上一直存在较大的问题。为了搞好和镇政府的关系，五叔经常宴请镇政府的人过来企业吃饭。而我总是被安排跟着大伙忙前忙后，伺候他们吃饭。最记得那一次，镇政府一名小领导带着两个与我年纪相仿的女下属过来吃饭。其中一位姑娘，脸上很多痘痘，态度非常倨傲，毫不客气地指使我干这干那。我忙前忙后为他们盛饭，夹菜，盛汤，切水果，递茶水，然后坐在一旁低头默默地吃。席间，他们谈笑风生。但他们的热闹与我无关。那晚我最主要的工作，就是为他们做好服务。我的心里特别难过，说不出具体是什么滋味。

我那条漂亮的蓝色裙子，在厂里举办的五一劳动节晚会上穿起来了。那条裙子是我在大三那年的五一假期买的。我还记得购买裙子的那间店铺，在一个商场二楼的后排，生意惨淡，几经降价，才得以让我以低价从店家手中买走。那是一条多么好看的裙子，蓝色碎花，吊带，把青春的气息表露无遗。可是买后的我不敢也没有自信穿起它。那是一条多么神圣的存在，可以吸引无数艳羡的目光，换来许许多多欣赏与赞叹的物件，怎可以在不恰当的时候穿上呢？

但那条曾经被我怀抱着无限希望买回来的，总是不舍得穿，期待着某天穿上惊艳而发光的蓝色裙子，在衣柜里放了很久之后，最后在工厂的一场晚会上被穿上。当晚，我顶着一个老气横秋的短卷发，含胸驼背如同一只做工粗糙的景泰蓝，用极度不自信的气场，磕磕碰碰地主持完那场工厂的晚会。那毫无自信的举止，跟这条裙子一样，委委屈屈地度过了它一生的高光时刻。

那些年，我走在路上从来不敢跟人对视，必须依靠外物，内心才有些许安全感和自信心。那些年，我做什么都觉得自己不行，一言一行小心翼翼，跟别人说话不敢看着对方眼睛，每当跟身边的人产生不愉快就会认为是自己的原因，但凡有人在小声议论就会觉得他们是在说我，甚至不敢当众大方地承认自己的观点与看法。那些年，我确实把自己当成是一只老鼠。

我在厂里认识了丁姨。她是五叔高薪聘请回来的一位企业高管，是我在那段灰暗人生里的一位良师益友。丁姨当时已经五十多岁，年轻时毕业于某名牌大学，退休前曾从事过银行高管、某

知名企业总监等工作，做人做事很有方法与技巧。她看出了我的
悟性和麻利，看出了我的寡欢与迷茫，也看出了我的得过且过。
她主动提出，把我从实验室调到她新创建的人力资源部，让我跟
着她干活。我很庆幸她发现我并培养了我。尽管我从没跟她说过
我的经历，她也从没满口大道理地开解过我。在丁姨的指导下，
我学会了灵活分析与处理事情的方法，初步具备了驰骋职场的一
些能力，并且知道了自己的长处与优势，明确了将来可以发展的
几个方向。而这一切对后来的我影响非常深远。一年后，丁姨离
开，要去澳大利亚与女儿相聚。她出发前，我们一起吃了一顿
饭。我对她表达了感激。后来我们保持了几年的邮件联系，直到
她的邮箱废弃失联为止。倘若那年没有遇到丁姨，也许我还要沉
沦与摸索更久。

　　我还认识了另一个人，来自S城的林工，一个知识丰富、儒雅
温和、面慈心善的工程师，拥有一个非常幸福的家庭。他的年纪
与丁姨相若。他和丁姨一样看待我，给了我许多指导与鼓励。他
很喜欢提携后辈，喜欢和我们几个年轻人如朋友一样聊天，并且
让他的人生经历点点滴滴地向我们渗透。我们后来也会偶尔通通
微信或电话，我也会跟他说说我的近况与变化。

　　那些跟我聊得来的朋友，性格不尽相同，年龄跨度也很大。
小的是90后，年纪最大的，就是上面这两位给了我许多正能量的
50后了。听说，交一些和我们性格相反，又有一定共同点的人做
朋友，可以补充我们天生比较缺乏的气质和能量。曾经听过一种
说法，人年轻的时候应该多和年纪比自己大很多的人玩，从他们
身上吸收他们的人生经验，那样自己会少走很多弯路；人年纪大
了，应该多和比自己小的人玩，从他们身上获取年轻活跃的思维

和心态，那样自己不至于老得太快。

2007年下半年开始，我悄悄开始了另觅工作的旅程。也许浑浑噩噩到了一定的程度，我开始反弹。我开始渴望，到市区重新找一份工作，让我有借口来逃离这个地方，以及养活自己。这种想法一旦萌生，继而变得一发不可收。一年多的工厂生活应该是我乏善可陈的人生里面最讨厌的一个地方。那里处处有着失败者的痕迹。它的存在，时时刻刻提醒着我，那段失落、无助、没有尊严与迷惘的日子。

一个普通的大专学历，一个极度冷门的专业，能为我的就业择业带来什么优势呢？当然并没有。

首先，我去了城区的一所私立学校面试。我面试的职位是语文教师——那一度是我梦寐以求的职业。面试分为面谈与试讲两个部分，校长对我的表现尚算满意，也不介意我专业不对口以及没有教师资格证。但是对方开出来的薪资低得可怜，而且还有艰巨的招生任务。思前想后，我只能推辞了这份工作。然后，我去了一家广告公司应聘做文案。对方对该职位的用人要求不高，但是对方问了我会不会骑摩托车，因为要经常外出办事。我说会，但是我没有驾驶证。对方笑了，说："没有驾驶证？你敢骑，我也不敢让你骑呢。"这次应聘，又不了了之。我还到一家英语培训机构应聘业务推广。我现场接受了笔试，分数很不错，因此对方开始跟我谈薪资。但底薪实在太低了，而且还要按业绩来算提成。我当时说过后给他们答复，然后就没了然后。这些找工作之旅虽然并不顺利，但是让我看到了我之前看不到的世界，对一些之前不了解的领域也有了一些认知。

时间来到了2008年的春天。一场名为"春风行动"的大型招聘会在市体育中心举办了。我是独自去参加那个招聘会的，如同刘姥姥进了大观园。很多职位对我来说闻所未闻，一切都让我好奇且惭愧。我尝试地投了几份简历，包括一些看起来蛮高大上的公司。几天后，我接到了一个电话，通知我去面试。那是一把温柔好听的女声，邀约我在某个时间到达市区某酒店某某号房间参加面试。

面试那天，我穿了一件蝙蝠袖的紫色毛衣。那件毛衣，我后来确信是能为我带来好运的，因此一直被我悉心收藏。

我记得面试酒店的走廊冗长而阴暗，有种让人害怕又希冀的邪魅感觉。每个房间的房门都紧锁着，狭长的走廊看不到人烟。我穿着硬底高跟鞋，轻轻走在有股淡淡怪味的地毯上，有种莫名的心安。那双磨脚的高跟鞋并不高档，是两天前我专门为了今天的面试而购买的，因此我穿得很不习惯。高跟鞋走在任何地板上，都会发出嗒嗒嗒的声响。如果是一名高级的白领，那该是一种自信而优雅的声音。可我呢，我只是一个彻头彻尾被劣质商品包裹着的可怜虫，那与我丝毫不般配的声音每敲击一下，就提醒一次我的渺小与无用。早上从住处出发开始，一路上我都是蹑手蹑脚地走，尽量不让鞋子发出任何声音，好让我在人群中继续当一枚毫不起眼的小角色。如今踩在酒店长廊的地毯上，竟然不用我蹑脚，高跟鞋都没有发出任何声音，我瞬间就觉得没有那么大的压力了。

邀请我去面试的是一家名为KD的中外合资公司，我应聘的岗位是行政助理。行政助理是一份怎样的工作，我能不能胜任？对不起，我并不清楚。但是听起来高大上已经足够。可是，为什么正规公司的面试会约在酒店房间呢？来之前，我有过怀疑与忐

忐。2008年，"传销"一词虽不盛行，但也有一定的传播范围
了。但当一个人处于人生的谷底，身上已经没有再下沉的顾虑，
反而会涌现出一股"死猪不怕开水烫"的豪气。还有什么好担心
的呢？大不了像小说里的那样被杀人分尸制成肥皂。不，香皂。
走了几步，我在心里更正了自己。

　　快走到约定的房间时，我见到走廊边上站着一个与我年纪相
仿的女生。她高高瘦瘦的个子，样貌普通，但是眼神非常无畏。
不用说，那一定是我的竞争对手。我不由自主地挺直了腰板，刻
意营造出一种能在气场击败对方的感觉。就如一个胀鼓鼓力不从
心的螃蟹，只能用张牙舞爪来保护可怜的自己。

　　那女生却朝我友好地笑笑，我也只好拿出了礼节性的微笑。
但这一笑，让两个人的距离不知不觉地拉近了。房间里还有其他
的面试者，我和女生在走廊上等待的时候，互相闲聊了几句。由
于长时间生活在一个封闭的复杂的环境中，我学会了用严肃与沉
默来武装自己，很少主动和别人交往。后来我想，那其实并不是
真实的我。在过去求学的日子，我是多么开朗和爱笑，总是随时
随地跟人轻松愉快地聊上一通，而且说话还很"逗比"。哦不，
"逗比"这个词，在许多年后才诞生。

　　这位女生面试结束后，轮到我进去了。令人惊奇的是，面试
的酒店房间并不是一般的客房，而是一间有着沙发、茶几、办公
桌的像模像样的套间，蛮正式的样子。给我面试的是一位很有气
势的胖胖的中年女人。中年女人的两旁站着两位年轻男女，貌似
在仔细地观察着我。其中一位目测比我年长几岁的卷发女子指着
中年女人，用普通话向我介绍："这位我们的孙总，负责××、
××以及××几个地市。"孙总？女人当"总"？我的敬慕之心

一下子涌现出来不少，越发认真地对待这场面试。

　　孙总十分友善，简明扼要地介绍了他们公司以及项目发展，还问了我很多关于工作经历和技能的问题。二十五岁的我非常老实，带着羞涩真诚地一一回答，脸一直带着的微笑还获得了他们的好评。孙总看起来对我的表现非常满意，当场跟我落实入职时间。我又惊又喜，开心得不得了。我说要回去做好工作交接，于是与他们约好了入职时间。他们也问了我关于待遇的要求。我说，希望月薪能高于目前的薪资。他们点点头，说没有问题，事后会有专人跟我联系。就这样，我获得了人生第一份通过自身努力而获得的工作，一份教会我无数职场技能的工作。

　　在走廊外面遇见的那位女生还没有离开，在不远处等着我。得知我们应聘的岗位不一样，彼此都放下心来。女生主动要求我们交换电话号码。当时没有想到，后来这个女生会成为我在职场上交到的最要好的一位朋友。

　　2008年4月1日，我和那位女生，成了KD公司沼城项目的0号员工。第一天上班，我和女生先后到达了临时办公室。女生穿了一套黑色的小西装，显得非常利索。而我觉得很不好意思，因为我只是找出了衣柜里最好看的那套衣服，跟她一对比，掩盖不了寒碜和粗糙。虽然我也是一个年轻女孩子，但由于经济窘迫以及长年困在工厂里毫无动力，因此我并没有花枝招展的能力。

　　公司项目仍然在建。距离项目那粉红外墙一路之隔的旁边，从外市过来临时支援的同事朝霞，也就是我面试当天见到的那位卷发女子，新租了一个商铺给我们作为临时办公室。临时办公室需要大量采购物资。我领着孙总和朝霞，来到了城西的家具广场，用我一向精打细算的做法，以较为实惠的价格购买了符合她们心意的家私，赢得了她们的赞扬。几天后，孙总和朝霞离开了，把接下来的工作都托付给了身为总经办兼人力资源助理的我。我把那临时办公室当成自己的新家一样来布置，带着雀跃的归属感。

美中不足的是，这里需要每天上下班打卡。彼时我还住在五叔企业的宿舍，每天清早冒着风和雨赶十公里的路程出来，准时在八点半前到达，着实有点吃力。但这种辛苦是值得的。离开了那乌烟瘴气的工厂，进入一个代表着高档与时尚的公司工作，代表着一种进步。而且这家公司，会给员工购买五险一金。

十天后，第三位员工入职；半个月后第四、第五位员工入职……越来越多的人加入公司，临时办公室开始热闹起来。

新入职的，全都是年轻人。有的负责招商，有的负责设计，有的负责物业。有的是助理，有的是主任，有的是工程师。由于迟迟没有项目老总到岗，因此彼此熟悉以后，在一起都玩疯了。上班的时候，干着干着活大家开始闲聊，看起来很憨厚的梁工就讲起他和他女朋友八年的爱情长跑，还现场唱起了《在我生命中的每一天》。大军和嘟嘟两位是一对活宝，既互相看不顺眼，又互相接茬讲笑话。有一次，他们即兴模仿20世纪90年代流行的电台点歌节目，一个充当循循善诱故作深沉的主持人，一个模仿操着一口不咸不淡的粤语的新广东人提出点歌要求和发表想家的心声，惟妙惟肖的演绎把大家笑个半死。中午，大家拿出从家里带来的各种餐具，围在会议室的大圆桌上吃火锅。

那时的我，由于直接向区域老总与区域人力资源经理汇报工作，职位让大家多少有点忌惮。同时，他们又觉得我很善良，有点憨直，甚至有点笨，举止和打扮也土里土气的，应该是一个既让他们放心与信任，又有点看不起的傻大姐角色。但不管怎样，那段日子对于我来说，是一段比较欢乐的时光。但跟很多企业的草创期一样，一开始的时候大家都非常团结，但随着队伍的壮大以及形势的不断变化，很多人和事就会慢慢变质，成为一个复杂的大染缸。那些是后话了。

由于项目竣工期一拖再拖，因此我们在临时办公室逗留的时间只能一拖再拖。房东李师奶瞅准了我们这一点，一而再再而三地对房租提价。每隔一段时间，负责与房东对接的我，不得不再次面对她的冷淡与刻薄，令我十分苦恼，只能硬着头皮与她周旋。

几个月后，项目总经理宾总入职了。他是一个高高瘦瘦的男人，时年三十有余，非常冷酷。第一天相见，我已经隐隐感觉到他对我不甚满意——电视剧里，类似这样的高级公司，一把手的秘书应该是高挑性感美丽能力非常强的高知女性，而不是这样衣着朴素举止淳朴的傻大妞。但我不管。剧情设定是别人的事，宾总怎么想也是他的事。我自有自己的路子要走。

也许对于宾总来说，我唯一的可取之处是工作勤恳与愿意学习，以及工作态度良好，所以他也没对我怎么样。有一次公司招聘部门助理，我发现宾总在那几天数十名走马观花般轮转的应聘者中选中的唯一人选，是一位学历、履历、表现并不怎么出众但是模样十分周致的年轻女孩子，也就是他的情人。对于她是他情人这件事，我是无意中从其他渠道获知的，他本人并不知道我得知，公司上下更是无人知晓。

我在心里飞快地盘算，挑出这位陌生女孩成为我们同事的诸多弊端，深感如果让其入职将对我今后的工作构成极大威胁。于是我果断地把这件事上报给人力资源经理华小姐。华小姐得知后十分吃惊，她沉默了。后来，她经过查证核实后，不知道用了什么方法和手段，最终并没有让那位女孩入职。这是我在我的职场生涯中为数不多的使用"心机手段"去自保的案例之一。害人之心固然不可有，但是好好保护自己，在有限的条件内争取个人利益最大化，难道有错吗？毕竟这个世界上，真心且有能力保护自己的人，并不多。我自己，得算一个。也就是从那时起，我更加充分地认识到人性很复杂，成年人的世界无论是感情还是生活，更多的都是处在一种灰色地带。没有绝对的善与恶、好与坏、对与错，有的只是一种权衡利弊后的自私与通融，这是人性的一部分。

KD公司有着非常森严的等级制度。等级制度是刺激下层向上爬最好的方法。但当你身处食物链的最低端，就别有一番滋味在心头了。在公司当小助理，地位十分卑微。有一次，亚太区的总裁来沼城项目视察，全员严阵以待。关于接待的各项准备细节，都是我去打点的。为了不出任何差错，我总是对各项准备工作复核再复核，常常工作到很晚。那个傍晚，我们在办公室等到晚上七点多，才迎来了总裁一行。公司留下参与接待的同事一共有七八个人。双方见面后，宾总向总裁一一介绍。我的职位最低，站在队伍的最后，宾总轮到介绍我时，总裁已经不感兴趣听下去。他用眼角瞟了我一眼便打断了宾总，问接下来的行程如何安排。

那个晚上，我听从他们的安排，没有参加他们的饭局，而是独自乘坐公交车去了公司的协议酒店，用自己的身份证帮总裁一行开好了一个房间（他们同行的人当中有人没带身份证），办妥后再乘坐公交车回家。回到出租屋已经九点多了，我累得不想说话。之前由于连日的加班，出租屋并没有"存货"，我只好简单地下了面条当作晚饭。我记得那个阴冷湿滑的晚上，那种不被尊重的感觉。当然我也明白，地位卑微的人，没有资格跟别人谈尊重。尊重是要靠你的知识、地位、金钱或者其他什么东西而换取回来的。但后来的我会提醒自己，无论将来的自己成为什么样的人，都不要忘了给予每一个曾经付出过努力的人表示感谢。哪怕别人的身份确实不怎么样，也值得我们一个真诚的笑容与一句"谢谢"。

我只不过是一个出来社会才两年的人，何况之前两年的工作经历对我来说帮助不大，因此在这里，我等于一切都要从零开始学起。一开始，我连会议纪要都不会做。我只能把会议的内容录下来，在忙完当天所有的紧急工作之后，也就是通常在下了班所有人都走了之后，戴着耳机坐在电脑前，一边听录音一边整理，完成后再发出去。

总部总是通过邮箱发来各种各样的任务，交给全国各项目像我这样职位的人来处理。这些任务，有些是关于总经办的，有些是关于人力资源部的。很多任务，我连听也没听过，更不知从何着手。我在公司通信录，找了本省其他地市跟自己相同职位的人的联系方式，碰到不懂的就厚着脸皮虚心向他们请教。请教完一轮，我就对这些同事进行分类，标注出哪些人态度良好，哪些人业务能力强，以便下次有事请教时重点找谁。

KD公司是新加坡某知名企业与国内一家投资公司合股经营的大型企业，沿用了新加坡企业的管理制度。那段时光非常忙，我像一只永不停息的陀螺，面对的琐琐碎碎的事情非常多。毫不夸张地说，我一个人做了三个人的工作量。我怕遗漏，笔记本里密密麻麻写着各项工作，按轻重缓急分门别类，一件一件消灭掉。我动作快记性好，这对办事效率有直接的帮助。有时也会出差错，挨宾总骂，挨华小姐批评，挨骂后会心情不好。但心情不好也不能不好太久，略略自我消化一下就要继续了，因为还有太多的事情要处理。很长一段时间，我常常很自觉地一个人在偌大的办公室加班到很晚。我几乎要怀疑是不是自己的能力不济了。现在想起来，那是多么难得的经验。我在职场上所掌握的大部分职业技能，以及迅速看清复杂形势抓住工作重点的能力，就是在那家有着一整套完整规范流程且人事斗争复杂的公司里学到的。我要让每一滴汗水，都不辜负它的滴下。

项目办公区进入装修阶段了，我照着总部的要求，来给它做装修和布置。现在回想起来，宾总当年的专注力全部放在招商上面，对行政那些小细节完全不管，我都不知道自己当年是如何凭一己之力把那个五百平方米的办公区装修和布置做得完完全全符合总部要求的。办公区后来的日常管理，也是由我一个人在做。之后，沼城项目陆陆续续接待了很多来自总部与其他项目的人员。后来听说，亚太区总裁在某个公开场合说，沼城项目是他去过那么多的项目里，办公区建设做得最好的。虽然没有人就这件事表扬过我，但是我表扬了自己。后来，当我看到《杜拉拉升职记》那本小说时，有很大的感触。女主角遇到的各种各样的困难与困惑，我实在太熟悉了。在职场，你每天要面对不同的人，处理不同的闹心的问题，看似很烦琐，但却不断在锻炼你的情商、容忍度以及能力。

我入职KD公司后不久，由于男朋友父亲与我五叔以及其他股东在生意上出现了巨大的分歧，男朋友在他父亲的安排下退了股，父子俩回到了一百多公里以外的老家小镇。我则选择继续留在沼城。我搬离了五叔企业的宿舍，来到市区独自租了房子。

因为男朋友后来那几年一直留在小镇，因此我不得不每个周末奔忙于沼城与小镇两地。那时，沼城每天通往小镇的末班车是下午5:20从车站开出。那意味着，我每个周五必须在下午5点前完成所有的工作，然后硬着头皮征得宾总的同意或者悄悄溜走，花10分钟时间打摩的到车站买票上车。到正常的下班时间，才让要好的同事代替我打卡下班。因此每逢周五，我整个人就处于一种非常紧张的状态，马不停蹄地争取早点干完活，而且反复细心检查，尽可能不给自己与同事们留手尾，不给领导抓到小辫子。

如果碰上确实无法在下午5点前离开，我会在搞定所有工作后打摩的到城西的国道边上，等待过路车，乘坐过路车到达某地点下车，再由男朋友从小镇驱车出来接我。记得有一次，我在一个夜色降临的黄昏摸黑上了一辆号称一定会经过某地的大巴，却发现车子没按原定线路行驶，而是中途驶进了不知名乡镇。看着两旁陌生的风景，我又惊又怕。最后是男朋友开着车沿路寻找，才在深夜里某个偏僻的路边捡回了胆战心惊的我。

赶车带来的巨大心理压力，一部分还来自工作。由于我是总经办助理兼人力资源助理，因此我同时接受宾总与华小姐的领导。华小姐是同时管理几个地市工作的人力资源经理，平日在外市办公，经常会遥控指挥我干各种关于人力资源的工作。

人力资源工作大多有保密性质，不能假手于人。但如果我人离开了才接到任务的话，就不能不恳求一些关系较好的女同事帮我干活了。有一次我刚刚坐上大巴，华小姐就给我来电，要求我给她传真一些资料过去。我立刻打电话给女同事帮我传真——平时我会定期整理和排列好所有工作文件，除了是自己一贯的习惯，还因为可便于请求别人帮忙能快捷准确地找出所需文件来。谁料那天华小姐临时要增加其他资料，于是把电话打到了办公室……我的手机响了。华小姐怒气冲冲地批评了我。这确实是我的错。我低声下气地道歉，好不容易才平息了华小姐的怒气。挂掉电话后，我的眼泪才敢掉下来。

后来有一次，我和先生对我们过往的人生进行复盘，我认为，在他最年轻最应该积累工作经验的时候，听从父亲的话回了小镇，是一个非常错误的选择。那个选择，让我们的婚礼、孩子的出生，那些人生里值得纪念的时光，都不得不在那小镇度过。那时的我无法说服他回沼城，也无法说服自己屈居小镇，所以我只能一边忧心忡忡我们小家庭的未来，一边独自留在沼城辛苦地打拼。我不明白，为什么别人轻轻松松地上班、快快乐乐地下班这样简单的愿望，对于我来说，就那么难实现。但那时的我，很愿意认命。

一段时间后，男朋友的父亲劝我不要两地奔波，不如回小镇找份工作安定下来。他告诉我，听说小镇某保险公司招聘文员，月薪有多少多少。我一口就拒绝了。尽管我在KD公司的薪水也不高，而且每月的两笔较大固定支出都花在了路费和租房子上面，自己压根剩不了几个钱，也不知道未来会怎样，但我仍然一口坚决回绝了他的建议。

那晚回到房间，我的心情很不好。我对男朋友说，我爸妈培养了我十几年出来，不是要我重新回乡下打一份这样的工的。男朋友听了有点生气，说："谁让你'打这样的工'？那你想做什么，你能干什么？"我说我不知道，我只知道我并不想接受他爸的安排。他说："你觉得我爸说得不中听，你可以不听的，你自己的路自己选。"那晚我们吵了几句，我哭了。他后来再也没有提出要我回去。

类似的事情在若干年后又发生了一遍。多年后，我在一个单位里当临时工，辛苦且薪资很低。先生的姐姐和姐夫在小镇身为教师与医生，很有社会地位，小日子过得无比滋润。虽然我一直认为文化水平不高的他们是由于小地方的人情关系以及碰上时代红利的缘故，他们才如此稳定安逸，但无可否认，运气也是他们实力的一部分。有一次他姐夫对我说："你们不知道现在在小镇做家教和托管多赚钱，谁谁谁开了多少家赚了多少钱！我不知道你是怎么想的，非要留在沼城，如果你当年愿意回小镇发展，靠你的口才和头脑，做家教不知道赚成什么样子了！"我当时笑笑，没有接话。后来我仔细回想了这番话。我非常肯定，哪怕回小镇创业是很大机会赚到钱的，我也不愿意回去。那并不是我想要的生活。

男朋友和他的舅舅在小镇共同投资了一个水库，每个周末我回到小镇，都跟着他到水库帮忙干活。我换上旧衣服，戴着草帽，跟着他搬鱼饲料，在水库边割黑麦草喂鱼。周一至周五我是个勤快的小白领，周六和周日就是一个不怕辛苦的农妇。那时因为年轻，总是不怕累，也不计较干这样的活，我能一个人从拖拉机上卸货，每包五十斤，一口气把半车的货扛下来，再送进屋子里整整齐齐地摆好。我能弯着腰一直一直地割着黑麦草，然后把它们塞满好多箩筐，再把它们拖到水边扔下去。只是闲下来时，我会坐在水库边悄悄地问自己：这样的日子是暂时的，还是长久的？我们的未来，在哪里？

那时我二十五六岁。很多女孩子在那个年纪是尽情地享受着各种美食与衣裳的，或者跟男朋友计划着美好将来的。但我却在过着那样的生活。

水库边有一棵野生的柳树，歪脖子的，只有一个枝丫还长着新的柳条柳芽，其余部分都枯着。当时并不觉得有啥，多年后我回想，为什么我那时总是不自觉地经常给它施肥呢？也许因为，它身上那股极端的生命力迸发力，曾吸引过我的目光。

不久，我发现自己怀孕了。我永远记得那个独自在简陋的出租屋里发现避孕棒有两根红线的清晨，感觉天都要塌了。我也记得当晚四姑在短信里突然告诉我，一位我们都很熟悉的远房表叔在这个傍晚骑摩托车遇到车祸，去世了。那些波澜，在年轻的我心中都是巨大的难以跨越的恐惧。

结婚，是我在那几年里所经历的一件比较大的事情。得知怀孕后不久，我和男朋友匆匆举行了婚礼。坦白地说，这个婚礼并不是我想要的。我算是同学当中比较早婚的一个，因此跟同龄人没有什么对比性。我的婚礼是夹杂着强烈的农村色彩，而且是在遥远的小镇里举行的，这让我羞于邀请别人来参加婚礼，婚礼后我更加没有重温过那些细节。那只是为了给肚子里的孩子一个名分的仪式，是所有人都开心唯独我不是真正开心的仪式。

记得大学毕业前，班里一位男生对我郑重地说："××，以后你结婚记得邀请我，我一定要去参加的哦。"其实我跟这位同学并没有太多的交情，就是普通的同学情谊，但当时我有一种被重视的感觉，所以很认真地对他点头，并许诺说："嗯，我一定会请你的。"在我的婚礼前，我是非常记得此事的。但我更加肯定的是，如今的我，怎么可能会邀请他呢？彼时我们离开大学校园已经三年了，我的同班同学们，大部分已经如愿进入了本省的政法系统，过着忙碌而体面的生活，只有我一人尚苦苦挣扎在生存的边缘。因此我的婚礼，只邀请了几个关系最好的朋友来喝喜酒，对其他人谁也没有通知。然后，在有限的热闹里，结束了。

这时，已经来到了2009年的上半年。我停止了每个周末往来小镇的长途奔波。"五一"过后，我的肚子越来越大了。经先生一家人商量后，婆婆从小镇来到沼城，住进了我租住的出租屋，照顾我每天的起居饮食。那时每天起床，婆婆已为我准备好了早餐；中午我不用再带提前做好的饭菜回公司用微波炉加热来吃，而是回到出租屋吃午饭和睡午觉；下午下班回来，我马上就能吃上热乎乎的饭菜，喝上滋补的汤水。这样的生活熟悉又陌生，那是中学时代我在父母身边时所过的日子。自从出来工作后，好像都没法复制那种安逸与温情了。

我的孩子，就是这样，在我的肚子里和我共同度过了这样一段时光，忙碌，不安，充实，劳累，奔波。我依然每天这样忙那样忙，因为平时不太显肚子，动作也不笨拙，很多外人甚至都不知道我已经怀孕了。公司项目开业前几个月，我一边筹备开业的事情，一边忙自己的婚礼，几乎忙疯了。同事们对我也很照顾，进进出出总是叮嘱我要小心。但说归说，属于我的工作他们也没法帮忙。5月26日，我们迎来了项目开业。开业那天我非常开心，也很欣慰——作为一名0号员工，亲身经历、亲眼见证着这家公司的成长。

7月下旬，我开始休产假，回到了婆家所在的小镇。8月上旬，我的孩子出生了。我投入了另一种生活。那一年，有一次我随口问表妹，现在年轻人里流行什么歌曲。表妹说，是郑融和周柏豪的《一事无成》吧——

"真的好想精于某事情/好想好好的打拼/可惜得到只有劣评/没有半粒星/真的不想早给你定型/笑我那么拼命/几年来毫无成绩/地位未有跃升/高峰上不成/唯盼爱情顺景/成就在平凡里那份温馨/我试着生性/但求父母亲高兴/假如凡事都失败/也许得爱恋先可以得胜。"

关于那一年的感受，我后来也把它写进了小说里——

"小婴孩在我怀内哭了一遍又一遍，怎么哄也不停。我失眠、敏感、狼狈不堪，像头困兽在烟雾缭绕的房间里冲撞、挣扎，恨不得把世界摧毁重建。

"小婴孩个头不大，吃奶量却惊人，没多久就消灭一罐价格不菲的奶粉。我蹲在洗手间的地上，使劲地用刷子刷着刷着。为了节省纸尿裤的支出，我一天到晚不辞劳苦地洗着刷着可以循环再循环使用的棉纱尿布。

"在呼啦啦的流水声里，我一遍又一遍地问自己：你后悔吗？

"可是，可能无论我选择了什么，都会后悔。

"在小镇，没有人在意我的来处，没有人关心我的出路。镇上的居民甚至不知道我的姓名，每每见我走过，总是用"××家的媳妇""×嫂"来为我冠名。所有人都认为，我应该跟每一位嫁到小镇的女子一样，生儿育女勤俭持家不闻世事，在唠嗑的各种家常中度过余生。

"一条静默的江河从小镇边沿穿梭而过。每天我在家里的楼顶上晾晒小婴孩的衣物，总是看见那条生生息息的江河。'孤舟泛盈盈，江流日纵横。夜杂蛟螭寝，晨披瘴疠行。潭蒸水沫起，山热火云生。猿躔时能啸，鸢飞莫敢鸣。海穷南徼尽，乡远北魂惊。泣向文身国，悲看凿齿氓……'从宋之问的这首《入泷州江》可以想象，一千三百多年前的南江两岸多么荒芜凄凉。

"我对这条不言不语的江河忽然有了惺惺相惜的感情。谁的人生，难道不也是如此吗？

"那些年，我的内心总是一片悲凉，于是总是用永远做不完的家务来麻痹自己。

"次年春日，我接到远方同学的来电。对方问，在新闻看到你们小镇的油菜花田美不胜收，真羡慕你的生活。

"我很老实地说，我不知道，也没去过。

"我是真的不知道。在这个被称作'家'的房子以外的所有地方发生着什么，经历着什么，我一概不知道，也没有兴趣知道。挂掉电话，我盯着镜子里蓬头垢面一脸败相，与世事脱节的自己，不禁悲从中来。

"在最应该张扬与骄傲的年纪，我一无所有，没有拿得出手的成绩，更没有可以让人有半点雀跃之心的前程。看着水盆里自己小小的丑丑的倒影，我对自己充满了厌恶。

"这就是我的人生吗？这就是我未来的生活吗？

"夜深人静，当我一个人给孩子喂奶的时候，他像一条小飞鱼一样被我抱在怀里，眼睛闭着，仰着头吃奶，全身心依赖着我，无比安静。那一刻，仿佛才是那段漫长的苦不堪言的时光里唯一的安慰。"

2009年的最后一天，刚结束产假的我，回KD公司办理了离职手续，离开了公司。离开有不舍，更多的是无奈。

在我产假的尾声，11月入秋的连场冷空气来得太猛烈，加上作为新手母亲的我不善护理，导致我的孩子由小感冒发展成为一场重病，不得不从小镇医院连夜转院到了城里的大医院，还一度被下了病危通知书，把我吓得不似人形。公司在沼城，婆家家人都在一百多公里外的小镇，我无法同时兼顾上班与带孩子，只能忍痛放弃工作，回到小镇当起了全职妈妈。

我的同学们，大都已经"同学少年多不贱，五陵裘马自轻肥"。我和他们像一母同胞的兄妹，出于同处，各自成长，最终去向不一。也许每个人都付出了努力，也许我还付出了更多的努力。可人生就是如此，成功从来都不会平均分配。好像世界上所有的得到都必须付出代价，而那代价又永远比你所得到的要多一点点。面对春风得意马蹄疾的他们，我是自卑的。往事一如从前鲜活，流逝的时光通通留下痕迹，提醒我已经失去了很多很多东西。我为自己迷惘的前路、糟糕的际遇感到羞愧。

## （二）

2010年，我在先生老家的小镇全职带孩子。于是，供楼、养家的责任不得不全部落在了先生一个人的肩头上。而他不过是个普通人，因此当时掌管家中财务的我，不得不更加精打细算，恨不得把一分钱掰成两分钱来花。那是我非常没有安全感的日子，望向未来，前途一片黯淡。

在忧心与迷惘中，我们俩接受了网上一位业务员的游说，并很快发展到线下见面。我们把原打算投入沼城新买的房子以便减轻每月供楼压力的积蓄，换取了一个母婴用品品牌的沼城代理权。根据视网膜效应，就如怀孕的人通常都看到满大街的孕妇，刚成为新手父母的我们看见到处都是新生的小婴孩，觉得这实在是一个"巨大的商机"。事实证明，当时人生经验不足的我们，并不懂得提前做好细致可靠的市场调查，一味为了创业而创业，必然注定要失败。

我们把孩子暂时交给了老人，回到沼城四处推销产品。后来了解多了才知道，那个所谓的品牌，其实只是贴牌的产品。那公司收完钱，在代理们一次性提走货物后便不再管任何售后问题。公司还规定，不允许代理商把商品放到网上销售，否则视为违约。我们花十万块钱换到了堆积如山的货物，不得不租了一个仓库来堆放。我们俩骑着借来的摩托车，带着货物样板，在夏天的烈日下满大街去寻找母婴用品店。

那是2010年，淘宝还没有掀起巨大的波澜，规模小小的母婴用品实体店在市区里并不罕见。一部分的店主态度并不友好，根本不愿意看一眼我们手上这个毫无知名度的新牌子；一部分的店主精明异常，直接开口要收我们多少入场费；更多的店主是态度尚可的生意人，基本上开出了同一个条件——我们可以在他们的店里免费铺货，由他们代售，等他们卖出商品找我们补货的时候才结算已卖出部分的价钱。此外为了提高店内销售员推销我们商品的积极性，要额外给予销售员提成。为了把货品尽快推销出去，我们都一一答应了。

先生带着我办妥了铺货进各门店的事后，就回小镇了。我则为了"维护客户关系"而独自留在了沼城。我买了一台小电动车，用来跑客户。先生叮嘱我，闲着没事要经常到各家店里走走，看看销售情况，跟店主与销售员们多联络多沟通，增进感情。其实，那种虽然质量过关但入货价与零售价远高于市场平均价的"新技术"产品，让我们到手的利润极少，很难真正打开局面。我骑着小电动跑完一座城，大多是空手而回。偶尔有店家愿意跟我结算，都不过是五六只奶瓶、三两包纸尿裤。后来我做得心灰意冷，跟先生想办法在网上以低价散了一部分货出去，退租了仓库。

我不用再经常开着小电动到各家店里转悠，这大大地减轻了我的心理压力。我总是觉得那些人有着一副居高临下的姿态，我自己则处于一个不断讨好对方哀求对方拿货的角色。我第一次感受到当销售的不容易，因此后来无论面对任何推销售卖商品的人，哪怕是不着天际的理财产品或者网络课程推销电话，我都尽量会用温和的态度来对待。人都是遇过冷眼，尝过苦，经过无缘，才会拥有更加宽容的能力。

一场折腾下来，毫无收益不算，还损失了好几万。那是给我的人生上的重要一课。我更加清楚了自己的定位——我的心态与能力并不适合从事业务类的工作，而且我从此再也没有产生过通过创业快速获得财富的想法。我得好好寻觅与把握其他的机会。几年后，不少外表看起来还崭新的货尾在家中某个角落被清理出来，虽然那里面凝集了不少血汗，但我还是毫不犹豫地把它们当作垃圾全扔了。

靠做那个代理商生意，我连自己也养不活。但我又不能不管，扔下那散落在城市各个角落的几万块商品一走了之。于是我把那份代理商工作视为兼职，开始在沼城重新寻找全职工作。简历如雪花般撒出去，然后到处参加面试，可一切都不太顺利。每次我面试完回母亲家吃饭，母亲总免不了问起面试的情况。有一次，母亲无意中说了一句："见到你面试就烦了，这不行那不行的。"我顿时感到羞愧难当。偶尔，父亲会说起哪位老同事或者老朋友家里孩子的近况，我更是默不作声。那些跟我有着相似家庭背景、年龄相仿的人，纷纷在珠三角城市扎根了，有的读研深造，有的考进了单位，有的进入了知名企业。而我，还在生存的边缘苦苦挣扎。

在一次面试中，我认识了一位叫小源的年轻姑娘。长长的卷发下，露出青春无敌的鹅蛋形脸庞，干净的脸上沾着几颗南方女孩子常有的小雀斑，让整个人显得俏皮又可爱。彼时她在那家公司负责人力资源工作，跟我面谈时不断问起我生孩子前在KD公司的工作情况。她直言不讳地说，KD公司是她曾经梦寐以求想进的公司。也许人与人之间有着天生的磁场，而我们的磁场恰好匹配，当天我们俩在面试室里言谈甚欢，她对我非常满意，想让我接替她的位置。我当然欣喜，只不过当时的我没能进入他们老总的法眼。在后来私下有了不少联系后，我才明白为什么小源当日愿意"让贤"。

她是外市人，父母早年到海南打拼并小有成就，但由于她母亲身体不好，父亲想让身为长女的她辞职回家照顾母亲。这一回去，不知何时能再回来。她希望一见如故的我能帮她守住这个职位，让她再度回归沼城时或许有个容身之所。这个外地女孩对沼城的执念，源于她找了一个本地男朋友。而她男朋友的老家，恰好也是我先生所在的小镇，因此她对我倍觉亲切。虽然她当时的想法落空了，但是我们还是成了朋友。当她后来重新回到沼城之后，我们保持着一年见面两三次的频率，出来吃吃饭聊聊天。她回来后，进入了一家大公司，如愿嫁给了那个男人，生了女儿，然后男人出轨，离婚。这期间，她的母亲去世了。她对我说起她母亲病重的时候，她一个人每隔几天就奔忙于沼城至老家的火车上的日子。她也说起没能争取到女儿的抚养权，女儿被前夫家里带回乡下，要挟她每月必须给多少钱才能见到孩子的无奈。但她哪怕经历了那么多的不如意，心态还是很正。我一直觉得她很有想法，我希望这个漂亮乐观的女孩子将来的人生道路可以更顺畅。

在另一次面试中，我见到了本地一家连锁企业的老总，一个年纪没比我大几岁的富二代。他穿着很休闲，看起来很有活力，举手投足散发出一种伴随天生自信而生的满不在乎的气场。他坐在长沙发上，拿着我的简历，侧着身子漫不经心地问我各种不着边际的问题。在那一刻，其实更像是一场由他主导的轻松聊天。我坐在长沙发的另一端，竭力掩饰着自己的拘谨与不自信。如我想象般，这份工作终究与我无缘。

还有一次，我来到一家广告公司应聘文案的岗位。一进公司大门，就不得不看到一个巨大有趣的摆设。任谁一看，都知道这是一个风水阵——富贵竹能催旺运势，铜钱剑能辟邪挡煞，大毛笔有利文思，竹笋则帮忙罩着人才。

老板坐在二楼的大办公室，是一位脑袋尖尖又剃光头，看起来很普通甚至不太和谐的中年男人，却被旁边的下属盛赞为"行业翘楚"，说他"考虑事情很仔细很有想法"，说他凭一己之力如何怎样。当被员工称赞时，正在低头看简历的老板的嘴唇弧度是微微上扬的——很明显，他对这一套非常受落。但当他开口说话时，我倒觉得这位老板没有什么过人之处，甚至是表达不够清晰流畅，绕半天才能说得清楚自己的想法，而且特别多语气助词。我总是觉得，没水平的人说话才会使用特别多的语气助词，例如嗯嗯哦哦呃呃这些，因为他们一边在拖时间一边在绞尽脑汁地思考，所以那些"嗯嗯哦哦"就不自觉地出现了。

那天面试给了我一个奇怪的感觉，他一会儿对我很满意希望我能尽快过来上班，一会儿又说先看看怎么样。他说话前后矛盾，让我完全抓不到重点。告别时，他并没有用一般对应聘者说的套话例如"我们先考虑一下，有进一步消息再通知你"，也没有谈及薪资问题，更没有明确告诉我入职时间，只是在我的身后对他的下属小声嘱咐了些什么。他的下属带着我下楼，进了财务室。一位五十多岁的财务大姐拿出了一份由他们公司自制的简历模板让我填写。大姐那一头白灰相间的过肩长发应该是自然老去的华发，但她并不如多数人那样当马尾扎起来，而是松散自然地披着。填表时我不免多看了坐在对面的她两眼——只有又黑又密的头发才适合披着，若是斑白稀少的头发长短不一地披下来，就会给人一种不太正常的感觉。填完后，财务大姐俨然把我当成了新入职的员工，带着我在公司转悠了一下，说他们员工日常是这样那样轮流打扫公司卫生的，你进来后，以后每周几得负责哪里的卫生，尤其是冲洗一楼卫生间的时候要注意怎样，这里要如何擦一擦，那里要怎样搓一搓……我嘴上应着，心里却打了个大大的问号：我是来应聘做清洁工？回家等待消息的日子，我上网认真查了一下这公司的资料，只不过是一家普通的公司，多大型多厉害倒说不上。

一周后，我试探性地发了信息询问老板有没有消息，他让我"再等一等"。我不再抱期望，继续开展我的求职之路。半年过去，那位老板终于给我来电，通知我第二天去上班。我笑了，心想：这都什么时候了，还等您这"行业翘楚"呀。那天，我印证了我去他们公司面试时所产生的感觉：这老板是一个优柔寡断，往往连自己的想法都搞不清楚的人。这种人搞艺术可以，说不定偶尔还能出精品，但是跟着他干活，不抓狂才怪。后来，我偶尔会想起那间公司门口那个庞大的风水阵，不知道它为公司留住了多少人才。

我入职了一家律师事务所，担任律师助理。那位全市知名的大律师开出的薪酬低得可怜，连普通文员的市价都远远及不上，只是名声好听而已。但是他答应可以指导我日后参加司法考试，于是我犹犹豫豫地答应了，并去上了几天班。大律师每年赚的钱应该不少，但是对于办公室的开关灯、饮用水、用笔用纸都有严格细致的要求，把勤俭节约发挥到了极致。他交给我一项撰写法律文书的工作。由于我本身法律业务水平不算高，加上对薪酬不是很满意，并没有非常认真地对待，因此几天后我们就结束了宾主关系。他把我那几天的工资以现金的形式结清给我，精确到多少角。严格来说，我是被解雇的，说完全没有屈辱与难过，肯定是假的。但是静下心细想，我手上那块鸡肋被别人给扔掉了，不用我做出选择，也未尝不是一件好事。

多年后，当拥有了其他社会身份的我在一场培训中，重新见到了那位吝啬但公道的大律师。他对当年那个青涩害羞的我已经忘却，我也没有主动提起。他对"第一次见面""落落大方"的我热情地伸出了右手，我也笑着伸出手回应了。他说能不能加个微信，我说我们一直都有微信，只是很少聊天。他有点错愕，我也没有过多解释，只是说了一些得体的场面话，就这样过去了。

随后我进入了一家校外辅导机构当人力资源主管，但发现里面的管理千疮百孔，每位教师都是辛苦而寒酸的。那些本该在学校里毫无压力侃侃而谈的老师，此刻穿着朴素的衣服，在简陋的小型教室里利用简单的教具给孩子们上课，然后小心翼翼地计算自己的课时与学生们的出勤率，交给财务。他们当中的一部分人，是由于各种各样的原因从公立学校里跳出来的。另一部分，则是等待着命运的垂青、渴望哪天能考进公立学校的年轻人。

我记得其中一位来自某小县城的男教师，当年四五十岁，戴着黑框眼镜，经常穿着一件洗得发白还破了一两个小洞的浅色衬衣与黑西裤，一副典型知识分子的模样，说话带着憨直。他是80年代华南师范大学的正牌大学生，却不知何故若干年前离开了公立学校，辗转在各大培训机构谋生。在白天不用上课的时候，他开着一辆专门为了拉客而购买的面包车到处拉客挣外快。闲聊时，他对我们说，有一次他拉了几位客人在某个地方下了车，客人走出几步后，他在后面好心提醒："谁忘了拿手提电脑啊？这是谁的手提？"其中一位男客人立刻折返回头，连声说："是我的，我忘了拿。"事后男教师才发现，那台被客人"拿"走的手提电脑，其实正是自己新买的手提电脑。

辅导机构的负责人是一位六十多岁的女性，据说退休前是北方某公立学校的校长，因为独生女儿考上了本地公务员才随孩子来到这里。她的丈夫也在这家机构上班，干着毫不起眼的水电后勤工作。可以推测出他们当年在北方，是"强势校长+木讷校工"的典型组合。她总是用学校领导的口吻向大伙描绘机构的光明前景，说老板已经买下了哪里，已经有了什么样的框架，到时候我们把现有的东西如何如何一套进去就可以怎样怎样了。我却认为文化人"空谈误国"，缺乏合理的商业规划，恐怕今后难以为继。

在那里最让我接受不了的，是机构要求所有员工在每天放学的时间蹲点在各大学校门口派传单。如果别人不肯接，就把传单夹在别人的摩托车、自行车上，因此地上总是很多被扔掉的传单，被风一吹就满街乱飞。我脸皮比较薄，很难适应一次又一次的被拒绝。

当时，一位名叫米娜的前台小姑娘跟我同组。她来自湖北，操着一口不咸不淡的粤语。有一次，我们在市一中对面派着传单的时候，见我再一次被人拒绝后难堪地站在一旁，她主动走过来，温柔地对我说，你不要不高兴哦，在这里干活是这样的。我当时听了很感动。当年的她，不过是一个二十三四岁的年轻女孩子，却是如此体贴善良。虽然我在那家机构前后才待了半个月，可我和米娜成了朋友，至今保持着联系。实际上，我的及时离开是正确的。一年多后，机构老板不知何故锒铛入狱，机构随即倒闭。那些尽心负责又热血的教师，连工资都拿不全，就作鸟兽散。

关于在这机构十几天的工作经历，还有两段小插曲。一是在我入职三四天后，一个年近三十的男同事，那个长着90年代郭富城中分发型的浑身散发着汗臭的大个子，以命令的口吻叫我马上去哪里完成一件什么事情。我认为这件事不在我的职责范围内，而且不应该是其他部门的人过来命令我去做。这个大个子黑又胖，高又壮，蠢不蠢不知道。他傲慢不屑地说："你不做？你这人力资源是干什么吃的，公司请你回来有什么用？！"当时我非常生气。最后事情经校长协调解决了，确实无须由我来执行。二是我的四姑和四姑丈从县城来到沼城，我们见面了。四姑丈是小县城某重点小学的校领导，对我的工作环境十分感兴趣。坐在他的车子里，他问了我关于工作的很多东西，我都略带自豪地一一详细回答了。然后他问我在里面干什么职位，我说是人力资源主管。姑丈又问："那你拿多少工资？"我不好意思地报出了那个尴尬的数字。姑丈轻轻"哦"了一声，不再问什么了。事后，当时在场的妹妹没心没肺地对我说："姐你说你做什么人力资源主管，却拿那么一点点工资，有点丢脸呢。"妹妹并没有恶意，但在我的心里，却是百般滋味在心头。

我很快转去了一家主营IT的私企。那私企分为三部分，在电脑城商场里有两家门店售卖电脑，在商场外的后巷临街有一家门店做电脑维修。门店后面是逼仄的公司厨房，楼上是简陋的员工宿舍。另外在门店旁边的写字楼十楼，则有一个综合办公场所。我就在十楼上班，当人力资源兼行政主管。那是一家由兄弟妯娌合股开设的家庭企业，一家人把公司的一切视为私有财产，平日斤斤计较、抠抠搜搜。那公司的总经理，也就是他们家学历最高的读过中专的三弟，开公司前曾任肯德基送餐员，当前在读某名牌大学的MBA课程。老板的那点"基层工作经历"与励志事迹一度被我视为该私企的加分点，谁料入职后发现其实一切都一言难尽——花钱为学历贴金可以骗骗外人，但思维能力的提升谈何容易，何况他背后还有一个力量庞大的亲友团奋力拖后腿。

我第一次面试时就发现，为何这老板如此熟悉？我们在哪里见过吗？后来认真想了一下，忍不住笑了——原来这老板说话的语气和神态，跟不久前我去应聘的那间广告公司遇到的"行业翘楚"如出一辙，不自觉地使用非常多的语气助词，而且半天才憋出一句完整的话。我只能安慰自己，连黄伟文这么厉害的香港填词人，说话不也是"嗯嗯哦哦"，这有可能只是个人说话习惯的问题。可为什么有些人可以不说嗯嗯哦哦呢？因为他们懂得停顿，拖长了中间或者后面某些音节，听起来抑扬顿挫，但事实上作用跟"嗯嗯哦哦"一样，为自己争取了思考时间而已。当我和先生说起这个发现的时候，他漫不经心地接话："那你说话为何没有嗯嗯哦哦，也没有抑扬顿挫？"我坏坏地一笑："我这种是真正的反应很快、干脆利落，何须嗯嗯哦哦，何须抑扬顿挫。"

后来当我离开后，还和那老板在微信保持着几年一次的互相问候。看他的朋友圈，依旧在乐此不疲地做各种往脸上贴金的事。最后一次，大约是三年前，那老板在微信突然跟我寒暄，然后说，他准备在他们的IT大数据协会年终总结大会上发言，说我文字功底好，让我帮忙看看他的发言稿。我打开一看，上面写的全是他个人或者他的公司做过什么事，例如参加了什么会议获得了什么荣誉之类的——这些就成为他们行业协会的业绩。敢情那个什么IT大数据协会也是他自己成立的用来满足其虚荣心的玩具，说不定会员只有他自己一家公司。我不好点破，只是修改了一些错别字和标点符号，重新编排了一些段落，就发了回去，并说了些"写得挺好哇，×总您真了不起"之类的客套话。不久，当我有别的事情想咨询他的时候，却发现自己不知何时已被他删除好友了。是炫耀完了吗？觉得我已经没有利用价值了？还是觉得我的态度过于敷衍让他不满意呢？真搞不懂。

当年我进入他这家私企所接替的位置，原本属于一位四十多岁的姓谢的先生。老板和老板娘并不满意他作为行政主管的工作能力，遂让其自行离职。虽然我和谢先生一生中只有短短的几天交集（他把工作交接给我），但我后来总是会时不时想起他。谢先生是个典型的本地中年男人，头顶微秃，但秃得十分含蓄，还不是地中海。不胖也不瘦，眼睛鼻子嘴都平凡得很，面色微微发黑。他为人随和，说话甚至有点婆妈，学历一般，专业一般，能力一般，年龄不大不小，家中应该是有老有小的，不知道他离开后能干些什么，在下一家又能干多久，再下一家呢？行政工作，本来就是含金量不高、很容易被取代的工种。每当我想起谢先生，我就会唇亡齿寒地想到自己。当我四十多岁的时候，是否也会一样呢？我不敢细想。

我入职后不久，就多了一位名叫华姐的下属。华姐四十多岁，是老板家的舅母，一位早年从东北嫁来南方的似乎不太受婆家待见的中年妇女。她的丈夫在某政府单位上班，但据我观察，他们夫妻二人的感情非常淡薄。华姐人生最大的寄托，是她正在上高中的独生女儿，以及现在这份能为她购买社保的工作。许是当了多年的家庭妇女，华姐对职场的事情非常陌生，经常事无巨细都问我。我也愿意付诸耐心，一遍遍手把手地教这位笨拙又努力的大姐。没人的时候，她有时会冷不丁地冒出一句，说："你是全公司最好的人，其他人都瞧不起我。"中午，华姐的丈夫和女儿都不在家，她偶尔会邀请我上她家里吃饭，然后跟我聊些东北娘家的事情，或者说些老板家的小八卦。从言谈间，可以看出她并不是心思细腻与懂得温柔的那种人，而是带着东北人的粗犷豪迈与拎得清。她总是说，等女儿大学毕业以后，就跟着女儿去她的工作地生活，不再回沼城了。我和华姐的友谊持续到三四年前，有一天我忽然想起这位老朋友，想跟她约饭，才发现她的手机号和微信号不知何时已停用了。她也许，已经如愿了。

我和华姐有过一次共同的窘迫经历。有一次，负责公司饭堂的厨师，也就是老板的大嫂休假几天，没人做饭。公司对员工是管吃的，对于挂了饭牌的员工用餐问题总得想办法解决。当年还没有美团外卖之说，负责财务的老板娘许是不愿意额外花钱给员工买快餐，于是叫我和华姐拿着华姐老公的饭卡，去该单位饭堂打饭回来给大家吃。

那天中午，我和华姐两个人，用几个大环保袋装着十几个员工的私人饭盒，像做贼一样到了某单位饭堂。饭堂到点才开门。一到12点，很多人从四面八方拥进饭堂，排起了长长的队伍。为了节省时间，我和华姐一人排一条队伍，飞快把一个个颜色各异、大小不一的空饭盒塞到玻璃窗里面去，然后急促地对饭堂师傅说要二两饭三两饭，要这个菜那个菜。队伍后面的人开始鼓噪，大声小声地说："有没有搞错？一个人打六七份饭！""这是什么人啊？不是拿着单位的饭卡就能在单位饭堂打饭吧？""好菜都让她们打光了！"那一刻，我真想提着那堆累赘夺门而逃，又或者懂得隐形。但是没有任何搭救的法术。就像流水线上生产出来的劣质品，谁也不想要，可是上面赫然写着你的名字，全世界都看着你，你只好硬着头皮走出去，把它领回来。

我们在后面队伍的鼓噪中，在饭堂师傅的白眼里，打完了十几个饭盒，然后低着头飞快逃离了单位饭堂。回去的路上，华姐絮絮叨叨，不停地说着"太丢脸了""很丑"。我完全说不出话来，还没有从那个场景缓过神来，只是低着头走路。我的面子和自尊，全都留在了那个单位饭堂。其实出来以后我们都稍微松了一口气，因为非本单位的人使用单位的饭卡到单位饭堂打饭，除了丢脸，还涉嫌违反了饭堂的管理规定。若被食堂主管发现和当众盘问，这糗更大。

　　那天吃罢饭，老板娘倚在门边剔牙，说那单位饭堂的出品不错，比街上的那些快餐健康，叫我们"明天继续"。门店的年轻销售员们能吃到热乎乎香喷喷分量足的饭盒更是开心，可能在心里巴不得老板的大嫂以后都别回来了，让他们以后天天吃上可口的单位饭堂饭菜。华姐回到座位，还是不停地低声向我抱怨。我坐在自己的位置上静静吃饭，多余的话不说一句。其实，我是如鲠在喉。我们被逼连续去打了两天的饭，备受煎熬。第三天，在我的极力怂恿下，华姐说啥也不肯去了，编了个已被里面的领导知道了批评了之类的借口，老板娘才没有坚持。我们总算是解脱了。

　　到那公司上班后不久，我和市场部一个名叫阿伟的平时没有太多交集的同事私下建立了交情。说来是巧合。一个周末，我在那年的公考考场里，遇见了他。原来他也是瞒着公司的人悄悄来考试。就着这个不愿公之于众的共同目标，我们私下的话题多了起来。他大专学历，计算机专业，能供选择的余地不多。而且我发现，虽然他考公的意愿很强烈，可是对于学习他并没有什么系统性的想法与做法。我曾好心地做过一些方法与技巧类的提醒，但他似乎未能领悟，只是说寄望明年再说。后来我们先后离职了，可每年一到公考时节他就会主动联系我，就报考什么职位、如何复习与我交流意见。

　　后来我们再次联系时，他对我后来的际遇表示羡慕，然后感叹自己已经过了三十五岁，再也没有机会报考了。我认识他那年，他才二十五岁。这十年间，他忙于生计，当中结婚离婚创业负债，也许一直没有精力好好去追这个梦。每年成绩公布时他都很懊恼，但每一次也只有在收到机会即将再次来临的消息时才匆匆拿起纸和笔抱佛脚一会儿。这样做，距离理想中的成功，实在太遥远了。他说现在的自己一事无成，只在辅警这份工作上"挨日子"，一眼把日子看到头。他说，现在最盼望的，就是指望全国辅警改革能为他带来一些实质性的好处。

在那里工作了三个月，我还是有一些收获的。那家公司以年轻人居多，我还是感受到了年轻的活力。尽管那时的我才不到二十八岁，可我觉得自己已被生活打磨得迟暮不已了。我在那里，跟着其他同事学会了制作招投标书，三更半夜地排版、校对、打印、复印、装订，以及去评标现场参与招投标。只有在那些忙碌的时刻里，我才感受到自己有所不同，才感觉自己也许还是一个有用的人。许多年后，我成了省某专家库的专家。在评审室里以专家身份像模像样地翻阅着那些厚厚的标书时，我有时会走神想起那些彻夜制作标书的不眠之夜。

那家私企，实际上财务状况很不稳定，经常拖欠员工薪资。后于我入职的毕业于名校的人力资源经理大熊很快就离开了。离开前他对我说，这里太小了，不值得浪费时间。不久我发现自己怀上二胎，于是再次辞职，并暂时放弃了继续寻找全职工作的念头。

大熊是湖北人，毕业于名校，工作经验非常丰富，因为成为沼城女婿，才来到沼城。他面试那天与第一天上班都是穿得非常正式，西装革履，总让人觉得他与这座小城市小企业格格不入。他很快在沼城买了房子，并迎来了新生命。离开这家私企后，他独自去了省城打拼。确实，以他的专业能力，应该去更为广阔的地方发展。后来的消息，有点搞笑。他说，婆媳关系几千年来都处不好，他家也是一样就不稀奇了，他不在的日子，家里每天都鸡飞狗跳。不得已，他只能把老婆孩子一同带去了省城，后来又带着他们回到了湖北。在湖北，他给老婆开了一家麻将馆，让她天天有钱收，开心得不得了。大熊先后经营了不少生意，越做越大，生活总体不错。我们最近的聊天是在2020年疫情刚暴发期间，他说刚好带着老婆孩子回到了沼城的娘家，疫情就在武汉暴发了。他们虽然被当地政府严阵以待，但是毕竟生活是安全和无忧的。我喜欢他那种乐呵呵的心态。愿他们家，继续开心下去。

这一年，我还遇到了一个机会，但是自己没有抓牢。当年，市里组织了一场面向外来务工人员的公务员考试，而我因为生第一个孩子时已经把户口迁回了先生的老家，因此对于沼城来说，我是一个妥妥的"外来务工人员"了。这场考试，我笔试考了第三名，进入了面试。面对这个面试，我压根没有想过要去报班或者怎么样，只是在工作之余利用自己原有的知识储量去复习备考。我甚至连服装都没有准备好，考试前一个晚上才急匆匆地去买了一件稍微顺眼的衣服。不自信、怯懦的我，意料之中没有取得面试高分。最后，我的总分还是位列第三，无缘职位。

面试出来时，排名第一的那位先生安慰我和第二名，说："你们还年轻，机会还很多，不像我，准备超龄了。"几年后，有一次我和这位先生在微信里聊了几句，他不断吐槽这份工作如何不好，如何后悔当初选择了这个职业。我想，你现在无比吐槽的工作，就是我当日的梦寐以求。人生总是一言难尽吧。

我肚子里的二胎跟第一个孩子一样，来得非常意外。思前想后，我还是不能割舍这个孩子，于是把自己考公的心渐渐收了起来，一心一意当他的母亲。那一年，我二十八岁，离开大学校园才五年。最青春的五年已经过去了，我的人生从大直线变成抛物线，尽管我不得不斗志昂扬，却没有能力让它一直向上。

　　做母婴用品代理商的工作虽然不赚钱，但是自己挖的坑，含着泪也得跳下去。从IT私企辞职后，留在沼城一边继续善后一边养胎的我，寄住在父母的新家。彼时父母在沼城购买的新房子刚刚装修好。他们还没有退休，只有周末休息才从县城过来小住。白天，我到附近的广场与湖边散步，看野生小鸭子在湖边水草间抢食。有风从指尖经过时，我感受到一种不真实的触感。我不知道，这座城市，这样闲适的生活，何时才能真正属于我。

　　尽管手头拮据，当时的我还是咬咬牙斥"巨资"购买了两件电子产品：一是一台小手提电脑，用来写作。我感到心中的感情快要满溢了，需要寻找一个发泄的出口。二是一台数码相机，用来送给父亲。那时还没有普及智能手机，数码相机还是拍照的主流工具。每逢回老家过春节，父亲很喜欢用照片来记录这些人和事。自从家里的傻瓜相机不小心摔烂后，父亲一直觉得很惋惜，节俭的他又不舍得买新的。收到礼物后的父亲很开心，但同时又责怪我花了不该花的钱。

　　在父母新家居住时发生了一个小插曲。有一次，我回老家小镇小住一段时间回来后，发现父母家一片狼藉。屋里不知何时进贼了，应该是从没有防盗网的后阳台沿着水管爬上来的。而小区业主"不准安装防盗网"这个奇葩的要求，是当时开发商和物管出于美观的需要而立下的规矩。我报了警，于事无补，至今没有破案。这次遭遇盗窃，父母损失的东西不算多，最大的受害者只是我自己，因为我回老家前收到的一万块货款没有及时存进银行，而是随便扔在了抽屉里打算回来再处理，谁知道就便宜了窃贼。后来，我家的被盗事件，间接推动了开发商与物管废除不准业主安装防盗网的无理要求，也算是给公众做出了一个无奈的贡献。

　　不久，我碰上了一次和一直在商场打滚的五叔深入交谈的机会。五叔说最近有个赚钱的机会，已经万事俱备了，可由有兴趣出资的家族成员合股创办一家新企业，日后人人做老板，个个做股东。这个想法，让处于迷惘期的我非常兴奋。

　　很快，家族成员开了两次会，吃过几顿饭后，此事就被促成了。我的父母、三姑与三姑丈、六叔与六婶，以及我与先生、妹妹与妹夫，每个小家庭均投了不同程度的积蓄作为入股资金，一同成为该新企业的股东。而企业的日常管理，则由我与先生来担任。在企业有分红之前，我们俩每月只领取少量的薪水当生活费。于是，先生从小镇重新来到了沼城。时隔多年，我和他再一次全身心投身到创业当中。

　　不久，我们发现原来五叔还拉拢了一些陌生人进来，让他们以机械入股、技术入股等方式成为更大的股东。在五叔与他们谈的分红比例上，对方也占据着绝对的优势。我和先生暗暗一计算，发现我们和其他家族成员投资的回本成本变得极高，顿时有种上了贼船又不好跳船的感觉 ——毕竟其他家族成员的很多行李还在船上，指望着我们俩好好开船的，现在油加满了，粮食也准备好了，我们岂能毫无义气地一走了之？我提出要郑重地问问五叔为什么，先生却认为此时再问意义不大——刀已磨好，羊也已经拎出来了，问什么原因有用吗？我们只好硬着头皮做了下去。

　　工厂一开始设在偏僻的A工业区，大半年后才搬迁至距离我们家较近的B工业区。我和先生吃住在厂里，挺着越来越大的肚子的我从事相对轻松的文职工作。做下去我们才发现，有许多隐性的支出，跟五叔当初的说辞并不相符。例如，他曾说厂房不必交租金，可实际上每月我们依然要承担高额的租金；他曾说在有分红之前，某某和某某技术股东不用领薪水，可是那些股东每月领取的薪水比我们俩高出许多倍，而且该领的钱一分也不能少。我们做得十分艰难，却没有办法。眼见手上的流动资金越来越少，不得已，家族里几个股东家庭只好不同程度地追加了投入。

先生虽然是管理，但为了最大限度地节省成本，每天都是亲力亲为地参与厂子上下的工作。他有时做机修，有时做搬料工人，有时做叉车司机，有时做采购，有时做销售，常常从一大早忙到半夜。虽然那并不是我所乐意见到的，但我明白那是他的闪光点之一——尽管他从小到大都没吃过什么苦，但他很能屈能伸，也不介意熬苦日子。

记得我们当时，不时开着摩托车从偏僻的厂里出县城孕检与采购物品，还到附近的镇上赶集。回厂的路上，我们会帮衬在路边兜售的白鸽回来煲汤，滋养肚子里的小婴儿。

前段时间我们二人周末出游，路过工厂旧址附近，还特意绕进工业区看了几眼。我们离开那已有十年了，那家厂已无数次易手，现在甚至连大门都改了方向。回家的路上，我们谈起当年工厂的人和事。先生对我说起当年工作时的许多细节，有不少是我闻所未闻的——也许是我忘记了，也许是当年他怕我担心而没有提起，又或许是我不久回去生孩子了他无法事无巨细地说。完了我们慨叹时光过得飞快，年轻时候的我们为了给厂子和自己省钱，真是什么都敢想，什么都敢做。

记得当时厂子还在A工业区的时候，我独自乘坐大巴回了一趟老家看望大儿子。从小镇回来后，当晚我在父母家过夜。当时只有我和弟弟二人在家，我坐在沙发上看电视，坐着坐着忽然哭了起来。弟弟吃惊地问什么事。我说："我把孩子扔在小镇，和你姐夫来到这里搞什么工厂，不知道有什么意义，钱没挣到，孩子没陪伴到，我觉得很对不起孩子。"我伤心地哭道："生活太艰难了，弟弟，我已经尽力了。"

2011年10月，我的小儿子出生了。在小儿子出生几个月后，碰上大儿子准备入读幼儿园的年龄。考虑到要支持我们小夫妻的事业，公公婆婆终于同意安排好老家的事宜，举家迁往沼城生活。

实际上，五叔所谓的"赚钱项目"，跟他过去几次的投资一样，压根没有经过深思熟虑，别人所谓的视为入股的机器、入股的技术所生产出来的产品，并不具备理想中的质量，更卖不出期望中的价钱。屡屡受挫，五叔与其他大股东不断指挥着转变方向，各种试验，终于把我们家族成员投的积蓄一点点挥霍干净。作为小股东与晚辈，在屡次提出的意见建议没有一次被采纳后，我们只能遵照与顺从。我们感觉自己就像两只被玻璃杯罩住的苍蝇，似乎前方一片光明，实际却只能横冲直撞，半点不得法。五叔仍是一如既往地乐观，不断跟我们打气，仿佛堆金积玉就是在纸上画几笔的事情。

我和先生每个月从厂里领着低于全市最低收入标准的生活费，前后坚持了一年多，生活艰难不已。实在一文钱难倒英雄好汉。

彼时工厂已经搬迁至B工业区，离家几十公里。因为孩子尚小，我每天傍晚得转乘两趟公交花一个多小时到家，先生则留守在厂里。那段时间的深夜，我看着身旁安稳熟睡的小婴儿，计算着家里的支出与口袋里的钱，常常不禁在被窝里啜泣。哭有什么用？哭并不能解决任何实质性的问题，只能单纯地发泄情绪。但是，能哭就到不了绝境吧。

眼看坐等分红已不可能，生活困顿可以让人无端生出许多勇气。我终于忍不住对五叔提出了加工资的要求。五叔没有正面回应，而是找了他自己企业里的一位高管来给我做思想工作。这些年来，五叔非常热衷于到处高薪罗列人才来担任企业高管，频繁地换了一茬又一茬。这些高管的共同点，无一不是巧言令色，口吐莲花，仿佛连过路的小鸟都能轻易被他们召唤下来。同样地，这位高管说话办事非常神气，好像一个电话就能解决叙利亚动荡一样。他在饭桌上跟我的先生称兄道弟，频频向我们举杯，谈及不久的将来，与伟大的理想及希望。饭都几乎没得吃了，还谈理想。跟那人言笑晏晏作别后，当晚回到家我立刻上网投递简历。任何人都不能指望，我还是得靠我自己。

有一次，公公半开玩笑地说，听说我们小区在招保安，当女保安也不错啊，离家近，你以前是那个什么学校毕业的，专业刚好对口。我没听他说，但这件事让后来的我印象非常深刻——在别人眼中，我也许就只配这样的工作了吧。我得为自己争一口气。

那些鲜为人知的经历，让我在短短的几年时间内，更深刻地领略了人生百态。我想，我就是在一次又一次的经历里练就了强大的内心。

三十岁前后的我站在人生交叉口，再次投出了许多份简历，参加了许多场面试，但效果依然不太理想。且不说学历与专业的硬伤，光是这个年龄，都着实有点尴尬：当助理太老，当中层又尚欠资历。人在任何一个领域的积累与深耕，都是自己的最大资产。然而，我并没有。

幸好没多久，我获得了一家港资公司的青睐，而且对方开出的条件还不赖。老板是个温和儒雅的香港人，来沼城主要是开拓金融机具的业务。在他的计划中，只需要在沼城设立的办事处招纳两个人，就可以承担起本市与邻近几个市的所有工作。2012年6月，那天恰好是我的生日。我接受了香港老板的复试面试，地点在老板入住酒店的西餐厅。坐在桌子的另一端，香港老板温和地问我，如果我聘用你，你能为我带来些什么呢？我说，也许我在您的应聘者当中并不是最优秀的，但是我能保证我会尽我所能让您满意，希望您能给予我一个机会。那份工作跟我的专业、工作经历毫无关联，但我后来确实很努力很用心地去做，竟然真的能让香港老板满意。年末，我和同事受邀去深圳参加公司年会，体会到了那份难得的被尊重的体面。

但在入职这份工作之前，我对父母的交代并不顺遂。他们担心我的行为让五叔和其他家族成员产生不满，更想不通我为何要丢下现有的东西出去瞎折腾，所以强烈反对。但我还是义无反顾地离开了。

在我离开后不久，剩下先生苦苦经营的企业终于支撑不住了。先生只能另谋出路。也就是自那时起，他真正开始了自己事业上的选择与深耕。虽然起步有点晚，但好歹渐渐摸索到方向了。家族小股东们的投资款虽然被五叔承诺以后有能力一定还予众人，但大家都明白那不过是一张大饼而已了。几个家庭的积蓄化为乌有。我的三姑和三姑丈，当初听从五叔安排把自家的自建房抵押给银行筹钱入股，结果那连本带利的巨款，是他们夫妻俩

157

后来用了许多年节衣缩食来还清的。

　　港资公司办事处设在开发三路附近。平日我乘坐公交车通勤，下午常常在市一中附近的一个公交车站候车。市一中门前有两株高大挺拔的木棉树，每年三四月，光秃秃的木棉树就盛开满枝红花。有时倒春寒，冷得像冬天，我站在路边看着那两株灿烂的木棉树，偶尔会走神。如果你问我喜欢什么植物，我会告诉你是木棉。木棉的枝干苍劲有力，泛着白光，茁壮，顽强，让人有无端的忧伤。如果把它看成是一个人，则它的身上只有无穷的力量，没有多余的话。春天一树橙红，夏季绿叶成荫，秋时枝叶萧瑟，冬来秃枝寒树，四季不同，像极了人的多面性。江滨堤的堤岸边，也有几株高大的木棉，每每坐车经过，总能看到那一树的繁美。在我的中学母校里，也有几棵木棉，静静地看过我无忧无虑的少年时光。

　　傍晚，下班的公交车会绕过半座城。我经常一个人坐在最后一排靠右边的位置。下班高峰期的车子总是走得很慢，我就会默默地看着外面的人，他们做什么都是快手快脚的，就好像一幅会动的《清明上河图》。

　　车子经过江心大桥时，望向西边，我见过许多不同样子的夕阳。金黄的，暗红的，圆滑纯粹的，装点着碎云的，挂在江中上空的，掩映在远处半山的。夕阳的薄影里，我看着自己的影子，觉得自己仿佛是城市唯一的一个落寞的人。我总是戴着耳机默默听歌，偶尔也会听电台一个叫莎菲宝的女生主持的《日落大道》，听她讲述世界各地的趣闻。仿佛生活的光芒，瞬间就被她点亮。

　　那时的我多么希望，我生活的光芒，也能被我自己——亲手点亮。

## （三）

港资公司沼城办事处只有两个人，我和一名男同事。

男同事是一名技术男，宽脸，嘴巴很大，线条分明，脸上还有未尽的青春痘。他属于男生里面的话痨子，表达非常啰唆，没有理工男的那种干脆。所以平时每当我要沉迷工作或者思考时，尽量少说话，省得他一打开话匣子就停不下来。虽然我也喜欢说话，但我也有点受不了他。但他是一个没什么心计的人，所以我们的共事总体来说是和谐与融洽的。

这个世界上应该有很多这样的小公司。就像古代的农耕社会，你栽葱，我种蒜，他养鸡，她喂猪，日出而作，日落而息。尽管栽葱的和养鸡的互相嫌弃，种蒜的和喂猪的偶有口角，但这种小国寡民、两耳不闻窗外事的小公司终究算是一个人间小天堂。

其实我们在沼城办事处干的活，跟香港总公司、深圳分公司和广州办事处的经营业务完全不同。这个办事处的建立，是基于香港老板与他的搭档跟本地某银行搭上了线从而开展了一些特定渠道的业务，而我们则负责维护这些业务的基本运作。而且办事处的存在也相当于告诉银行方，香港老板和他的搭档有在此发展的决心，请他们放心。老板的搭档龙经理并非我们公司的人，但他却是老板的朋友，以及老板在沼城开展业务的重要搭档。

当时的日子真是太舒服了：朝九晚五的上班时间，从不加班，周末双休，法定节假日按规定休假，薪资准时发，报销手续简单，关键是活还少。

　　但其实谁都明白一个简单的道理，日子过于安稳，其实是潜藏着巨大危机的。我有时也会隐隐担心，不知道这好日子什么时候就到头了。香港老板与龙经理有一次过来，饭桌上龙经理对老板无意中提了一句，说："我们也可以尝试开拓其他城市的业务。"他们只是闲聊，过后也没有要落实的意思。我事后思前想后，决定主动出击，争取干更多的活来稳固这份本身已经很舒服的工作。他们答应了我的请求，所以后来我有了很多到外市出差的机会。

　　我做了一系列的准备工作。首先想办法拿到了全省银行系统内部电话本，列出关键大咖的名单，准备好一套话术，再电话联系再添加微信，维系一段时间后再登门拜访。这些涉及内部采购的事情当然没那么容易成功，何况我们不是厂家。幸好我也没有业绩的压力，因此在老板的默许下，一茬一茬地做了下去。

　　我去了几座城市，其中印象最深的是S城。那是我第一次到S城。那时已入秋，夜幽暗，寒气袭来，有种冷得透心透肺的感觉。我当时住在江边，拉开窗帘就能看到无穷无尽的江水。江水不算清澈，但无端地让人感到孤独，它幽静泛红，从容向东，像一切触手而逝的东西。江堤是无穷无尽的，长得找不到头尾。那晚我独自穿过两道桥，逛了逛静静的江边。S城有十几座桥，它给我的感觉竟然跟少女时代的我想象里一致。真的很像，都有无边无际的河堤，与璀璨温柔的彩灯。我觉得很浪漫，尽管这种浪漫在他人眼中不值一提。

　　在S城，我和长辈林工吃了一顿饭。那天下过雨，地上有点湿，饭后林工带着我去逛了百年东街和风采楼，给我讲里面的故事。林工是一位六十多岁的伯伯，不仅是我的长辈，还是我的忘年交。当年刚毕业的我到五叔的企业上班，林工作为五叔特聘的技术人员，不时会从S城坐火车过来解决技术问题。哪怕后来林工不再跟五叔有工作来往，我却和他保持了联系。有了微信之后，我每年会定期问候一下这位印象中总是笑眯眯的慈祥长辈。

林工是一家单位的退休员工，搞了几十年的技术，是一个很善良也很天真的人。用"天真"来形容一位几十岁的伯伯好像挺奇葩，但这个中性词确实很适合他。我总觉得他是一个善良到了骨子里的人，总是把整个世界都看得很美好，仿佛那些尔虞我诈、人心险恶并不存在。又或许，他本身就是一个大智若愚，看透世事的高人。虽然天真是他最大的特点，但他也有洞悉世事的一面。那晚他对我说："我刚认识你的时候就看出你一直不开心，你连笑的时候都是不开心的，这不行啊，你看世界上有这么多美好的东西，不开心地过怎么行呢？但这次见你，你比以前好一点了。"

我们聊了很多。记得那一晚是2014年11月11日，在江边，林工给我讲了他自己的家族在波谲云诡的时代里受过的苦难。他说，刚好就是在六十年前的今天，他们的家族开始支离破碎。我当时听了非常震撼。

第二天没有工作的事情要忙，林工带我去了一趟珠玑巷。珠玑巷有一条很有韵味的石头老街，贯穿东西。石街两旁几乎每一家铺里都藏着一个姓氏的故事。从街头走到街尾，细心的话能发现，同一个姓氏打着"本老屋是某姓在珠玑巷落脚的故居"的旗号开的接受信众上香纳福的铺就有两到三家。几乎每家铺都香火鼎盛。连属于我们家的姓氏也位列老街其中——可实际上，我们家的姓氏当年并非通过珠玑巷走向南粤的。虽然那里商业化气息颇浓，但作为古代中原人士向岭南迁徙的聚居地，浓厚的历史底蕴可能比许多城市都要绵长。离开S城那天，坐在高铁安静的车厢里，看着落在背后那属于别人的安详岁月，忽然就想起了一千多年前张九龄先生写的一句诗："不辞山路远，踏雪也相过。"

断断续续忙活了一大段日子，我在工作上促成了一些不算大的业务。当然，我也把当时摸到的一些真正有购买需求的信息汇总给了龙经理。后来他有没有跟进我就不清楚了，也无法知晓。

在那些工作中，我产生了一些感悟。在与客户交往的过程中，我发现尽管很多人没有合作的意愿，但也没有谁给过远道而来的我难堪或难受，我甚至没有感受到谁有明显的瞧不起或者不屑。至于电视剧里的毛手毛脚那些，更是没有出现过。究其原因，当然不是因为我有多漂亮，业务能力有多突出，公司背景力量有多雄厚，而是因为那些本身已经爬到一定高度的领导，具备一定的职业素养，他们更愿意以起码看起来是善意的态度来对待基层的业务人员。也许还有一个小小的因素，就是一般人都"伸手不打笑脸人"。我懂得笑，笑是我的强项。也许笑，确实可以骗过不少人。紧张、窘迫、尴尬、不解、默认、难为情，通通都可以放进笑里。笑，是成本最低的不让自己置于过于难堪境地的做法。

来到2015年的春天，在我越来越强烈的预感中，好日子果然到头了。1月下旬，香港老板再次来到沼城。他说现在沼城的业务已日趋饱和，公司出于长远的发展考虑，要把沼城办事处合并到广州办事处。他体谅地对我和男同事说："我知道你们都是本地人，要去广州上班与生活并不容易，所以我会给你们涨薪资。

而且我会给你们一个月的时间来考虑，你们先开开心心过完这个年。如果最终还是决定不去，也没关系，我给你们发放3月份的薪水，好让你们有充裕的时间重新找工作。"在他宣布这个消息的那一刻起，我就知道我不可能会去。虽然很不舍得，但我马上就开始重新找工作，并很快收到了新的橄榄枝。天下无不散之筵席，我与那公司两年多的缘分，自此终结。但不管怎样，我还是感激香港老板在这件事上的人性化处理手法，很有温度。而我的同事因为是男生，加上还没有家累，所以他做出了跟我相反的选择，跟随去了广州。

　　——以上是我关于本次离职，对所有人的说辞。说得太真，说得太多，以至于我自己后来几乎都忘了那不全是事实。

　　真正的事实是，当年1月下旬龙经理来到了沼城，单独约了我出去吃饭。他说了不少"你喜欢写东西对吧，你应该好好去追你自己的梦想"之类的话做铺垫，最后引出2月底我的合同到期后公司将不再跟我续约的目的。他说："你什么都别想，先开开心心过完这个年，年后再慢慢找工作呗。"我当时抑制住错愕与难过，匆匆吃完就离开了。我不记得我是在哪里哭出来的，马路边？公交车上？还是办公室？我忘了。龙经理是一个圆滑而决断的生意人，由他来操刀裁人，确实要比香港老板痛快得多。他们只留下了我的男同事继续运营办事处，以便跟进技术方面的工作。男同事后来在那岗位又坚持了一年多，终步入我的后尘。

　　事实上，通过某些人脉资源与特定渠道对指定客户销售金融机具的生意，到一定时期就会饱和，不可能一直做下去。而且那些机具的使用寿命较长，不存在不停购买之说。尽管我很早就清楚了这一点，可当这一天真正到来的时候，还是不免有点难过。

我不愿亲口说出被裁了的真相，因此除了几个亲密的人，对谁都是用了上面那套说辞。说到，有时连我自己都几乎忘了真正的原因。

关于那套说辞，几年后还有一个小结尾。我在港资公司工作的那几年，我的父母因为我终于找到了一份体面的工作而深感欣慰，每当别人问起我在干什么工作时他们都能挺直腰板地说出来了——尽管他们一开始时是坚决反对的。对于我的本次离职，他们感到遗憾，所以每当别人问起时都会惋惜地搬出我那套说辞。直到有一天弟弟对他们说："其实姐姐当年是被那公司裁了的，爸妈你们就别对别人再吹牛皮了。"从此，父母绝口不再提。弟弟对我说起这件事时，由于早已时过境迁，我的内心不再有什么波澜，所以我也没有什么意见。只不过后来偶尔想起的时候，我都会在心里无奈一笑。

这次求职，因为履历表上多了上面的工作经历以及写作的技能，比上一次顺利一点了。时已至年末，我投出简历没几天，就接到了城东某公司的面试通知。网上显示，那公司主营"产业投资、资产管理以及企业管理咨询"。这些我都不太熟悉的词语拼凑在一起，就是一个全新的领域。

那公司设在城东一栋崭新的写字楼，占据半层楼，貌似刚装修完不久。跟我同一个下午面试的还有几位年轻的女孩子。面试官是一个眼神犀利的六十多岁的老头，看起来对我懂写作的部分尤其感兴趣。旁人介绍他是什么元老，跟哪些老领导很熟云云。事后我得知他是公司顾问，跟一位来自北方的陆姓老板共同管理着公司。面试结束后，他们让我在限定的时间内完成一篇指定命题的稿子。看得出老头对我是很满意的，把我领进了陆老板的办公室说了不少漂亮话。陆老板的身上弥漫着一股浓郁的大蒜味。他已经秃顶，整张脸呈现出一种油光滑亮的质地，仿佛涂满了橄榄油，一看就是那种油腔滑调、老谋深算的老江湖。他根据老头的意思，当场决定留下我，并表示能满足我提出的薪资要求。这种顺利让我有点不敢相信，但当时距离春节不足十天了，我提出可否年后才过来上班。老头同意了，让我当天把入职手续搞好，然后添加了我的微信，说过几天公司吃年夜饭，邀请我一起参加。

　　到家后我发微信对老头表示感谢。老头说不客气，然后问我去过江边的下澉村没有，说那里是我们公司准备打造的新项目地点，有兴趣的话可以改天一同去那里走走。那是跟未来领导打好关系的机会，我不敢拒绝，也不能拒绝。

　　两天后，我和老头两人在目的地见了面。那天，老头对我介绍了许多关于公司未来的构想，例如要打造一条旅游休闲线路，把某旅游特色村的旧村屋打造成民宿，再利用现有的某小河沟通湖与江，用游船把游客从旅游特色村引至下澉村。而改造下澉村则是公司的第二项计划，以后这里村民的古旧房子也将被改造成民宿客栈，打造成为第二个旅游特色村。他说我入职后，首先将被安排参与某旅游特色村的改造项目。听起来是大项目呢。我虽然不太懂，但还是忍不住提出了疑问："这些大项目涉及方方面面的事情，不是该由政府来做主导吗？单靠民营企业，得投资多大、耗费多大力气才能完成呢？"老头神秘地一笑，说公司自有办法，然后含糊其词地说了些什么就转移话题了，一副胸有成竹的样子。我跟在老头身后，看着下澉村那些摇摇欲坠的废旧猪圈猪舍，以及眼前一间间像我老家曾祖父那辈人住过的老房子，听着这里以后将被改造成民宿，真是想骗自己入戏都难。于是我留了个心眼。

老头貌似很有表达的欲望，话特别多。他谈到自己在省城如何成功搞过什么杂志，发行量去到多少多少。接着他又用了大量的篇幅讲述自己年轻时的风流倜傥与不久前的风流韵事，以及错过的唏嘘遗憾。"这么说，你年轻时很帅很有魅力了？怎么现在一点痕迹都没有留下？"听着听着，我心里不免开了小差。后来我越听越不对劲，心想你跟我说这些干吗？我完全没有兴趣听啊。但碍于面子，我不得不硬着头皮听下去。

末了，他说："我觉得你很有味道，脸型很有东方女子的韵味，锁骨尤其性感，让我很喜欢很欣赏。"严格来说，这不算是"表白"，顶多是"表达"。但"欣赏"这个词，瞬间在我心中觉得被玷污了。憋了一个下午，我真有点憋不住了，感觉像吃了半只苍蝇那样恶心——比吃掉一只苍蝇更恶心的，是吃了半只苍蝇。我依然用了笑来应对，不知他有没有看出当中的勉强。临别时他提出要一起吃晚饭，我强忍着不适，找了个借口逃了。

第二天晚上，他们公司吃团年饭。抱着最后的一线希望，我参加了。当晚老头有别的事，并没有来。不用见到他，我松了一口气。吃饭地点定在一家不怎么高档甚至可以说是低级的大排档，跟他们号称的大公司大项目身份严重不符。当晚熙熙攘攘有五六桌人，除了员工外还包括一些公司的客户与朋友。我发现这家公司的员工，绝大部分是初出茅庐不久的年轻人。我当晚最大的目的，是要准确地了解这家公司的实力，以及陆老板的个人背景。因此我全程敏锐地捕捉各种信息，并主动向看起来挺和善的财务姐姐示好，主动加了她的微信。财务姐姐有她的职业操守，从她身上套取信息的难度很大。所以，同时我还借助了在政府部门任职的老同学的力量去调查。虽然当晚没能获取更多我想要的信息，但后来的调查结果与我想象中差别不大——这是一家空壳公司，有着空手套白狼的想法，而且财务状况一直很不稳定。

当晚，陆老板高谈阔论，跟在场的人喝得醉醺醺的，丰满而圆润的大嘴唇似乎一刻也没有消停过。外面寒风呼啸，大排档客厅的玻璃门整晚关着，室内的空气弥漫着越来越浓重的浑浊。饭局结束，推开玻璃门的那一刻我就知道，我又得重新投简历了。

不久，我编了个原公司希望我多待一段时间来替他们善后工作的借口，向老头请辞了。老头说，那你需要多少时间，我们可以等。我说说不定，也许得半年。老头说半年他们可以等。我不想再纠缠，说了些感谢以及"以后有机会再联系"的话，就在微信里默默删掉了他。删掉了他，那种一想起就会浑身起鸡皮疙瘩的感觉就慢慢消失了。

后来财务姐姐告诉我，老头继续物色各种漂亮高挑的妹子入职。再后来，财务姐姐问我有没有新工作给她介绍，那里很久都没有发工资了。我马上动用手头上的资源，很快帮她找到了一份新工作。前段时间我们聊起旧事，财务姐姐在微信里打趣地跟我说："那家公司倒闭很久了，老板都做了老赖了，幸亏我跑得早，可你比我精多了！"

年后我参加了一些招聘会，但没遇到理想的工作。我最希望是能找到双休的工作，以便写稿子与陪伴孩子。可惜双休的工作，在小城市里确实非常难找。但此刻的我并不是非常彷徨的，比几年前找工作时淡定了一点。因为彼时先生在事业上找准了自己的方向，趋于稳定。而我所赚的稿费足够我支撑一段日子，再不济，在家全职写稿也还能赚到一点生活费。而且我认为自己拥有了这项技能，底气更足了一些。我尚不必慌不择路。

其间，我还去省城应聘过一次。我当时向某专业电商平台投过一份简历，然后在QQ线上面试了一回。很快，对方给我发来复试邀请，要我去一趟广州。面试地点在市中心的一个高级写字楼。那是一个据说"以家居商城为主体、以本地生活服务信息做配套支撑、以新闻资讯有效补充行业信息，这三驾马车的完善和成熟，将消费者搭建一个集销售、服务、信息三位一体的综合服务平台"，在沼城只打算招聘一人。简单来说，这是一份做业务的工作，入职后每个月发展一至两个客户加入该电商平台，就能获取相应的提成。但是，他们公司的总部设在江西某个四五线小城市，一个名不见经传的小地方。入职后，需到那个地方培训一至三个月。这一点让我心存疑惑。倘若一去，我会不会陷入传销黑窝？回家和先生商量过后，我果断放弃了这份工作。

那趟省城面试之旅，我同时还办了另一件事。我在网上搜索到某公司招聘兼职模特，抱着试试看和体验生活的心态，在当天面试结束后就前往了。那是一家位于西门口附近的小公司。不少年轻女孩子在那里同样排队轮候面试——比我矮，比我胖，比我多痘痘，甚至比我丑的人比比皆是。我们先被"面试官"轮着"面试"一番，然后排着队进入一个独立小空间去"试镜"，试完后有另一个人逐一对我们说："你先在我们这里自费拍摄这些套餐，我们再把你们推荐给演艺公司，再由演艺公司安排你们拍摄广告或者杂志封面。"那些摄影套餐，价格从几百块到几千块不等。而我们究竟有多大的可能会被演艺公司"选中"，主要取决于我们选择了多昂贵的套餐，摄影师把我们拍摄得多好看。我看出来了，这是一个以招聘兼职的名义，推销本影楼套餐的"局"。我很快起身离场，并向"面试官"要回了自己的简历。对方问我："你真的不打算买回自己刚才试镜的照片吗，拍得多好看呀！"

我对她自信地笑了笑，说："不了，谢谢，我自己给自己拍，也一样好看。"

——这句话是我在若干年后，在心里默默重演当年那个场景时假想的台词。

事实上，那天我费尽周折才在对方的极度不耐烦中取回了个人简历，然后低着头一言不发地离开了。

## （四）

2015年3月下旬，我入职了一家从事商场管理的公司，担任总经理助理。虽是单休，但是薪酬是让人满意的。唯一一点很不好的是，那家公司经营的是一家老牌的众所周知趋向没落的商场。一提起这个商场的名字，别人就很容易跟衰败、倒闭、过时这些词语联系在一起。就如人们一提起当年的马加爵，就会不由自主地想到残害室友这些字眼一样。

那栋大厦是老板家的自有物业。老板这位"太上皇"打算把这栋物业送给海归的"太子"，于是，一心要继承的"太子"就踌躇满志地招了我进来。我进来后才发现，在这家公司工龄超过十年的员工随手一抓一大把，个个都懒懒散散、浑浑噩噩，得过且过。看来这公司的内部环境跟外在名声一样匹配。我不免有些失望，只能寄望于"太子"有所作为。但"太子"常常不回公司，我的工作不知道该如何开展。

　　我入职不久，发生了一件事。那时公司还沿用旧的管理制度，设有简易饭堂。食堂位于三楼的西北角。要抵达，需要穿过一条长长的通道。那条通道冗长且窄，暗淡无光，像极了这商场悠久又找不到出路的岁月。商场曾是显赫一时的电脑城，但随着网购的兴起、实体店的衰落以及社会大环境的不景气，如今已变得凋敝零落，只剩下寥寥十多家商铺在艰难支撑。那天我捧着装满了饭的饭盒往办公室走时，在灰暗的通道里碰到了一个西装革履左顾右盼的人。定睛一看，来人竟然是我的中学化学老师。见到对方，我们都有点吃惊。互相打了招呼后，他问我是不是在这里工作。我极度不情愿，但还是点了点头。于是老师指了指手中精致的电脑包，问哪里可以维修手提电脑。我尴尬地说这里没有什么商铺，建议他过马路对面看看。其实那天的我非常窘，仿佛某个精心掩藏的秘密被残忍地撕开了面纱。这个商场的冷清寥落完全就是一副濒临倒闭的样子，我竟然在此谋生。寒暄几句，在电梯口送走老师后，我情绪低落了一个下午。

　　我并没机会见到"太子"如何大展拳脚。不久，"太子"和他爹起了争执，任性地不管不顾公司的事情了。皮球又回到了"太上皇"的手里。我刚进来时就听过传言，"太上皇"像过去的帝王一样，是一个很善于玩弄权术的人，面对朝中分成几股不同势力的小股东与高层，他总是乐于坐山观虎斗，不时平衡几方的力量，有时帮助其中一方打压另外几方，有时还要故意制造矛盾，让他们来找他解决，进而巩固和提升自己的权威。"太上皇"自个折腾了两三个月，然后重金外聘了一位总经理来救场。从此，朝中自动融合与对立，分割为新旧两股势力。

　　刚开始我不大习惯称呼新来的老总为朱总。毕竟多年来我只会叫他阿朱，还会随意开些无伤大雅的玩笑。没错，朱总是我的故人。若干年前我们在KD公司当开荒牛时，一伙人已经很熟稔地吃火锅喝啤酒了。当年在KD公司时，我们一群人还年轻，大口吃肉大口喝酒的日子真痛快，没有后来的尔虞我诈和蝇营狗苟，干活是干活，娱乐是娱乐。只是如今，阿朱已经长成了春风得意马蹄疾的朱总，我却依然还是一个小助理。朱总到来后，风风火火地组建他的班底，当年曾在KD待过的不少旧同事和现同事都被他高薪挖了过来。我自然被归为了新团队的人，跟着新团队开展工作了。新旧团队在工作中产生对抗，那是必然的。新团队内部也不太和谐，一些人与一些人之间有龃龉。在一个小地方，社会背景相似、专业区块相同的人在有限的地盘上，披着竞争的外衣互相轻贱与踩踏，谁也别想指导谁，可能也算是公司文明的一种。

阿朱说："配合一下我。"我无法拒绝他的请求。于是我被安排去了当时对于他来说比较重要的人力资源部。我在人力资源部工作得格外卖力，既为了支持腹背受敌的阿朱，同时也享受到这份工作带来的成就感。我几乎包揽了部门所有的工作，从制度到体系，从培训到活动，拿着白菜的价钱，操着卖白粉的心。很快，人力资源部完全按照阿朱的要求运转起来了。

在这个过程中，我遇到了在那公司最大的"敌人"——虔姨。虔姨当时四十七八岁，是公司十几年的元老，名义上是人力资源经理，可是连电脑鼠标都不太能抓得牢，原有的制度和管理也一塌糊涂。我在内心是瞧不起她的，所以一开始在工作上并没有和她多沟通和汇报，而是直接对接了分配任务给我的朱总。她应该是没有感受到我的尊重，加上在众目睽睽之下我这个主任的锋芒盖过了她这个经理，让她在面子上有点挂不住。而我确实是在那段时间的工作中，有点不知所谓地自我膨胀了——得罪直属上司是愚蠢与无谓的，最终吃亏的只会是自己。何况有啥值得飘呢？真是幼稚。这些失误，都是我在后来的复盘时认真总结出来的。

虔姨经常在背后对员工们说我的坏话，还各种使绊子，让很多员工对我怀有很大的敌意。当然基层员工对我的敌意，不仅仅是因为虔姨的一把口。他们害怕变化又不得不适应变化，在吃力地执行的同时，一股股怨气也就对准了制订新制度的那个人。我虽然心里不屑，但即使是钻石做的心，在屡次听到自己被丑化和成为别人茶余饭后的谈资时，钻石也会变成炭。不久朱总找了我谈心。在那之后，我既要不情愿地照顾虔姨那可怜的自尊心，又要帮她缓缓提升业务能力，既要拼死累活地干活，又要躲避她时不时射过来的冷箭。

虔姨当年进入这家公司的时候，应该是我如今的年纪。她一直待在同一个地方，享受了十几年来平衡小社会的稳定。可在一个封闭的环境里，固然也是脆弱和难以进步的。新团队进驻后，面对来势汹汹的外来冲击，虔姨们终于感受到强烈的危机与不安了。他们要么怕饭碗不保而惶惶不可终日，要么在背后使阴招在老板面前告新团队的状，要么把原本效率就低下的工作量增加以延长工作时间争取表现来刷存在感，要么阳奉阴违悄悄发泄无处释放的不满。虔姨想必也是知道自己的状况的，但她自尊又无奈，既依赖我又厌恶我，想接受我又反感我。我和她两个人都烦透了。

眼见虔姨和我的矛盾难以调和，朱总把一度萌生去意的我调去了做招商部主任。招商部有两位经理上司，是两位跟我同龄但是学历不高的女孩子，时尚，漂亮，都是因与朱总私交甚好而被高薪挖角而来的。她们的工作能力不见得有多好，但却深受朱总的喜爱。我与她们的相处说不上多和谐，但也没啥大问题，好歹比跟着虔姨强吧。虽然我也被当过枪使，也替她们背过锅，尽管不是多大的错误。后来我想过这个问题，为什么一旦出了问题，不够成熟的领导上司们总是喜欢把责任推给小的？应该是相比之下，做上司的承认自己管教不严，总比承认自己犯错要容易接受得多吧。尽管在心里偶尔吐槽一下，但其实我也明白，出来社会做事其实要学会变通。做小的在适当的时候确实需要做一下垫背，让上司有台阶可下。

我印象较深的是一次外出搞活动，我与两位经理上司及另一位部门经理同车。四个年纪相仿的女孩子本应挺多话题的，可那天让我充分地感受到人和人之间相处有时还真的得讲求一点缘分。大多数的聊天，谈论的内容和真相是怎样并不重要，重要的是接话的人愿意选择接谁所说的话。跟人有关，确切来说，是跟地位有关。她们人为地把自己划分为更高一个级别的地位了，跟我这个小主任泾渭分明。我觉得挺搞笑的。后来，我不再刻意经营这种关系，只是安静地继续做自己。后来，这家公司的新团队解散。失去了朱总的庇护，这些高级经理只能再次在求职市场上四处流散，再难创造当日的辉煌。而我这个小主任尽管跑得慢，但在自己的人生赛道上终于抵达理想的终点。那些是后话了。

但在那公司，我还是结识了两位好朋友。一个叫小梨，比我小一年，很温柔漂亮，说话慢条斯理，性格温顺。她是设计部的，设计出来的作品大多都很对我的胃口。另一个叫小捷，一个聪敏伶俐的90后小姑娘，是个经验丰富的招商助理。我和小捷都爱追看港剧，会机枪般斗嘴，对很多事情都看法一致。有时看着活泼快乐总是想着去哪里吃哪里玩的她，我就会忍不住想，这本该是我年轻时候的样子——如果我的命途顺利一点的话。是她教会了我关于招商的许多专业知识，还教我学会了使用CAD等复杂的软件。

在工作中，我们三个会经常互相打掩护，私下讨论这家公司还能撑多久，万一遇到什么问题如何做才能在这个复杂的环境里自保。用考编、考各种资格证书来换取将来更为安稳的生活，这些共同的目标让我们越走越近。我们常常在同事的目光无法到达之处悄悄地复习与刷题，希望有一天谁能有幸端上铁饭碗。很多年后，小捷果真考入了体制。在我们三人的饭局上，喝得微醺的小捷抱着我眼圈微红："×姐你知道吗？当年的我爱吃爱玩什么都不懂，是你把我带上了这条路。我很谢谢你。"

一个节日的下午，我们三人去桃花岛拍了许多美照，自此这个"半天小分队"正式成立，定期约饭，延续至今。我们虽然很少谈及深入的沉重的人生话题，但却是可以互相解压还能互相为对方的小日子出出主意的好玩伴。

在一段长达三四个月的时间里，我和小捷要共同完成一个跟商场一二楼商铺业主谈返租事宜的任务。由于历史原因，商场一二楼的不少商铺在十几年前已向社会出售。这些零散的商铺由于各自为政，加上商场总体在走下坡路，所以大多数都空置了很长的时间。现在新团队要对商场一二楼重新规划后整体出租，因此需要我们跟这些小业主一一联系，用尽可能的低价从他们手上把这些分散的商铺租赁过来。于是，小业主们多年来对商场经营管理的极度不满，全都发泄到"送上门"的我们俩身上了。

　　那段工作经历对我们来说是个非常大的挑战，一拿起话筒就要流利地表达清楚自己的意思以及迅速判断对方的态度，一有业主到访就要态度很好地接受对方的责难，以及和对方谈条件摸清对方的底线。我们两个，需要每个人对付上百个客户，来来回回地交涉与沟通，还组织召开了两场"业主大会"来宣讲公司的"大计划"。最后，除了个别钉子户没能攻下，其他的都顺利完成任务了。在这过程中，我也得到了较大的锻炼。

　　偶尔，我也需要跟一些男同事外出拜访客户。有一次，同事小潘特意开着自己新买的车子外出。一路上，小潘略带紧张地操控着这辆新车子，似乎有点力不从心。这是一台手波车，见我留意到，他主动说："我就喜欢开手波车，因为它开起来特别有手感。"后面两位男同事七嘴八舌地附和道："对对对，我也喜欢那手感。""只有你们女的才喜欢自动波，简单的东西才适合你们。""太对了！女司机的反应显然不如我们男司机。"他们越聊越投契，这几个平时明里暗里都不和的人，仿佛一下子生出了一种英雄所想略同的盟友感。我在副驾上继续端坐着不动，心里却嘿嘿地笑了：这跟男司机女司机有什么关系？怎么不说你们就是好显摆？开个车，简单方便就好，却偏要让手脚忙个不停，好像这样才显得自己多有聪明才智似的。

　　新团队里有很多时尚的女孩子，平日百花争艳，加上招商部时不时需要外出应酬，因此在耳濡目染下，我也学会了穿衣与打扮。不跟风做这一套又不行，总不能别人做职场精英，自己则还是土气傻大姐吧。当然我也明白，懂得打扮的人在职场上会更有优势，起码人会更自信，更容易收获别人的好感。这是一个良性的循环。渐渐地，我更为自信了，甚至开始认为，尽管自己的身材不出众，但如果选对了衣服还是一副挺不错的衣架子。

这份工作需要经常出席各种饭局。朱总很喜欢带着一堆如花似玉的姑娘出去应酬，很多客人也乐于看到这样的情形。我不喜欢，但也不会抗拒——只是工作需要罢了。没有人知道我真正的酒量。因为我从来不会让自己喝醉，喝得差不多，在面子上交到差就行了。何况酒这种又苦又涩那么难喝的东西，谁会真的愿意把很多很多灌进自己的肚子呢。反正业务谈不谈得拢，并不在于我多喝还是少喝了几杯。

每一个饭局，都是我一次学习的机会。我会悄悄地观察一两个特定对象，例如跟我同龄的那两位经理上司，此刻的她们在客户面前有怎样的表现，说的话有哪些值得我学习，又有哪些不够得体，她们这样做能收获什么，给别人的感觉又是什么。作为那些客户，那些各式各样的男人，他们喜欢听什么，不喜欢听什么，从中可以推断出他们大概是个什么样的人。事后我偶尔还会复盘一下。虽然到最后我可能都没学到太多，但是一点点收获总是有的——当然仅仅是来自个人思考的收获。

但其实，那些小小的收获并不能转化为有效的收益。我也有属于自己的不与外人道的深深自卑。公司和我同龄的女同事，比我年轻的女同事，大多是开着小车上下班。即使不是开小车上下班，都是轻松往返位于市区的家里。没有人像我，住得远，又没有车，上一趟班要轮换几种交通工具，有时还成为同事调侃的对象。但若不轮换，我要倒腾很久的公交车才能到达，时间不好控制，容易迟到。若是经常打车上下班，我又舍不得。那时的我，经常从家里骑摩托车到达码头，然后乘坐渡轮过江，到达对岸后再快步走十分钟回到公司打卡。我本来是一个对码头和船有着天然好感的人，可却因为有了这段通勤经历，让我后来对码头和过江渡轮有了一点抗拒心理——我始终无法做到心安理得地接受现实。有时我会可怜这样的自己。

三十多岁的年纪，理应是一个人职业生涯的成熟期与高峰期。经历过若干年的青涩与懵懂，应该拥有稳定的工作、稳重的爱人、可爱的孩子与舒适的生活，开开小车上下班，做做职场白骨精，陪老人孩子旅旅游，瑜伽汗蒸跳跳舞，闺密逛吃逛吃笑，诸如此类。但事实证明，不是每个人都能做到。至少我不能如此潇洒。虽然这未必与能力有关。

三十五岁就是职场年轻和衰老的分水岭。许多用人单位在招聘员工时，都明文规定只招三十五岁以下者。许多人在过了三十五岁以后，都不免有些担心：万一公司裁员，一旦中年失业，生活就危险了。尤其相当一部分三十五岁左右的女性，在企业担任中低层管理岗位，总体技术含量不高，其位置更容易被替代。"上有老，下有小，找工作嫌你老，想退休嫌你小。"三十五岁对于很多人来说确实是一个非常尴尬的年龄。其实我在三十出头的时候，已经深深不安地提前感受到"三十五岁危机"了。像我这种学历和工作经验都不太够的女性，危机感犹如脖颈上的绳索，无法让人放松半口气。如果明白三十五岁后是一个正在走下坡路的年龄，我们是不是应该降低对工作的期望值呢？但如果降低了工作期望值，我们这些工薪阶层在面对越来越大的家庭开销时，又可以如何应对呢？如果真到了三十五岁甚至更高的年龄才去思考这个问题，很有可能这个问题自己已经无力解决了。

码头对出的地方有一块宽阔的平台，平时有大姨大妈在上面跳广场舞。那年冬天，有好几次，我下了渡轮，都能见到一群西装革履的小青年。他们可能是附近什么公司的业务员，又或者是在接受什么培训课程的人员。他们在领队的指挥下排列整齐，一边使劲跳，一边雄心勃勃地反复大喊"加油，我们一定行""我们一定要努力"。换了是年轻时的我，见了这些会觉得很好笑。穿成这样，如此雄心壮志，是应该坐在高级写字楼里指点江山挥斥方遒的，而不是在江边空地跳兔子舞空喊加油的。这个世界不应该是这样的。但人是唯一一种能接受暗示的动物。如果他们不这样做，可能他们连今天也熬不下去。不是所有的人都有机会做理想的事情，不是所有的人都有运气事事如愿的。这些切身的感受，后来都被我写进了小说里。

　　朱总的管理能力不算非常出色，但是打鸡血的能力却是一流，这一点我挺佩服他的。做招商并不是我所擅长的。但我愿意私下下苦功，使用一些非常耗费精力时间看起来很愚蠢但对于开拓客源确实有帮助的方法，竟然也有一些意外收获。但这个商场终究是老牌的旧式商场，受老板的个人想法与诸多客观条件的限制，公司宣传了一年多的重新规划、全新装修的"大计划"雷声大雨点小，最后让所有人都不满意——这意味着，老牌商场继续没落的趋势不会改变。朱总与招商部当日向老板许下的豪言大多都没能兑现，但"高薪聘请"回来的新团队每月的薪酬支出却非常庞大。大半年后，旧势力悄悄反扑的力度加大，"太上皇"开始不满，要腰斩新团队的传言甚嚣尘上。另有传言说，合约到期后的朱总将不获续聘。肉眼可见朱总在"太上皇"心中的地位下降得厉害，渐渐地，整个公司变得风雨飘摇，人人自危。

　　彼时，已考取公务员的弟弟偶尔来公司附近找我吃饭。每次听我说起公司近况，后来他说，当时听了不免暗暗替我心酸。那时跟弟弟聊天，我说，我的际遇不好，但那又有什么办法呢，我已经接受了自己努力80分却只能收获30分的现实，如果我努力100分，就能收获50分了。为了得到别人也许轻而易举就能获取的50分，我得拼尽全力，不然我别无选择。我说，我从不敢去想太美好的事，因为那通常是轮不到我的。偶尔有馅饼掉在我的眼前，我都坚信那绝不是上天赏给我的。

　　——王菲有几句歌词唱道："害怕悲剧重演/我的命中命中/越美丽的东西/我越不可碰/历史在重演/这么烦嚣城中/没理由/相恋可以没有暗涌/其实我再去爱惜你又有何用/难道这次我抱紧你未必落空。"

　　——有一个实验。把狗关在笼子里，只要蜂音器一响，就给狗施加难以忍受的电击。狗关在笼子里逃避不了电击，于是在笼子里狂奔，惊恐哀叫。多次实验后，蜂音器一响，狗就趴在地上，惊恐哀叫，不再狂奔。后来实验者在给电击前，把笼门打开，此时狗不但不逃，而且不等电击出现就倒地呻吟和颤抖。它本来可以选择主动逃避，却绝望地等待痛苦的来临。这就是习得性无助。

　　有习得性无助的，何止那只狗，还有我。

　　在这期间，发生了一件事情。当年9月，我的大儿子上一年级了，由孩子爷爷负责日常接送。在刚开学的十几天，一年级新生都由家长直接进教室领走孩子。十几天后，老师群发信息说放学问题要常态化了，要按规定分成几条队伍在操场排好队，走出校门后才由各自的家长领走。那天是9月17日，"常态化排队放学"的第一天，下午4点多钟我接到孩子爷爷的电话，说孩子不见了。

我当时正在上班，整个人突然就抓狂了，立刻分别打给孩子班主任和表妹那在这所学校当教师的妯娌，请她们赶快帮忙找。她们也急，找了一会儿没找到，然后给我回电。我在出租车上几乎声嘶力竭，说赶快向校长汇报，要学校发散人手去找……

最后，孩子爷爷在我们家小区门口附近找到了背着书包独自走回来的孩子，他的小脸早吓得煞白煞白的。原来两个校门同时打开后，学生们鱼贯而出，爷爷没看到人，于是上教室找了一圈，没找到。孩子跟着同学们在人山人海的操场上排队，一直没看到爷爷，还被后面的队伍推着推着出了校门，于是只能凭着记忆跟着队伍朝家的方向走。他一个人都不认识，只知道一路往前走，越往前走队伍越少人，天知道他是怎么穿过几次马路独自走了两公里的。

找到孩子后，我放下心来，让出租车掉头回去继续上班。我给班主任回了电话，就刚才的失态道歉，并提出了一些建议，例如在操场排队时最好立个班级的牌子之类的。此事就这样过去了，我以为。当晚公司外出搞活动，我回到家已是深夜。我一到家就走到床边紧紧握着熟睡的孩子的手。下午的事让我整晚心神不宁，至今还惊魂未定。

几天后是个周日，表妹突然打电话给我，吞吞吐吐。原来，表妹的妯娌跟她闲聊时，说起我那天的表现。她妯娌说，我当日"强硬的态度"以及"自以为是的建议"，得罪了孩子的班主任。而且在找孩子的过程中惊动了校长，让那班主任在校长眼中的印象不好了，而且"为什么别的孩子都没有不见，就只有她的孩子不见了呢，他家长自己肯定也有问题"。

表妹小心翼翼地说："表姐，我妯娌说得对，得罪班主任其实对孩子最不好，而且这件事传开后，很多老师说不定都会对这个小朋友和他的家长'敬而远之'的。"表妹还说，找到孩子并接完我的电话以后，班主任问她妯娌："你那亲戚（指我）是在哪个单位的？"她的妯娌代我向班主任道歉，说："在私企打工的。我的亲戚脾气有一点点急，请你莫见怪。"班主任撇撇嘴，嘴角泛起高深莫测的微笑："打工的？我还以为是哪个单位的领导呢。"

　　我记得那天是个阴沉沉的午后，挂掉表妹的电话后我的心堵得慌。两个孩子正躺在床上睡得香。我想了想，拿出纸和笔，动手写了一封道歉信。我写了撕，撕了写，忍着眼泪写下了很多言不由衷的道歉的话。写好后，我马上出门买了一份道歉礼物，直奔表妹的妯娌家。我把道歉信和礼物交给她，请求她代为转交给孩子的班主任，以表示我的歉意。我说，我后来回去仔细想了下，其实当时都是我们家长自己如何做得不够，请班主任大人有大量多多包涵，不要计较我这冒失的急性子，以后家校共建还得请老师多多关照。

　　从她家出来，回家的路上，我打电话给弟弟说了这件事。那时，闷了一整个下午的雨终于下了出来，拿着手机我也终于哭了出来。弟弟听了很生气，但是能理解我的做法。当晚孩子爸爸回到家，我跟他说了此事。他也非常生气，说我这样做"很多余"，没必要向对方反复多次道歉。他说我"自取其辱"。经过一个下午的心力交瘁，我没有精力跟他吵。我只是流着眼泪说，为了孩子，我不怕"辱"。

　　第二天，当那些东西被转交到班主任手上的同时，我再次发出了道歉的短信。这次，班主任在短信里大方得体地回复了我。

一切雨过天晴。

　　我的孩子当时六岁，属于那种成绩中等偏上，不会很积极主动但比较听话乖巧的表现平平的"小透明"。如果因为我这位家长的"恶行"在班主任那里传开去，再三人成虎或者以讹传讹，恐怕以后没有哪位老师再愿意用心对待他了。我可以接受我的孩子跑得不够别人快，但我不能接受我的孩子在起跑线上就被人为地单独拎出跑道边上。纵然这事情不值得，但我做母亲的还是得为了孩子而努力一把。

　　后来事实证明，我的做法是有效的。我成功阻止了舆论朝对自己不利的方向发展，后来的两年，那班主任貌似也放下了心中的芥蒂，纵使没有特别关照，但也没有对我的孩子怎么样。事后我也时不时旁敲侧击地问孩子老师对你好不好，他总是说好。虽然在他后来的成长历程中，我也从没听他说过哪位老师的坏话。后来，针对孩子"小透明"的不足，我对他开展了一些适当的引导与小训练，那是后话了。如今的他成绩靠前，开朗风趣有礼貌，知识储量较多，是个较受老师同学们欢迎的小男孩，这让我略感欣慰。

　　但这件事实在刺痛了我。我想，如果我不是"打工的"，而是拥有一定的社会地位，我可能不需要捂着良心如此卑微的。我开始思虑关于尊严的问题。

　　我们活着，营营役役地赚取赖以生存的两分钱就行了吗？即使活了很久，听了很多道理，分清了很多对错，学会了趋利避害之后，我感觉自己还是被生活裹挟得很紧张。

　　招商这份工作始终不是我喜欢与擅长的，再做下去很难再有突破，就只剩下浪费时间了。思前想后，我决定主动放弃这份不感兴趣还让我担惊受怕的工作，另谋出路。

# （五）

2016年6月的最后一天，我在网上看到了沼城某事业单位A单位招聘合同工的消息。看着那则小小的公告，我忽然有种命中注定的感觉——上面的某个岗位，跟我的条件实在太匹配了，简直就是冥冥中为我而设的。我瞒着公司的人，悄悄去报了名。

怀着急剧想逃离这家公司的强烈愿望，我非常重视这次A单位的应聘。在笔试面试之前，我做了大量的准备工作，对该单位、职位和主要领导的喜好，以及有可能考到的题目做了全面的摸查。事实证明，笔试与面试的所有题目全在我的准备之中，因此当天的我如鱼得水。笔试与面试被安排在同一个上午。由于报名人数众多，加上那单位的工作流程衔接得不太畅顺，那天搞到午后一点多才面试完最后一位应聘者。下午两点，工作人员面无表情地贴了一张通知出来就离开了，大家蜂拥着上去看，然后散去。我忐忑地走过去，发现自己的名字赫然排在第一。那张通知还写着，今天笔试面试总分排前三名的应聘者进入复试，复试时间另行通知。

复试被安排在一个星期后。那天我和第二、第三名一同坐在单位的会议室里，忐忑地等到过午才拿到复试题目，然后每人当场写了一篇活动策划稿。后来得知，复试考题是上级单位领导来到现场后亲自出的题。交完卷后又是午后一点多。工作人员说下午才能出成绩，让我们回去等消息。

我回到公司上班，却坐立不安。虽然早打听到那份新工作的薪资很可能并不高，但我觉得自己有过渴望，付出过努力，就想明明白白地得到一个结果。下午我打了两次电话去A单位询问，对方的工作人员却支支吾吾，一时说"你表现很不错，应该是你了"，一时又说"最终结果还没有出，你再等等"，一时又说"下午应该有结果了，你再看看吧"。同事小捷说："看你脸都青了，要不你就去那单位直接坐着等结果好了，这里有我帮你顶着。"我很感激她，马上打车直奔A单位，一个人默默坐在没有人的会议室外面。我如坐针毡地等待了两个多小时。我从未如此渴望得到一份新工作。

傍晚六点，A单位的员工陆续下班离开，一名工作人员终于把最终录取结果张贴出来，名单上依旧是三个人的名字，我依然是排在总分第一。我朝墙上拍了个照就默默离开了。

先生就在外面停车场等着我。我上了车，车子一直驶到江心大桥，才哭了出来。憋了一个下午，太难受了。我想，尽管它只是临时工，但也许这是我这辈子最后一次靠近体制的机会了。我已经三十二岁了，应该以后也没有什么机会进入体制了，这就是我最后"圆梦"的时刻。后来，当我在A单位做下去，尝到极度的苦与累的时候，我就会想起那个无尽等待的下午。我对自己说，这份工作是你当天万分渴望的，你并不是被绑架来的，而是过五关斩六将哭着喊着非要来的，你不要忘记。就像一个有点良心的有钱老男人面对他想抛弃的身材走样已然老去的糟糠时，回想起年轻的自己曾热烈追求当年这位美丽女子的感受。

但我还未能如愿入职。根据招聘公告的安排，总分排在前三名的人要到A单位实习一个星期，综合表现最终排第一名的应聘者才能获正式录用。我向公司请了年假，去A单位当起了免费劳动力。当时有台风来袭，我们实习的时间缩短为三天。第二名那位只来了一天就没来了。第三名那位，看样子是好不容易才撑完这三天。我的表现一直在线，并没有感受到来自各种考验的巨大压力。但当向准同事们打听到手薪资时，不免有点失望——那个数字，真是少得可怜。但起码旱涝保收，我安慰自己。

A单位最终通知我去上班。我开心地向公司递交了辞呈。别人问起我辞职的缘由，我只简单地说考到单位了，至于其他情况，我语焉不详。有些八卦的同事几次故意来套我的话，我让他们问了等于没问，因为我答了等于没答。其实他们的文化水平都不高，包括高层在内，傻傻地都分不清公务员和事业编制，更别说什么编制和非编了。背后如何传言，我一概不理，也没刻意更正。我没有说考到的是临时工。临时工，薪水很低、很没有地位吧？但那份工作再差，也比现在这家风雨飘摇且相互倾轧的公司稍微好一些。

也许即将离开这个圈子的我，对他们不再有任何威胁，那段时间好几位平素关系淡淡的男同事先后来找我聊天，吐槽对公司不重视人才的不满，抒发自己满心的愤恨。虽然明里似乎在讨论我，但事实上他们何尝不是替自己鸣不平？

在浩瀚的宇宙里，地球只是一颗微尘，人相对更加渺小。但是不知何故，我们总是将自己放至无限大。人，往往喜欢高估自己。怀才不遇是千古中国才子的遗憾了。"怀才不遇"，这个词放在谁身上不会引起强烈共鸣？那些一年到头都没给公司创造多少价值甚至连个简单的通知都写不好的人，有谁不觉得自己劳苦功高、怀才不遇？也许怪伯乐没有出现，怪自己命途多舛时运不济，总好过承认"自己不是块料"的事实。听着听着，我只能半开玩笑地说："别这样了，诸葛亮不也是等了刘备好多年吗，难道你就不能给老总多一点时间？"

在我离职前的一个晚上，在一次例行应酬里，朱总带领同事们给我饯行了。大家频频举杯，祝我前程似锦。其实我都是顺势叨光而已。毕竟公司需要在飘摇的时势里，有一个合适的机会展示人性关怀以及巩固彼此情谊。但同事们的反应超出了我的预期，貌似大部分人都表现出对我很不舍。大家喝得微醺，男同事说什么"苟富贵，无相忘"，女同事不断拥抱我说"以后不要忘了我们这群好姐妹"之类的。这晚，整个团体和谐万分，仿佛彼此之间从来没有过嫌隙，有的只是一种同舟共济、同心勠力之感。当晚的我其实也有过感动，但很快明白，眼前这群此情此景非常亲密的人，过了今晚还是会恢复形同陌路。在狂欢之下相亲相爱的人，一旦离开了这个场景，热情就变得虚幻。这只是典型的"集体主义假象"。集体的假象消失之后，人们回归本来面目，就会重新开始互相撕扯，不会因一场微醉的狂欢而有任何的改变。

离职那天，对着"资源"这个文档，我考虑了好一阵子。这些"资源"并不属于公司的资产，而是我用自己的人脉以及很笨拙的方法积累起来的，囊括了各大品牌老板或拓展人员的联系方式以及他们的开店需求，倾注了我无限的心血。现在即将离开，而且是转行，从此不再从事这一行业，这些资源倘若浪费了不大好吧？即使再也无法为自己带来实际好处，但把它赠予旧同事，总好过静静地封存起来暴殄天物对不？于是我把手头上的资源细心地按业态分门别类整理好，在邮件里打包发给了两位经理上司，并说了一些祝福的话语。我那要好的同事小捷说她用不上，因为她迟些找到合适机会也将转行了。

下班前的十五分钟，我其中一位经理上司把我叫进办公室，居高临下地逐一检查我手头上正在跟进的客户，是否已经全数交给其他同事了。最后，她再次重复说："你手头上的工作已经全部放下了吧？没有公司的资料了吧？关于公司的任何东西，你都不能带走。"她让我感觉到不爽。直到离开的最后一刻，我都没有收到来自她们两位的半句道谢——尽管我确认她们已经收到那封邮件，并马上把资料打印出来使用了。

到点时，我像往常下班一样，作别了其他同事，然后头也不回地踏进电梯。电梯关闭前，透过玻璃门，我看到朱总正在会议室里和一个手下说着什么，他用很鼓励的肢体语言拍拍对方的肩膀，仿佛一切都前程似锦、春光明媚。

当晚，我主动联系了手机通信录里那些相识的同行，包括同城的竞争对手，把手上的资源全数发给了他们。我和他们其中的不少人素未谋面，甚至谈不上是朋友。这些资源他们会珍藏还是弃之，我不在乎。反正，我向他们每个人都发了一份。

关于我和那家公司的故事，就此落幕。

2016年8月，我在A单位入职了。A单位红墙绿瓦，曲水连廊，掩映在一片葱郁翠绿当中。我一眼就爱上了这里。我觉得我有了一个新的开始。我认为自己，一定要有一个全新的开始。

A单位地处城郊。单位的建筑设计参照了宋代建筑，并结合南方园林风格而建造，古色古香。连廊、亭台、池塘、假山点缀其间，布局错落有致。真是我梦寐以求的地方。虽然环境清幽，但同事们总是步履匆匆而过，无暇细赏。A单位每个人都很忙。包括我，只舒服了小半天，就跟着同事们进进出出没有停歇了。A单位的在编员工与临时工的人数相当，表面上看起来，在编人员与非编人员之间的差距并不明显。尤其是领导，任人唯贤，对待员工好像并没有亲疏有别。

我的领导——下文我不如称呼他为主任吧。这个人不多的小单位，领导就只有他一人。主任是个年近五十的男人，温文儒雅，知识渊博。入职前，我已听闻他是一名"儒将"。他貌似对我很满意，在入职第一天就为我打了一支强心针："你是我顶着上面重重压力而坚持公事公办所录用的人，为了你，我不惜和局里的领导杠上了，希望你今后别让我失望。"我当时听了有点感动。我说："主任我不知道说些什么才好，我就只说两句话吧，第一是我非常感谢您，第二是我会努力让您知道您今天的选择是没有错的。"主任点了点头。我并没有说谎。后来的我一直对他心怀感激，也很努力用心地做事，成了他最得力的助手之一。虽然现在回想，他当天那番话也许是关心下属、笼络人心的套话之一，但我依然很感激每一个曾经给我机会的人，而不管他的目的如何。

A单位是一个以纪念古代某著名历史名人而建的纪念馆。正殿里供奉着历史名人的塑像，两边偏殿和长廊里摆放着历史名人的各种小塑像。每天回来上班，我经过左边一个幽静小偏殿的时候，都会进去对着一个小小的浑身黑色的历史名人塑像，深深鞠个躬。我同样很感激公正严明的他。虽然他只是一个一千年前被神化了的凡人，但他自有他的精神永固。

入职才几天，我就碰上了单位新搞的一个临时展览。港澳一位老医生，再次把手上的砚藏品捐赠给了单位，于是单位在临时展厅就着这些藏品搞了一个展览，既宣传藏品，也宣传老医生的无私精神。我被安排撰写新闻稿与做公众号推文，连续弄了一个多星期。其中一篇推文，是主任几年前为老医生第一次捐赠藏品而撰写的一篇文章。当中提到老医生三十年前爱上砚，收藏砚台，从此与此地结缘，直至在三十年后才有机会来到砚的故乡。主任在文中有一句是这样写的："缘分这东西就这么奇妙，缘未到，不可强求，也许要等上一年，几年，几十年；而缘到时，一切都那么巧合，如期而至。"我觉得，我和A单位的缘分，也是顺应了天时地利人和后，如期而至了。

　　8月底，我们接到了一个新任务，到某乡镇搞一个廉政教育基地展览。当地政府以本地一位名人故居作为依托，向村民租赁了好几间废弃不住人的古屋，通过修葺打造成为几个展厅，继而与名人故居连起来成为一个教育基地。当前期装修得差不多时，我们就介入布展工作了。我们常常在那些古屋里工作到深夜才离开，第二天一大早又从市区集合后驱车前往，继续工作。那些少说也有一两百年的房子阴森森的，加上装修队临时拉的灯很少，灯光不太够，其实待在里面还是很容易让人起鸡皮疙瘩的。其中一家以民情风俗为主题的古屋采用了情景再现的模式，放了好几个蜡像，在不同的房间里被摆设成婚俗、私塾、奉茶等场景。那些蜡像不知是从哪里弄来的，已经褪色严重了。主任说不够逼真，让我们给蜡像重新上色和化妆。于是我们把蜡像拆了，每人拿着一只只泛着青光的头、手或者脚，在晚上七八点的月光下，就着昏暗的灯光，坐在古屋天井的台阶上削旧皮和涂色……

　　布展的过程，也是学习的过程。有一次，我们在其中一间古屋的厨房摆设展品，在展品堆中发现了一个奇怪的埕。有同事说这是米缸，用来装米的；有同事说是腌菜埕，用来腌咸菜的，看它还有一个盖子，盖子上面有个手柄，拿起来真方便。主任进来后，说这个是尿垺，以前的人放在房间角落里用来装排泄物的。大家哈哈笑个不停，疲惫一扫而光。

忙活了差不多一个月，展览终于赶得及在那年中秋前开幕。开幕前的一天，我们一大清早到达，照例忙碌到黄昏，终于把所有的事情都忙完了。记得那天我脱下口罩，扯开脏兮兮的手套，坐在其中一家古屋大门前的石墩上喝水。这一刻，疲惫与宁静交织。几只燕子从四面八方飞过来，扑棱棱地穿梭进天井。它们像是俯冲而来，在大宅处周围的空中飞翔着，回荡着，又飞走了。最后一缕夕阳穿过吱吱呀呀的木门，将光线洒在我的身上。当时忽然就想起了一句诗：旧时王谢堂前燕，飞入寻常百姓家。

我一直对历史很感兴趣，而A单位的工作性质就是跟这些息息相关，因此我干起活来十分喜欢与舒心，也干得特别卖力。也因为这方面的知识基础扎实以及办事思路清晰，我很快得到领导与同事的肯定，这又促使我更有欲望要把工作干精干细。因此，那几年我人生的重心逐渐全部放在工作上，每天思的想的都是如何能让工作做得更好更顺更完美。闺密说："第一，你做的这份工作主要并非为了钱；第二，就是每天早上醒来，你都很想上班；第三，有人称赞你做得好时，你会开心，觉得之前的付出都是值得的。如果以上三个准则都符合了，这份就是你的'真命好工'了。"对于"真命好工"的这个结论，我并不否认。也许，那个时期的我非常希望得到一些认可，觉得也许通过自身的努力就能重新掌控自己的生活，掌握人生的节奏。

A单位在那几年中，总是接到上级安排下来的要办各种展览的临时任务，而且都是又急又赶，路途还不近。我们几个人，经常开着单位唯一一辆俗称"大水牛"的旧公车，到处下乡做展览。"大水牛"虽然又破又旧，但是承载着我们一路的欢声笑语，硬是把一位平素胆小的同事姐姐，熬成了经验丰富的老司机。

我们去某村做廉洁家风展览，其中一座古建筑是清朝时期的私塾。还原这私塾的陈展，从陈展大纲编写到展品的选择与铺排，再到讲解词的撰写，我都能独立完成了，蛮有成就感。我们也去过某村庄做客家文化展和村史展，上午八九点把一件件展品从货车上搬下来，忙活到深夜十一点扛着剩余物资打着手机电筒走路出村口。

多年后，有一次我们家庭出游，其中一站就安排去参观这个村子。我领着家人们看当年和同事们的成果，给他们讲当年布展时的各种搞笑事情。仿佛我天生就有一种特殊的能力，不论多么悲惨的事情，我总能找到一个奇怪的角度，把这件事讲出来，让听者忍不住发笑。我习惯了不跟父母提辛苦的细节，无论多么艰难困苦，我都只会向他们绘声绘色地描述开心快乐的一面，让他们觉得我好像是去玩了一趟回来。在大学时学习很辛苦，跟室友关系也处不好，出来工作后很迷惘很无助，我都不会跟他们提及这些具体的辛酸。提了又有什么用呢，除了徒增他们难过之外又有什么好处，最后还不是得自己撑着。那我还不如把吐槽和哭诉的时间省下来，想想办法或者自我消化一下。

当年的省运会期间，我们还奉命在某县区策划了一个精品文物展。当时展品的规格很高，有拍卖价高达亿元的古琴，有曾经流失海外的兽首。展览期间，每天有上万人前来参观，我们得轮流守在现场当工作人员，每天大清早水灵灵地出发，深夜软瘫瘫地回家。展览结束那天，人员清场后，安保主管戴上白手套，打开展柜把兽首取下来。我亲眼看着第一只兽首出了柜子，瞬间就由金灿灿的金黄色变成了黑色，把我和旁边的同事吓个半死，以为我们哪个环节操作不当，让这些价值连城的宝贝突然氧化了。经过解释才得知，原来这些兽首本来就是黑色的，只不过在射灯照耀下才显得金灿灿。

　　我们还去了一个江心岛，完成了岛上六七个展馆的布展工作。江心岛是江上的一个小岛，人与车进出只能靠渡轮。连续很长一段时间，我们要经常到达江心岛，在那儿流下了不少汗水。那段时间，每天早上五点半我就从家里出发了，七点钟辗转到达渡头，跟同事们一边望着浩荡的江水，一边啃面包，一边等待着渡船。傍晚回程时，秋冬经常会遇到退潮以致渡轮搁浅，因此我们人和车只能被困在岛上，一等就是数个小时。通常，我深夜才回到家。匆匆休息几个小时，闹钟再响时又爬起来重复新的一天。用披星戴月来形容那段日子，实不为过。

　　我印象最深的，是岛上一座民国时期的中西合璧小洋楼。那是一座建于20世纪30年代的楼房，楼内水泥地面平滑，楼梯梯级全由双色石米水磨而成。楼内有水井、露台和预留的电梯间。洗手间有抽水马桶、洗手盆、浴缸，厨房有冰箱，与现代的家居设计无异。一楼大厅里有一幅摄于80年代初的声势浩大的全家福。一位耄耋老者端坐正中，两位上了岁数但依然掩盖不住风韵的女士身披披肩倚于他两旁，其余的中年青年少年幼童个个笑靥如花，处处显出这家庭美满安乐的痕迹。众人身后，异域风情的庄园屋顶在棕榈树间露出一角。相片中的老者就是小洋楼的屋主，一位祖籍江心岛的东南亚华侨。我们在田野调查时得知，他少年离家到南洋讨生活，早年艰辛。苦心积累多年后，机缘巧合下他获得了一个经营锡矿矿场的机会，自此发家致富，后来经营橡胶生意，步上事业顶峰。再后来涉足政界，成为当地的督产。他的两房妻子出身名门，温婉贤淑，日常相处融洽，三人共养育了七子十七女，七子当中还有四人成为博士，在商界、教育界、医学界小有成就。二十四名子女长大后从事各行各业，多成为行业精英，足迹遍及欧洲、亚洲、北美洲多个国家。多好，所谓的人生美满，不外如是。这栋小洋楼，就是他当年发迹后从海外寄资回乡嘱咐家人修建的。建筑设计图纸是从海外专门请人设计的，光是设计图纸一项就花去六百大洋。整栋楼房所需的一切建筑材料全部从省城经水路运回，建筑工人也全部从港澳招募而来。

每次给我们开门进去的人是屋主的堂侄子，一位住在附近的七八十岁的清贫老伯。他说当年他的叔公，也就是屋主曾要带他赴南洋谋生，但他是幺子，父亲不同意他去。老伯在此土生土长，跟许多农村老伯一样，辛苦养育长大的子女对各自的小日子都自顾不暇，因此老人的晚年生活自然并不那么宽裕。有一次我给老伯带去了一箱牛奶，他高兴地收下了，给我们开门后，就蹬着三轮单车回家了。我看着他的背影，说："不知道老伯当年若是跟了屋主去南洋，命运是不是就不同了。"主任在旁边，低声慨叹："时也，命也。"

是的。时也，命也。

不久传来消息，散落在世界各地的屋主后人们未能跟当地政府达成共识，他们不同意这栋私人财产作为展馆之一对外开放，故我们对小洋楼的探索就此终止。

让我印象最深与最有成就感的，是参与了某县区一个亲清新型政商关系展览。

　　在A单位里，因为人少工作量大，于是主任定下了一项制度，单位每接到一个新的展览任务，为确保事情从头到尾都有专人跟进，在单位内部采取了项目制的形式去完成工作。例如某个展览，由某位同事做项目负责人，那这个负责人必须统筹好这个展览大大小小的所有工作，包括定期与主任沟通汇报，在同事里招募项目参与人，把各个环节的工作分配给各参与人并监督参与人的落实情况，而且还要负责记录和保存全程的各项资料，项目结项时把资料整理成光盘长久保存。我常常被动地被各项目负责人列为负责宣传与布展的参与人，可能后来大家发现我的其他能力还不错，且为人不怎么计较，于是有时也会把一个大型展览里面的一两个展馆交给我负责。

　　不仅仅是展览，后来在A单位筹备的各类活动也是采用这种项目制工作形式。这种项目制形式，每到年底就会有一个检验成果的机会。单位会召开内部项目评选大会，根据之前定下的评分制度，由评委小组综合评估每个项目与项目负责人、参与人的等级与得分，并与奖金挂钩。这些奖金其实少得可怜，哪怕是做项目负责人拿到最高分换来的奖金都还不够外出吃一顿丰盛的饭，但毕竟是一个激励。何况工作无论如何都得做的，这样的工作形式还能较好地提高员工积极性以及增强责任心。这种方式还有一种好处，就是评职称的时候显得每个人都业绩累累，而且资料可以现成获取。两年后，我细心地梳理了自己的工作内容，用了较好的表述，就轻而易举地获得了该专业的初级职称。而且反馈回来，说我提交的申报资料是同一批次人员里面做得最好最齐全的。获得这个职称虽然对我后来的职场发展没多大帮助，但这是当我从事这个行业的时候，该行业对我两年多的工作付出的肯定吧。

该县区的亲清新型政商关系展览是一个由当地政府投资五百多万建成的大型展览。当地政府通过市里的推荐，和我们单位接洽上了。于是我们单位就和中标的设计公司一起，和当地政府开始了一段历时一年半的合作关系。我们单位负责构思陈展思路，撰写陈展大纲，再由设计公司展开设计，再经当地政府审核与确认，然后施工。当中的过程非常烦琐与复杂。根据单位内部的项目制工作形式，主任钦点我当该项目的负责人。

经过多次会议确定了合作模式后，那年10月，我跟着主任来到该县区待了半个多月，在一位绰号叫咸菜的同志的带领下走访了当地二十多家有代表性的企业以及十几个与企业有密切联系的单位和部门。与他们建立联系后，我拿到了一批三十多GB的电子素材。然后我自己花了一个月的时间来处理这些素材，从中筛选出有用的部分。掌握了素材，就要开始撰写陈展大纲了。因为政商关系自古至今都存在，于是我和同事小计分工，他负责撰写古代部分，我则负责现代部分。花了一个月，我们俩完成了4.5万字的陈展大纲，心力交瘁。然后经反反复复多次修改，终于在第十稿被当地政府敲定。接下来是设计公司根据我们的大纲来设计版图，我终于可以小歇片刻。但所谓的歇，只不过是暂时不用干这个展览的事，单位交给我的其他工作依然没有少。

设计版图出来了。一般展览的设计图顶多不过是几十页的A3纸，但这次的设计版图是一卷长约50米、宽约1米的卷轴。我和小计、咸菜三个人，花了三天两夜，看着卷轴，对着陈展大纲的文字与图片逐一校对，做得两眼昏花，完了我还得跟设计公司一一对接与更改，脑细胞又死了一大批。

接下来到重点企业与当地老干部的家里征集实物，以及上网搜购与展览有关的东西作为展品，又耗费了我不少精力。其中，我在某旧物网淘到了一张草塘地图，是本省草塘型疫区血防工作概况图；还有一份1972年2月9日的《人民日报》，上面大幅刊登了一篇由当年当地知青撰写的关于上山下乡参与建设的美好心情，以及一张1977年的当地农场大奖状。这些见证了历史发展的真实旧物很好地反映了这个地区的发展历程，成为第三展厅的重要展品之一。

接下来是现场施工，这时候我们才算歇了一口气，但是跟设计公司的交流与监督不能停。后来编写讲解词，我都应要求编写了完整版、30分钟版、20分钟版与10分钟版等多个版本……花了一年半，这个大型的复杂展览，终于在我们手上完成了。虽然这个展览因为设计公司水平问题，做出来的效果不尽如人意，而且我的名字不可能在里面留下半点痕迹，但我仍然从心底里为自己顺利参与了这项无比复杂的工作而感到自豪。

对于我来说，虽然辛苦得不得了，但也获得了不少收获。这次工作机会，通过与企业、各单位部门的沟通，让我接触到了更多新鲜的事物，了解到了许多我之前不曾知道的东西，大大增长了见识。例如后来发展得如火如荼的本地新贵某新能源汽车、一位长得很斯文的台湾博士创办的果汁企业、由几位千万富姐做管理的生物企业、在一个冷飕飕阴暗潮湿的大棚里生产金针菇的过程等等，都让我大开眼界。而且我觉得自己的工作技能得到了充分的锻炼，甚至可以说发现了自己的潜力似乎无穷。主任是总指挥，很多工作都是他指导我去做的。但他毕竟是领导，只是把握了大体方向，细节还得我自己去跟。他貌似很多事情都对我很放心，简单交代后就去忙别的事了，我哪怕不懂也不能撂担子，只能自己去考虑去摸索，然后和咸菜同志讨论后去实施。有时开汇报会，主任偶尔可能对某些细节的进展未能十分清楚，他看着我的时候，我就得马上提醒或者补充。有时咸菜同志也会告诉我，说他们单位的一些领导谈起这个展览的时候，偶尔也会提到我，说"市里来的那位姑娘工作态度很不错哇，干活挺麻利挺认真的，反应很快"。大概是因为我频繁地出现在那里，混了个脸熟吧。

而我和咸菜同志，就是在这次共同付出汗水的工作中建立了革命同志般的深厚友谊。他跟我同龄，当年的高考目标就是我的母校，却努力了两年都没考上，最后去了别的院校。这世界上就是这样的吧，对于同样的东西，有人不屑一顾，有人却如获至宝。毕业后，他考上了老家的公务员，后来通过工作调动来到如今的工作岗位，成为这个展览当中我的直接对接人。在工作中，多数时间我们会好好地交流讨论，但在又急又忙时，我们也会发生激烈争吵，互相指责对方"笨得要命"，"一点小事都办不好""你的思路肯定是错的"。革命同志的情谊，一般在枪林弹雨中产生。而我们的友谊，就在高强度高密度的工作中成长了。我想，一个合拍的工作搭档其实并不容易遇到，得工作态度、办事作风、领悟能力旗鼓相当，因此我们后来顺理成章成为很好的朋友。

当时，我们每次去咸菜同志的单位干活，都住在他们单位里面的招待所里，也就是他们办公楼的对面。有一次的工作内容是第N次核对设计卷轴，碰上他们的会议室被人占用了，我们几个只好留在招待所的房间里，把卷轴铺在大床上干活。一直忙到周五傍晚，我和同事小计才结束工作准备回沼城。彼时小计已回他的房间收拾行李，服务员来敲我的房门，问是否还要续住。我一边收拾东西一边说："不用了，谢谢，我们要退房了。"咸菜同志在旁边一边卷着卷轴，一边严肃地对一脸坏笑的服务员说："是她要退房，不是'我们'，我不在这里住的。"说完他回头对我笑："差点被你坑了，哈哈！"

多年后，有一次咸菜同志跟我说，他换岗位了，调到了某某单位担任××职务。我说，这算是升职吗？他说是。我说，××这个职务算是什么级别的领导？他说，第六把手。我扑哧一下笑了："六把手也是手？左手还是右手？"他爽朗地哈哈一笑："少贫嘴了！你上百度搜一下我的名字。"我继续笑道："能百度的朋友，我是不是应该为你感到骄傲？"

在A单位，除了接二连三地搞各种各样展览折磨人，还有几次劳心劳力的大型活动。自我入职起连续几年，A单位都策划了面向全社会开放的元宵活动与历史名人诞辰周年活动。这些活动，要求我们又快又好又安全地完成任务。一场内容丰富的预计将有上万人参与的活动，就由我们整个单位这十二三人身兼数职、马不停蹄地用半个月不到的时间去筹备了。

第一年，我就被安排做宣传和外联工作。外联，也就是跟活动有关的所有对外联系工作。我在没有先例、没有指引的情况下，摸索出要完成这事的一整套流程：首先得完成一份详尽的厚厚的大型群众性活动申请资料，分别送公安机关审批，根据他们各级领导的要求反复修改，并把他们多次来现场勘察提出的大小意见反馈给活动负责人；联系交警部门，确定活动当天由他们派员封锁哪些路口、限行哪些路段、在哪里指挥交通；联系消防部门，接受他们对方案各个环节的审核与整改；联系卫健部门，请他们在活动当天派出医疗队和救护车驻守现场；联系供电部门，请他们在活动当天派出应急供电车辆来保障现场用电……时间，在我眼中就跟笑容一样，在有需要的时候，我都能挤得出来，必须挤得出来。

宣传工作也是我一个人做的。因为在他们眼里，我可以不经大脑就写出他们想要的东西，例如活动预热、活动报道、幕后花絮等，然后整齐美观吸引眼球地发布在公众号上。借着这次活动，我跟本市的电视台、报纸等十几家媒体建立了联系。这些媒体很给力，绝大部分都接受邀请来到现场了，为活动宣传增色不少。其实活动本身做得好不好还是其次，最重要的是活动宣传效果。本次宣传，我把所有可以利用的宣传渠道都用上了，而且把细节与礼节也做足了。宣传效果，大大超出了主任和上级的预期。

当晚的活动进展得非常顺利，但其实我根本没有时间去欣赏每一个环节，甚至连晚饭都没能好好地吃。手机整晚不停地响。当晚11点多清场完毕后，我才有空抬头看了看天空。那晚是元宵，真的有月亮，是圆的。主任命人煮了汤圆，叫大家围起来一边吃一边总结活动的得失。回到家已接近凌晨1点，我才想起，今天一大早出门直到现在深夜归家，这个元宵节我根本没有和我的孩子们打过照面。

后来再做，我已经轻车熟路了。我最后一次参与是2019年的元宵节活动。因为需要业绩成果来评职称，同事芳草姐姐在忐忑不安中半推半就地成为本次活动的项目负责人。芳草姐姐是一个善良的姐姐，做事有分寸，但为人有点单纯。彼时我正苦恼于备考事业编的事。我并不知道入围面试后的自己是否符合条件，还能不能在这条路上走下去。芳草姐姐好心地帮我打听到我的情况是符合条件的，并不断为我打气。我感激每一个在我处于黑暗时为我点过灯的人。

那段时间，我按捺住因为备考而百感交集的心情，全心全意地投入这场活动中，与大伙共同顺利完成了任务。根据那年最新的安保要求，当天我们外聘了100名安保人员来到现场维护秩序。晚上10点半，安保人员在安保经理的指挥下，列队向我们敬礼告别离开。我们也朝他们挥手道别。那一瞬，我忽然有点感触，眼泪在眼眶里打转。一群人能齐心协力地做成一件事，确实挺热血的。当晚23时59分，我们还在广场里做着清场工作，我发朋友圈前抬头看了看天空，才发现，原来那晚根本就没有月亮。

主任是一名在单位里混迹了二三十年的资深人士，非常懂得管理之道。我一度视主任为我的伯乐，为了那份尊严和赏识而拼命工作。后来清醒过来后，才发现自己身上压着的重担非常多，除了离职已经无力卸下了。这段经历我后来常常引以为鉴，成了我后来工作中找自我定位时的最佳参照物。

在A单位工作了两年多，最能体现工作主题的，就是参与筹备了一次研讨会。筹备办公室设在我们单位，平日就是我和小夏两个年轻人不停地干活。陶老与田老两位作为特聘的退休老专家，则每天回来高谈阔论小半天。我和小夏有明确的分工，他负责出版论文集的工作，我则负责各项展览的打点以及其他所有杂七杂八的事。经常有上级领导过来开会，因此我需要经常赶工做会议资料以及制作汇报PPT，同时按照严格的标准来布置会场。

陶老和田老作为退休老干部，日常主要工作是指导论文的进度。因为每天要给两位老人家泡茶，因此我也学会了喝红茶。他们经常中气十足地探讨很多人和事。我坐在自己的座位上目不转睛地盯着电脑干活，偶尔也会听听他们的谈资，然后笑笑。田老因为年纪大，捧茶的手不断颤抖，我对他尤其照顾。他有时会称赞我是个好姑娘。在他的教导下，我学会了如何应对单位内的一些复杂的人际关系问题。

我经常要到上级单位与财政部门去报销费用。因为一开始我不太懂程序，加上很多单据都是别人经手的可能不太符合规范，所以作为跑腿的我经常会被上级单位的财务人员批评，甚至退单。久而久之，这项工作一度成了我的心病，在前往的路上就惴惴不安，心想不知道这次会不会又因为什么而受批评。有时，财务姐姐也会体谅我的辛苦与无辜。可不管别人怎样对我，我都是用很谦卑的好态度去应对。你可以说我很低声下气，但这是当时的我能想到的最容易息事宁人与最容易完成工作的方法了。

当筹备工作进行得差不多时，上级单位的人就介入与接手了。研讨会在次年4月举行。后期的工作由上级部门全面接手，我们逐渐沦为陪衬。在会议召开前的一天，我和同事们终于有机会跟着踩点的人员坐上了游江考察的大船，穿越江峡。江风很大，水很清澈，那是我对研讨会最后的深刻印象了。那几天研讨会，我除了被安排做些捡头捡尾的琐碎工作，就没什么事了。后来同事小计有一次跟我聊起，他说，不要介意，就是这样的，我们身为最基层的人，干活的时候才会想到我们。

是的吧，不管在哪个单位，不论是什么职业，都是这样的。在这过程中，我们学到了我们应该掌握的东西，锻炼了该受磨炼的能力，就已经足够了。

# （六）

时间已经无声无息地来到了2018年。这一年，发生了一件影响我一生的大事。在我三十五岁这年，我抓住了一个面向全社会公开招考的机会，打败数十名年轻的对手，终于在超龄之前坐上了末班车，进入了B单位，成为一个体制内的人。

2018年冬天我们看到的小犬座南河三星的光，是在2006年的秋天发出的。它虽然无法改变从前，但可以照亮前路。

当年下半年，在A单位高速运转了两年，每天恨不得踩着风火轮来来去去，我有点心力交瘁，再次萌生去意。而且一个比较重要的原因是，因为长期工作忙与压力大，我的身体开始出现问题。此外，我开始深入思考，长期领着微薄的薪水干着超负荷的工作，到底意义何在。我的私人时间都被严重挤占，连健康也难以保证了。我不得不承认一个现实——出去私企做个普通的文员，薪资也会比现在高，压力会比现在小。没错，人成长到某一程度，追求的不再仅仅是裹腹，还有体面与稳定，尊重与认可。但是这种尊重与稳定，还是此刻的我所追求的吗？

有一种鸟叫鸬鹚，非常勤劳能干且善于捕鱼。它一生都为裹腹奔忙，一生都在创造财富，但它一生都没吃饱过。渔民将鸬鹚捕到的鱼拿去卖了赚钱，或留下自己享用，哪怕是将鱼送人也不会让鸬鹚吃饱，因为渔民知道，如果让鸬鹚吃饱了，就不会那么卖力地为他抓鱼了。我是鸬鹚吗？我只能做鸬鹚吗？

在单位待得再久，身份依然是临时工。我见过很多人，十分享受这种模糊的公职身份带来的虚荣。那虚荣就像坠在脚上的铅秤砣一样，将他们朝人生的深处暗处里拖拽。可不少人对此是甘之如饴的，所以丁点也不反抗，懒散而混沌地应付每一天，对未来并无计划，也不图他谋。别人我无法左右，但我非常肯定自己，并不想当温水里的青蛙。

当时刚刚忙完一个高强度项目，我提出要补休两个月，主任爽快地同意了。后来别人告诉我，A单位从没试过批准一位员工可以连续休息两个月的先例。

在补休的这两个月里，我不经意参与了一件事。2018年10月，沼市某县区面向全社会公开招考事业编制工作人员。从看到公告，到分析要报哪个岗位，到现场报名，再到考试，我全程只是抱着试试的心态去完成。我觉得老天爷已经完全遗忘我，不可能会把任何好的机会留给我了。但别人可以放弃我，我不能放弃我自己，所以一有机会还是会按照自己一贯的办事风格，认真地去完成。

休假中的我每天下午四五点就去学校门口接两个孩子放学，一见面就给他们吃我带的小零食，或者在半路买些小点心、雪糕来吃，然后开开心心聊着天回家。这是孩子们成为小学生之后，我第一次天天履行作为母亲的接送责任。记得11月下旬的那个阳光正好的下午，我正在门口附近等孩子出来，玩手机时忽然查到笔试成绩，我竟然位列该职位的第一名。真是难以置信。就像长途跋涉地步入深山的隧道，前面突然出现了一道亮光。不过生活呢，只是偶尔给苦惯了的你一点点甜头尝尝而已，让你笔试第一又怎样，最后还不是陪跑的命。当时的我对自己说。

哪怕最终是陪跑，我还是得认真完成吧。为迎接不知何时才通知举行的面试，我买了相关的资料，更加认真地复习了。这时，时间已经来到了2019年1月，农历春节前夕。正式的面试公告却迟迟未出。心中怀抱着的越来越大的希望，不断撞击着我，让我每天吃不好睡不安。我有一种机会触手可及的不真实感。这是我超龄之前最后一次机会了，得与失只看这一次。

当我结束休假回去上班以后，又重新陷入了日夜不分的忙碌当中，而且那段时间工作上还发生了一些不甚如意的事情，让我很憋屈。为了帮助我复习，一位老同学主动组织了一场饭局，邀请了几位对于面试颇有心得的公务员朋友为我支招。听他们说得越多，我越发感到不安——我毕竟已经脱离正式的公考面试考场十几年了，当年所谓的经验也许早已过时。虽然事后我把他们提过的要点全部整理了出来，可脑海里依然是空空的。我该怎么办呢？

那晚饭局结束时，大家都走了，其中一位朋友在餐厅门口拉住我，小声而真诚地说："××你别怕，你可以的，你有任何问题都可以随时找我，我只要能帮得上忙，就一定会帮你的。"在那晚之前，我跟她只是泛泛之交而已，彼此不太了解，可能连普通朋友都算不上。我听了非常感动，在寒风中忍住了眼泪。每一个在我需要时曾经为我提供过帮助，甚至只是口头上鼓励过我的人，我都会一生感激。

我到底要不要花巨资去报面试培训班呢？我只领着微薄的薪水，要承受那笔额外支出确实不容易。我在一位相熟朋友的介绍下上网算命，问师父我这次考试到底能不能成功。师父说了一些模棱两可的话，让我不太满意。但是朋友的话却让我满意了。他说，还是建议我花钱去报正规的面试培训班，钱没了可以重新再赚，但是机会错过了，用钱也买不回来了。

那段时间我的精神压力非常大，常常在家痛哭。先生有一次抱着痛哭的我说，如果报培训班可以让你更有信心，就去报班吧，那些钱花掉了就算了，我们重新再赚。父亲也打来电话，叮嘱我赶快去报培训班，费用由他来出。我没有要父亲的钱，但是立刻就去行动了。我分别咨询了两家大型培训机构，发现为了应对本次事业编招考的面试班，在我的自学与犹豫间，已经开过几期了，最后一期也即将额满。经过对比，我最终选择了在年初四开班的最后一期面试班，马上去现场签了合同交了费。那个三天三夜的培训班，价格不菲。根据协议，倘若最终考生未被录取，它将全额退款。交完钱的那天中午，我去父母家吃饭。我说起退款的细则，母亲则轻松地说道："那些钱咱们花出去了就不要了，用它们换回来一个好的未来就行了。"

那年春节，我随婆家回了老家过年。大年初三，我从小镇独自乘坐大巴回到了沼城。第二天一大早我来到指定酒店，开始了三天三夜的紧张学习。我珍惜学习的每一分每一秒，如同一个长久走在沙漠里的人忽然见到了甘甜的泉水。

授课老师是一个看起来比我年轻的姑娘，但是很有经验的样子。培训班一共有五名学员，都是入围了不同地区事业编招考面试的考生。培训第一天，老师在开课之前，对我们五个人都摸了一次底，然后逐一点评。轮到我的时候，老师说："这位同学你的底子非常不错，你只是来查漏补缺一下而已吧？相信你再经过几天的训练，不会有大的问题。"老师的话一下子给了我很大的信心。

那三天三夜实在很辛苦，从早上7点一直学到晚上10点，中间只有短暂的休息和吃饭时间。无数的内容像填罐头一样填进我们的脑袋，我只能聚精会神地听，以及做好每一处的笔记。接着还有各种实操。我从一开始的不好意思与磕磕碰碰带点结巴，到后来的落落大方，就在这几天锻炼了出来。晚上，父母在微信里问，天气转凉了要不要给你送衣服。我说不用，在室内不出去我完全没感受到天气有变化。父亲又问，我做点夜宵给你送过去好不好？我说不用，楼下就有面包店。我感觉，我不是一个人在战斗，背后还有我的家人们。多苦多累都不是问题，我只要学到我应该掌握的东西，问心无愧地去完成这件事就行了。经历过高考的失利以及社会的锤炼，如今再一次面对公平竞争的机会，我更愿意用尽全力为之努力一把。

后来的结局，有一半是意料之中——一直表现很平稳很被众人看好的我，在最终的正式面试中获得了当天的全场最高分；有一半是意料之外——五名学员里表现最差的，不被任何人包括她自己看好的那位女生，考上了她所报考的某山区的理想职位，其余三人都落榜了。但那三人里唯一一名来自外市的男生，不久在当年的省考里考上了当地的公务员，也算是失之东隅收之桑榆吧。

参加完面授班之后，我根据培训机构的学习方案，后来还积极地参与了两次督导班。所谓的督导班，就是培训机构把这段时间以来报名本次面试班的几期学员在某个时间段再次组织起来，由值班老师再次给大家梳理一下知识要点，以及轮流上台锻炼一下。出席督导班的学员并不多，也许大家都没有时间，也许大家都认为没有必要。我在那里认识了两位新同学，为后来正式面试时拿到第一手资料埋下了伏笔。

这时，来到了2019年2月了。接回上面曾提过的内容，我一边准备面试事宜，一边投入工作，完成了A单位当年的元宵节活动后，向主任递交了辞呈。2月的最后一天，我把工作交接完毕，离开了。根据A单位给我核算的补休记录，为了消耗我的存休，单位在未来的两个月期间一直还给我购买社保与发薪水，直到5月底才算正式离职。

2月，在马不停蹄的工作过程中，我还去做了一件大事——物色新工作。彼时还迟迟未收到本次事业编招考面试时间的通知，而我去意已决，不管最终考没考上B单位，我都得另觅出路了。

这一天，我再次站在了红色的巨大充气拱门下。时间过去多年，这场由市里组织的在春节后举办的大型招聘会依然被称为"春风行动"招聘会。十一年前，年轻的我就是在这样的机会中踏上我人生的自主求职之路。我把所有职位都仔细地看过了，发现残酷的社会已把我们放在抛弃的路上——稍微理想一点的职位，学历都得全日制本科以上，年龄都要求在三十五岁以下。那天我只投出了一份简历，但很快收获了回音。

那是某社会团体秘书处提供的一个职位。经过两轮面试，几位秘书长和副秘书长对我非常满意，对我提出的薪资要求也全部满足了。后来据同事们说，他们之前面试了无数人，唯独我这个应聘者是获得他们全盘通过的。他们要求我尽快到岗，我却耍了一个小心机。虽然我在2月底已恢复自由身，但为了有充足的时间准备即将到来的事业编面试，我以从原单位离职交接工作需要时间为借口，跟秘书处约定迟些才入职。他们同意了。

离开了A单位，找到了备胎公司，接下来就是全力冲刺备考B单位的事业编面试了。自3月1日开始，我推掉一切社交活动，进入了紧张的全天候学习当中。我给自己制订了详细的精确到每个小时的学习计划表，每天从早上7点一直学到晚上11点，中间只留下短暂的吃饭与休息时间。每个小时如果完成了任务就打个"√"，没能完成任务就打个"×"，每晚临睡前统计与复盘当天的学习效果，力求每一分钟都有收获。周末，放假在家的孩子比较吵，为了创造更安静的复习环境，我带着资料和水杯去图书馆一待就是半天或者一天，在图书馆阅览室的角落里默默地完成我的计划。

学习的内容，主要围绕授课老师介绍的方法以及培训机构发放的培训资料来开展，加上我自己之前购买的辅导资料，有诵读素材，有自我练习，有仪态与面部表情管理，总之涵盖了方方面面吧。此外，我还给自己增加了读报的环节，力求清晰准确语速适中地表述事情。当晚上家人们都在家时，我让先生和孩子们在辅导资料里随时随地抽取与读出题目，让我在完全没有思考的前提下立即作答，力求不管遇到什么状况都可以流利地有条理地表达。

高强度地学习一轮以后，我进行了一次大总结，把有可能考到的十四种题型的答题套路全部梳理出来，并在练习中不断补充和完善，让自己一听到题目就能立刻分辨属于哪种题型，能把答题的大概思路套进去，做到不过不失。此外，还加以使用高效简洁的过渡语，以及生动贴切的名人名言、古诗词与例子，以及结合当下的时事热点议论作为提分的亮点。我不猜题不押题，把每一种题型都按照应付出的时间来吸收与消化。学习的过程虽然辛苦，但这种辛苦跟生活的困难相比，实在太微不足道了。

我的家人，对我的全身心备考也非常支持和鼓励。公公婆婆承担了所有的家务，完全不用我操心；先生会时不时向我指出我的薄弱之处；连我的孩子也积极参与，会以他们的角度告诉我："妈妈没礼貌，考官还没说'请进'你就进来了。""妈妈，腰板挺起来！"

在几轮高效的学习与练习当中，我的信心越来越足了。我第一次体会到了什么叫胸有成竹。我觉得，没有什么东西可以难倒我了。

正式的面试公告出来了。由于面试人员太多，时间一共安排了三天。我被安排在第三天的上午。之前在督导班认识的两位小伙伴，一位排在了第一天，一位排在了第二天。第一天面试结束后，我就向第一位小伙伴拿到了当天的真题，然后立刻和朋友咸菜同志通电话分析。

这次面试一共有三个题目，正是属于我之前总结出来的十四种题型当中的其中三种，而且是里面相对比较简单的三种，分别是人际关系、活动策划以及应急应变能力题。我对咸菜同志说了我的答题思路，然后由他点评与补充。他之前曾经连续几年担任公务员面试的考官，对于考生们的各项细节都有一些心得，因此他对我整个复习阶段都给出了不少指导意见。经过这一晚，我起码明确了考试范围，这一点让我觉得很安慰。第二晚，如法炮制。我们更加肯定了考试题型很可能就是那三项。

临考前夜，我不再复习到夜深。我很早就睡了，并且睡得很安稳。对于那件完全未知的事情，我已经尽了我的能力去做准备了，问心无愧。我只求明天的一个结果。而这个结果，在我这大半个月的高强度学习的支撑下，应该不会太坏。我无法掌控对手，但我起码掌控了自己。

2019年3月21日，我参加了事业编的面试考试。从2018年10月

---

出招考公告，到12月笔试，到如今面试，已经持续了整整半年。我全程带着一贯的微笑，清晰流利有条理地答题，表现非常淡定与自信。在我答完题后，说出"考生答题完毕"这句话时，坐在我正对面的那位主考官，一位戴着眼镜的瘦瘦的年约四十的中年男人，在全程一直盯着我满意地点头的同时，眼睛一亮，带着有点激昂的语调接话道："好！谢谢这位考生！"

从考场出来后，我被安排到一楼等候分数。那时候我才开始害怕，脸色苍白，手脚冰凉，坐立不安。知道了自己的分数之后，我又急迫地盼望知道对手们的成绩——她们抽签排在了我的后面，还没有出来。

最终结果出来，我考了一个很高的分数，把笔试第二、第三名的两位对手远远地甩开了。这次考编路上的第二个难关，过了。后来亲戚朋友们都说我口齿伶俐，面对面试这种"小儿科"，真是毫不费力。这种锦上添花的话语，我后来听了不少。但要想有"花"，自己得首先成为一块"锦"，而不是一匹废布。你真的要非常努力，才看起来"毫不费力"。

不知道什么时候才会出体检通知。这时候我不应该在家白等，而是应该去上班。于是我致电秘书处，告诉他们我已经做好了离职交接工作，下周一就可以过来上班了。于是，在短暂的休息之后，3月下旬我入职了秘书处——那是我在社会上漂泊的最后一站。

过完体检这一关，不久，我收到了下一步的通知，要去办理转档案手续。我的档案在哪里呢？我真的不知道。自毕业那年我入职私企开始，对于档案的去向完全不清楚，而且压根没想到那东西还会和我后来的人生发生联系。我辗转联系上母校、广州

人才中心、生源地人才中心，都没找到档案的踪影，心里非常
着急。最后，我在沼城人才中心查询到了它的踪迹。我拿着后
来读本科时的毕业资料前去沼城人才中心办理手续时，手还是颤
抖的。

　　总之，一个个大大小小的坎，都迈过去了。

# （七）

　　接下来，就是我入职秘书处后发生的事了。对于秘书处这份
工作，我完全没有视其为过渡产物，而是用每次入职一家新单位
新公司的态度来面对。考编那件事，我始终认为不可能会那么顺
利的，只是未知道困难潜伏在哪里何时冒出来，然后再给我迎
头痛击。现在这份工作，如果顺利，就是我未来几年的立身之
本了。

　　秘书处一共十人左右。掌舵的是一位秘书长与一位常任副秘
书长，以及另外几位不常回来的副秘书长。秘书长四十多岁，本
地人，常常在外面忙活。来自外省的五十多岁的常任副秘书长则
成为实际领导人。熟了以后，有同事私下对我说，这位副秘书长
聘请新人的要求非常高，我是为数不多的被他看中的人之一。

　　我喜欢那里的工作氛围，很轻松自由，跟A单位截然不同。秘
书处的上下班和周末休息时间跟单位一样，而且一般不用加班，
非常适合我休养生息。这里女同事虽然较多，但是没有那种钩心
斗角与嘴碎八卦，她们相对单纯，带着罕见的天真——我并不愿
意用时下流行的"清澈的愚蠢"来形容这些与世无争的女子。她
们一天到晚都是开开心心的。每周一上午是例会时间。会上，副

秘书长会找出一些跟本行业相关的法律法规供大家学习，并各自谈理解与感受。大家还会轮流谈谈自己上周工作的进度和困难，以及本周的计划。我感觉，两位秘书长都是有想法有行动力的领导，跟着他们干活应该会收获挺大。美中不足的是，大部分女同事的能力都一般般，因此整个团队的执行力有待提高。

秘书处工作的内容，说白了就是吸收市内大大小小的企业成为这个社会团体的会员，收取他们的会费，为他们提供力所能及的服务。秘书长给大家定下的目标，是每人每月发展两个以上的新会员。另外，秘书处把手头上现有的两三百个会员，划分成若干个小组。每个小组由秘书处不同的同事担任负责人，对组内企业开展定期走访，策划联谊活动等。此外，省里、市里若有关于企业或者企业家的大型活动，秘书处也会承担起相应的责任，组织人员前往参加。

作为新人，副秘书长给我安排的主要工作，是为各类活动撰写新闻稿，编辑发在公众号上。秘书处自办的每月一期的报纸与每年两期的期刊，也都交给了我负责。同时，我被安排跟着不同的同事参加各个小组的活动，参与一些辅助性的工作。在秘书处工作了两个月，我跟着大家跑进跑出，算是见识了不少。不管是大企业还是小公司，不管是资深老企业家还是青年才俊，都是努力地生存着，让我感受到了这个世界的活力：某企业家组织了读书会，每周末大家聚在一起分享读书心得；某小组的组内活动定在偏僻到让人怀疑人生的深山山庄，到达后才发现那是美丽的世外桃源；某设计师颇具艺术家气质，设计眼光独特，他背后的故事更让人动容；某企业家品位独特，经常穿得像一棵青菜，再配上狗啃式斜刘海，整个人看起来智商不太高的样子，但是他手握几家蒸蒸日上的企业，并打理得井井有条……

　　除了不太喜欢晚上有较多饭局以及有时周末也不得不抽空去参加活动这两点，我在那里干得算是挺舒心的，一切都游刃有余。他们称我为"宝藏女孩"，说我身上有很多值得他们挖掘的优点。副秘书长似乎对我越来越器重，但我感觉对不起他——为了参加事业编的体检以及后面会提到的省考公务员考试等等，我也对他撒过一些谎。而我有时干起活来有点心不在焉，他应该也看在了眼里。

　　5月底，两个月试用期结束，他们打算为我转正。而彼时我参加2018年事业编的体检过了，正等着出正式的录用公告。重要的是，我参加2019年省考公务员的笔试也过了，6月中旬即将迎来面试。我思前想后，决定还是不要浪费他们的苦心，于是对副秘书长坦白，然后离职。

　　副秘书长有点愕然，但表示能理解。我很惭愧，觉得做了一次小人，把这一份工作视为过渡期的司马昭之心昭然若揭了。他们组织了一场饭局和唱K活动，为我饯行。坐在我工位旁边的那位小伙子，入职秘书处前曾当过多年的辅警。他好心地提醒我，进入单位后时刻要注意好好保护自己，单位的水很深，一般人很容易吃亏的。我笑，说了些感谢他的话。他确实是一个好人，虽然我们只是短暂地做过同事。

　　还是在那几天，我在A单位的存休消耗完毕，回去正式办理了离职手续。离开的那天，天下着雨，同事们都在忙。我再次走进幽静无人的小偏殿，朝着那个浑身黑色的历史名人塑像，深深鞠了个躬，然后撑着伞踏出大门，在心里跟大家默默地告别。

　　在秘书处工作了两个月，我是怀抱着不舍与叮咛离开的。有时人与人之间的缘分，不在乎长短，而在于你身处什么样的团体，更视乎你在里面所扮演的角色吧。很多东西一旦没被记录下，就很容易被时光抛弃。秘书处的这段短短的工作经历，后来在我的履历表中不过寥寥数笔。它就如我职场生涯里的一段小插曲，曲终人散，适时退场。离开秘书处后，我迎来了我入编前的最后一次大考。

3月，在我紧张地备考事业编面试的过程中，省里出了2019年的公务员招考公告。我一看，自己差几个月还没有超龄，于是马上报名了。因为报考的B单位，一天未出录用公告，一天都可能存在变数，我只不过是想给自己增加一个机会而已。你问万一也考上了怎么办，如果两边同时录取的话那该如何取舍？那根本就不是问题好吗？只有把两边的机会都争取到了，才有选择的机会；如果不去争取，那些还没有出现的取舍，将永远轮不到我取舍了。那次报名的职位，由我和家人商量后而确定。我最终选择了运城的某乡镇机关职位。该职位一共招录四人。

2005年下半年，我报考运城某单位的公务员职位未遂，拟被调剂到下面的乡镇机关，我死活不肯去，跟家人对抗了很久后，放弃了这个机会。2009年，我嫁给了一个老家在运城的男人，一度在他的老家小镇当起了一个什么都没有的全职妈妈。2019年，我再次报考公务员，这次选择的职位，就是十四年前我看不起的亲手放弃的运城某乡镇机关职位。命运真是讽刺。兜兜转转，被生活毒打了若干年后，我回到了原点。

但没有什么好惧怕的。当最坏的事已经发生过的时候，还有什么好担心的呢？

有人说，人就如坐在旋转木马上面，来回转圈，原地踏步，总会回到原来的位置，所有不好的事也会重复回来。事实上，圈外的风景，这一圈和下一圈已经截然不同，因为人、物、事，在不停地向前走，向前进步。

这次省考，我在本职位一百多名考生里笔试位列第九，进入了面试。如今的面试规则早已不复当年，已经改成了异地面试。6月中旬，我随着大部队来到一座海滨城市参加了面试。全程我并没有紧张，而是很轻松地完成了任务，拿到了接近90分的高分——当日备考事业编面试的老本尚在，我只不过是正常发挥罢了。

面试结束的那个下午，我在酒店旁边开了一个K房，跟一位同行的小伙伴在那里唱了半天。傍晚回程，大巴在高速公路上行驶了四个多小时。途中，总成绩出来了。我的总成绩最终位列该职位的第五名，无缘四强。社会筛选机制就是如此残酷，笔试筛选智商，面试筛选情商，体检筛选身体，最终大概率地圈定一帮相对合适的人才。

我十四年的考编之路，在2019年6月17日那个晚上，正式画上了一个句号。

在漆黑的车厢中，我一路流着眼泪回到沼城。不为什么，就是想哭。现在，就用我曾经写过的一篇小说当中的一段，表达那一段心情吧："完形心理学源自德国，其核心概念就是完形，意思是人都会追求一个完整的心理图形。例如一段有始有终的恋爱，不管最终结果是走向婚姻还是分手，只要有明确的结果，就是一个完整的心理图形。然而，假若那场恋爱无果而终，就是一个没被完成的心理图形。那么，人们会做很多努力，渴望完成它。就如小时候我们所产生的但不能实现的诸多愿望，都会在我们长大后表达出来。哪怕这些愿望看上去再不合理，它们也仍然有着无比强大的力量。我们尽管理性上意识到了它们无比不合理，但却难以摆脱它们的控制，就像着了魔一样。恋爱中的失落，其实未必是爱的遗憾，有可能是意志的挫败。我们每个人都有无数的愿望被压制，我们现在所表达的，常常是过去被严重压制的愿望，不一定是此刻真实的你自己。那些没有实现的愿望具有可怕的力量，这种力量宛如魔咒罩在我们的头上，令人迷恋镜中花水中月，而对唾手可得的幸福和快乐视而不见。"

6月下旬的一个下午，我在电脑前写着稿子的时候，弟弟突然把B单位正式录用名单的公示截图发给我，高兴地说："姐，你准备去上班了！"原来弟弟一直高度关注这件事，上班的时候一边干活一边盯着政府网站，录用公告才放出来几秒钟，他就立即知晓并通知我了。其中的那些快乐，就按下不提了。

后来，弟弟一位得知我的"励志"事迹的好友说，你姐姐很了不起，作为一个第一学历仅为大专，已经毕业十多年并且需要一边工作一边照顾家庭的女性，能在三十五岁"高龄"击败几十个对手成功上岸，用"百里挑一"来形容她，真不为过。他的好友还说："你姐姐固然很有运气，但我更加相信她的实力与努力。"

考编这个梦想，从大学时期播下种子，中间经历种种未能如愿，十四年后才蹒跚迟缓地来到收获时节。尽管果实与期望有点出入，但好歹是迎来丰收时节了。在外漂泊多年的辛酸与泪水，在我握着薄薄的报到通知书的那一刻，觉得一切都变得不再重要。

回望过去，为了安放这些年我那颗无所适从的心，我总是要求自己不断学习，不断参加各种考试，期望能凭借更多的技能证书，去敲前面茫然的路。很少人知道，那些年沼城的国家司法考试、社会工作者职业水平考试、教师资格证考试、普通话水平等级考试等的考场上，总有我的身影。在那些迷惘无助的日子里，我始终相信，进步构筑在无数的细节之上，而最终的跨越往往始于一些不起眼的行动。

我把这十四年来参加的十几次大大小小各种考试的准考证，放进了同一个盒子，继续妥善保存。我终于可以亲手为这一个圆，画上封闭的弧线，从此不再有遗憾。当中虽有许多曲折，但结局总没错。

作为一名曾经转换赛道的选手，其实完全不用沮丧和有心理落差。如果要在眼前这条赛道去超车，就只有迅速收起失落感，以更快的速度前行。只要你在前行，在努力，就不需要靠同行者和位次来证明。一个前行者最重要也是唯一的证明，就是抵达。

现在讲起考编，也许轻飘飘的几段文字就可以讲完。但身处其中时，当中的曲折和起伏也只有自己才知道。那些别人轻而易举就能获得的东西，我却用了许多许多的努力才实现。考编可以说是我一直以来的心愿，但不是执念。踏入职场后的种种经历，让每一个阶段的我都产生不同的思考以及不断调整方向。我唯一可以做的，就是在自己的能力范围内做到最好。我只能在有限的条件里，尽力争取拿到眼前看起来最理想的东西。

我接受自己过去的每一段际遇，因为它们丰富了我平凡普通的人生。有时我为自己感到自豪，无论面对什么困难和挫折，都可以不浪费太多时间伤心与哭泣，而是果断地寻找出路。我曾可怜自己，但我从未放弃自己。我感谢这个一直努力又坚强的自己。有这样的自己作陪伴，我从不会觉得孤单。我相信我的未来会因为自己的坚强与强大，而变得越来越好。

欧·亨利说，我们最后变成什么样，并不取决于我们选择了哪条道路，而是取决于我们的内心。人生的宽度增加之后，很容易把一切不如意的事情放下，整个人都是舒服自洽的状态。自洽，在我看来就是不纠结，不拧巴，按照自己的节奏生活，不急不躁，也不慌张，不被外界的声音打扰。自洽的人最无敌，因为他们的内心里有一根定海神针，不管外在世界多么波涛汹涌纷繁复杂，总能在内在的宇宙中找回秩序和安定。

后来，我写过这样的一段文字：

"我终于拥有了一份稳定体面的工作。得来不易。但我不觉得这是我的人生目标和终点，如今我只想大量读书，思考、改变。我希望通过坚持，让每一天的自己都和昨天的自己不一样。

"今天，我又经过了运城。从窗外望出去，能看见一座又一座光秃秃的低矮石山，喀斯特地貌万年不变。这里的街道变得繁华而喧嚣，通往山顶平台的车辆开始川流不息。有些人，终于可以从此岁月静好，不负韶华。

"这是被花岗石和大理石包围着的运城。石材就是运城最大的卖点。这座总人口不足250万的小城是全国三大石材批发地之一，石材加工就是这里的金字招牌。3800多家散落在市区各处的石材企业，用五花八门的坚硬石材撑起了这座城市超过三分之一的GDP。每年秋天的国际石材科技展览会暨石文化节，小城方迎来一番热闹。可喧嚣过后的它又陷入长久的沉寂，昂首期待着下一个秋天到来。

"城还是那座城，仍然是寡淡无趣的小城市。它还是没有摩天大楼，没有奇峰秀水，只有来往不断的大货车，拉着硬邦邦的石头日夜兼程奔向城外。

"我想，被命运这双翻云覆雨的手拉扯在一起的，是石头，与我。

"时过境迁，我再也不是那位心高气傲的姑娘，也不再是那位萎靡不振的姑娘。我想，我的生命不知是不是曾被石头浸润，所以倔强而刚毅，果敢而坚定。

"也许世上最配得上'一笑泯恩仇'这句话的，不是擦肩而过的那些来过你生命的人，而是自己曾经耿耿于怀却又握手言和的人生。"

事实上，以上的叙述从我辞去临时工那儿开始，都是假的。那都是我的幻想。这个世界一点奇迹都没有，努力从来不会为人带来任何好处。尤其近年遭遇了疫情，经济下滑，我一直在工作与失业之间徘徊，在这家企业与那家公司之间横跳，年近不惑还在为能找什么样的工作而发愁，这才是事情的本质。

——如果这才是真的，别说身为看客的你，可能连老天爷都不会太高兴。

2019年7月，我确实如愿入职了B单位，开启了人生的新篇章。没有什么能形容那种小心翼翼难以置信的愉悦心情。我只想到了一句诗：春风得意马蹄疾，一日看尽长安花。

B单位工作不算非常忙，吸取了A单位带给我的教训以后，我平时表现得更为低调。但同时，我又不愿意当一个躺平的人，更不愿意为了少干活而故意砸坏自己的口碑。因此，我犹如站在一根平衡木上，小心翼翼地平衡着各方的关系——既不能过分展现实力，又不能被人认为我一无是处。我希望，自己能在新单位的庇护下，正常地发光发热，平静地安然到老。

　　幸好，新单位的人情世故并没有想象中复杂，我跟单位所有的人都保持着正常的社交距离，对每一个人都展现出自信松弛的微笑，悠然自得。我养成了每天下班后独自去运动场跑步或者散步的习惯，并且一直坚持到现在。在运动场跑道上的那半个小时，听着歌，放空自己，时间完全属于我自己。这么多年来，我第一次感到心灵上的宁静与满足，甚至开始重新感恩生活。我竟然成了未被上天遗忘的人。

　　但我清楚地明白，这世上没有无缘无故的放下，也没有无缘无故的释怀。这种此刻能感受到的所谓岁月静好，要么是在水里挣扎漂泊很久然后终于上岸，要么是今天的自己，终于愿意跟过去的自己握手言和。

　　有一种物理现象，叫作丁达尔效应。它的出现是当一束光透过胶体，从垂直射光方向可以观察到胶体里出现一条光亮的"通路"。所以丁达尔效应的出现，也寓意着光是可以被看见的。

　　光，是可以被看见的。

　　我们没有左右时代、行业和环境的本领，面对不能掌控的事情，只能从自身找方法。事实上，在充满不确定性的时光里，只有不断成长才是实实在在的确定性。能够持续成长的人，在任何时候都不惧危机的到来。带着往日的经验，踏上新的站台，顺境也好，逆境也罢，只要知道自己是在出发，就不需要害怕。逢山开路，遇水架桥，以万变应万变，注定了是我——以及我们这一代人的宿命。

# 棉　袄

　　听说，儿子是妈妈的皮夹克，冷的时候挡不住寒，暖的时候穿又热。听说，女儿是爸爸贴心的小棉袄，温暖了他们的寒意。

　　可我们生活在南方。

　　南方的冬天，棉袄通常是没有什么用武之地的。

　　在我上小学前后那一大段时间，妈妈和弟弟很少跟我们住在一起。多数时候，都是爸爸一个人带着我在他的单位——一个小镇的中学生活。

　　爸爸很喜欢直呼我的小名。在弟弟出生之前，他曾较多地关注我。他见我瘦，经常在晚上下了晚自习后，在厨房炖好人参与瘦肉，然后叫醒我吃。我通常在晚上8点多就听话地去睡了，每次都是在"半夜"被叫醒，睡眼惺忪地吃肉喝汤。那些人参好苦，汤也好苦，我不想吃，但爸爸总是会"逼"我吃完。这样的日子持续了好长一段时间，直到有一天他看到报纸，说美国有一个小男孩因为每天吃人参，小小年纪就浑身长毛了。我至今记得报纸上那个浑身像猩猩一样的小男孩。现在想来，也许是那些人参含有一定的激素，吃多了容易导致孩子早熟。

在我很小的时候，曾不止一次听爷爷奶奶说过，爸爸对他的奶奶很有孝心。当年我的太婆，也就是爸爸的奶奶，生病了。据说太婆很怕吃西药，一闻到西药的味道就皱眉，一放进嘴里就想吐。所以爸爸一放学回家，就端着水拿着西药，来到太婆的床边，轻声柔语地哄她吃药。奶奶还对我说："当时谁哄你太婆吃药都不行，但你爸一哄，太婆就会捏着鼻子乖乖吃药了。"我听到时，还没心没肺地对奶奶说："为什么太婆不肯吃药，爸爸还那么好，但我不肯吃饭，爸爸就会举起巴掌呢？"

爸爸是一个很勤快的人。他在学校后山的菜地里种了好多青菜，精心打理，所以我们家一年四季都能吃到茁壮的青菜。我跟爸爸说我最喜欢吃通菜，因此他每年到了适合的季节就种很多的通菜。我还记得，冬天妈妈也会去附近农民收割水稻后暂时搁置的水田里种西洋菜。在那个年代的小镇，还不流行买青菜来吃，每家每户都是吃自产的。

我家和几位老师家的厨房位于一栋二层建筑物的一楼。这栋建筑物有些年岁了，可能不大结实，因此二楼不能住人，只能堆放一些体育器材等杂物。那时每到体育课，我就会看着三三两两的学生哥哥姐姐抬着仰卧起坐用的垫子和鞍马等，从里面走出来。有一次，我亲眼看着他们抬着几个浑身白蒙蒙的只有上半身的"人"出来，吓坏了，连忙跑去厨房告诉爸爸。爸爸则说，那些是石膏像，不是"人"，是给学生们上美术课使用的。

有一天傍晚，突然风云变色下起了大雨。爸爸抱起我，站在厨房的门头下，告诉我："你看，外面下的不是雨，是冰雹，一颗颗小石子那么大的东西打到头上会流血的，以后你见到这种情况就要躲开。我们厨房的天花板不牢固了，不知道会不会被冰雹打穿，所以遇到这种情况我们就要站在门槛上，头上有门的木板顶着，安全一点。""爸爸你为什么懂那么多？""多学习，多看书就懂了。""我也要多学习多看书。爸爸放我下来，我现在要看书。""等冰雹雨下完了，就放你下来。"

爸爸与学生们的关系很好。后来他桃李满天下，去到哪里都有学生盛情接待，就是最好的证明。那些学生哥哥姐姐对我非常好，经常逗我玩，还给我送吃的。有一次，哥哥姐姐逗我玩着的时候上课铃响了，姐姐们不舍得我走，把我藏在了她们的课桌下面。那天是爸爸上的课，我拿着零食，蹲在课桌下听他讲什么氢氧化钠、氯化氢。周围不断有哥哥姐姐用脚和手逗我，每个人都叫我过去，我就在课桌下钻来钻去，在他们的腿脚之间爬来爬去，直到——被爸爸发现了。我被他拎了出去。

我很小的时候，爸爸就教我提着粥兜去学校饭堂打早餐，长大一点够力气了他还会教我打一两壶开水。那时的早餐就是白粥，伴着爷爷奶奶晒的榄角、萝卜仔来吃。饭堂的白粥很难入口，有种让喉咙不舒服的味道，以致我从小就讨厌吃粥。但是奶奶煲的粥我又觉得很好吃。后来姑姑告诉我，那是因为学校饭堂每天都给煲熟了的白粥加开水来稀释，让分量更大，能多分几个学生，口感自然就变了。

每逢周二和周四，豆腐珍阿姨就会从附近的村子担豆腐到中学来卖。那时的豆腐两毛二能买一块，每次听到豆腐珍阿姨"豆腐，豆腐，卖豆腐"的吆喝，我会兴冲冲地拿着红色的水壳和爸爸给的几毛钱跑出去买豆腐。

中学的边上有一条被称为大圳的小河环绕而过，两三米宽，河两岸布满绿色的水草，水很清澈。大家都不约而同用大圳的水淋菜、洗衣服。有一次，爸爸带着我来到大圳边的一个小码头，嘱咐我好好站在岸上，他则拿着什么东西步下几级石阶，走到最下面的一级，用河水洗东西。河水很清凉，我很想很想去摸摸那些水。看着看着爸爸的背影，我终于忍不住，沿着石阶一级一级往下走。到了最下面那一级，我蹲下来，也不知怎的，整个人就突然俯身冲进了大圳。淹水的感觉非常可怕，我咕咚咕咚喝了几口水。爸爸三步并作两步，冲进大圳里把我捞了起来。现在想，应该就是我当时蹲下来时笨拙且用力，屁股碰到了身后的石阶，一个反弹力被弹进了大圳。后来爸爸每次说起这件事，总是调侃道："我正洗着洗着，咦，哪里来了一条大鱼？一条红色的大鱼……"

说起大圳，我还记得一件糗事。当时我六七岁，有一天，中学所有的人都集中在操场上开校会。便意袭来，我连忙从家里百米冲刺冲向大便处，可还是来不及……我在厕格里窸窸窣窣地把小裤子和小内裤脱了，打算拭擦一下才回家，谁知道笨手笨脚，把小红裤给掉下去了……我绝望地看到，我的小红裤在一堆便便上面躺着。八九十年代的集体厕所非常落后，并没有冲水的功能，而是每隔一段时间才有校工或者学生来集中清埋。我又羞愧又自责，连忙把小内裤穿回去，跑出去向爸爸求救。操场上，学生哥哥姐姐们还在开校会，老师们则在队伍后三三两两地站着维持纪律。我很快在人群后面找到了爸爸。爸爸无奈地跟着我来到大便处，叫我进去看看女厕里有没有人，然后他拿着一根棍子，从厕格的另一边下去，找到了我的小红裤。他嫌弃地用棍子把我的裤子挑了起来，一直保持着同样的姿势，走到岭脚下面的大圳里清洗……

　　那时家家户户都没有洗手间，要如厕得去小便处、大便处，要洗澡得去学校的冲凉房。要打热水或开水，就得用学校统一印制的热水票、开水票。这些都是爸爸教会我使用的。有一次，爸爸给我提洗澡水的时候，告诉我花姐的爷爷死了。花姐是我在爷爷奶奶乡下的小玩伴，跟我感情很要好。她的爷爷是个瘦削的老头子，总是拄着拐杖到处捡猪屎。由于我和花姐感情好，而花姐又因为经常要照顾她那半身不遂的爸爸没有其他玩伴，所以老伯伯对我特别慈祥。才几岁的我本来对"死"是没有什么概念的，可那天听到这个消息真是吓了一大跳，于是联想到很多关于死亡的东西，例如棺材、白骨、骷髅等。那段时间被吓得不轻，睡觉也要抱紧爸爸妈妈，生怕他们也突然"死"了。他们不知道，每到晚上只要盯着窗户就会联想到猫头鹰和猴子那样的鬼怪的我，其实胆小得很。

　　花姐是我人生里的第一个好朋友，她有一个悲苦的童年。听说她出生不久，她的爸爸有一次去挖白泥的时候被压成半身不遂，不久，她的妈妈就受不了扔下父女俩改嫁了。所以她自小很懂事，小小年纪就在爷爷奶奶与伯父伯母的教导下，做饭端汤倒水照顾爸爸，还帮爸爸擦身。她的爸爸长年躺在床上，半边蚊帐遮住下半身，露出枯瘦涩白的上半身，用深邃的目光看向门外。

　　那时，我的爸爸妈妈为了给我生一个弟弟，到外地生活去了。我很想他们。可是每当我谈起我的爸妈，花姐的情绪就很低落。那时虽然年纪小，可我好像也能感受到她的不开心，所以我很少在她面前谈及父母的话题，奶奶给我什么好吃的我都会给她留一份，甚至会跟着她一起煲粥煲水看火洗衣服。我们共同的玩耍，其中一部分就包括了一起做那些小女孩力所能及的家务。有一次我问花姐，如果你妈妈回来了你会怎样。她那时蹲在地上，一边拿着小棍子在地上挖坑，一边不高兴地说："我会拿尿水屎水泼她。"她当年那些说辞，长大后我想，可能都是大人教的。其实我心里总是有点害怕花姐的爸爸，他虽然躺在床上不能动，可是脾气还是很大的，会时不时拿棍子打花姐。挨打后的花姐总是跑来找我，我也不懂说安慰的话，只能陪着她开始玩藏石子之类的小游戏。就是从那时候开始，我对人生的艰难有了最初的认识，不明白为什么会这样。有时我也会很想念我的爸爸妈妈，不知道他们什么时候才回来。

我要上小学了，爸爸终于回来接我回小镇读书了，我也就离开了花姐。在我上二年级的时候，有一天一位陌生的妇女带着一个小男孩来到中学宿舍楼前面卖蜜糖。爸爸跟她打招呼，两人聊了一阵子，然后爸爸说："我女儿和小花经常一起玩的。"妇女望着站在爸爸身后的我，眼睛更亮了。她摸着我的头说了很多"好乖""都这么高了""你花姐有多高了""你们经常一起玩吗"之类的话，我觉得好奇怪。回到家后，爸爸告诉我："那就是花姐的妈妈，嫁给了别人还生下了一个小弟弟。可是你不要跟花姐说你见过她。"可小孩子实在太难守秘密了，周末回到奶奶家，我踌躇再三，终于忍不住跟花姐说了这件事。花姐像平时不高兴时那样，鼓起腮帮跑开了。

没两年，花姐的爸爸去世，她被住在县城的大伯父接走了。几年后，县城的四姑家新房子入伙，我们全家去喝酒，我见到了跟着大人来吃酒席的花姐。她跑过来拉着我的双手，高兴得什么话都说不出来。我也像傻瓜一样，有千言万语要跟她说，却说不出来。

　　可这个故事的结尾，是温暖的。几年前我在微信重新联系上了花姐，并在一个假日前去探望了她。虽然中间相隔了二十年，可我们的感情好像从来没有变过。花姐被伯父和堂兄抚养成人后，嫁给了一个忠厚的男人，生了两个活泼可爱的儿子。她的丈夫长年在外地工作，她留在家里当一名勤俭持家的家庭主妇。她说，她和她的母亲已经和解了。她坐月子没人照顾，她的母亲二话不说就来照顾她。

　　花姐说，当自己也做了母亲之后，渐渐就理解了母亲当年的做法。有时碰上父亲节，花姐会在朋友圈发想念父亲之类的话。万般皆是命。花姐的童年是不幸的，但幸好她能遇见良人。虽然长大后的我们因为经历、见识不同而很难再有更多的共同语言，可是她能作为我生命中一个非常在乎的好朋友而继续存在于我的生活中，并且让我知道她过得好好的，就已经非常足够了。

　　那时，电视机还不普及，学校里只有"大楼"的二楼有一台公家的电视机。"大楼"是大家对中学一栋较为气派的建筑物的昵称。每晚，教师及家属们就会上大楼"抢占"椅子看电视。珠江电视台是大家的至爱。我经常在晚饭后就冲上去霸占两张相连的椅子，等着爸爸妈妈的到来。爸爸跟我说过拍摄电视剧的原理后，我好奇地问："×××他们被打得快死了呀，为什么拿着摄像机的那个人还在拍，而不是冲上去帮忙呢？"爸爸就说："假的，那都是假的！"我半懂不懂。有一次播到杀头的场景，当刽子手举起刀时，旁边的陈老师笑眯眯地伸出手来捂住我的双眼："嘿，小孩子不能看！"我使劲掰开他的手，可头已经砍完了。我生陈老师的气生了好久。

　　每逢周一晚上，珠江电视台就会播放粤剧。我不太感兴趣，可是妈妈和邻居阿姨们很喜欢，所以我也会跟着大人们看下去。五年级时，有一段时间我突然迷上了粤剧，暑假半夜常常偷偷爬起来看电视里的深夜粤剧剧场。很多年后当我写着一篇以粤剧为主线的小说时，不禁想起了当年在大楼里跟着大伙一起，以及在爷爷奶奶家半夜偷偷看粤剧的情景。

　　我记得跟着爸爸看奥运会的情形。全伯家是中学里最先拥有电视机的家庭，很久后一些家庭才陆陆续续地也慢慢拥有了。我有印象的是其中一次，不知是1988年汉城奥运会，还是1992年巴塞罗那奥运会的开幕式录播节目。那晚，不知谁家把电视机搬出了屋外，很多老师和学生都簇拥在这台电视机前收看。我和爸爸也坐着自己搬来的小凳子，夹杂在人群中。我们一边看，爸爸就一边向我介绍出场的国家、点火仪式等这些关于奥运会的知识。因为了解了，所以才会感兴趣。那一晚，我跟着大伙一起兴奋，一同喧哗。此后，每一次看奥运会开幕式，我都是怀着当年那种熟悉的激动心情来观看。时光过得飞快，后来很多次的奥运会开幕式，虽然我和爸爸是分别在各自的家庭里收看，可是我相信，我们的快乐心情，一定是互通的。

　　我出生时居住过的那排教工宿舍平房被推倒了。我亲眼看着爸爸和几位老师，把我们那间清空后的小平房中央的那堵泥墙，用手推倒。在新宿舍大楼建成之前，教师们被分散居住在校内的各个角落。爸爸带着我搬进了教学大楼楼梯拐弯处的小楼阁。那个小楼阁真是小，放下一张床、一个衣柜、一张书桌之后，几乎没地方走路了。

　　爸爸买了一台收音机，放在我们的床尾。每天做完作业，我常常拧开来听，听珠江经济台，听"一旧云博士"开心地扮鬼扮马，听每晚六点张悦楷的长篇小说联播《射雕英雄传》。爸爸说，珠江经济台是在1986年正式开播的，比我小几岁。因为"我比它大几岁"，我觉得自己跟它就有了交集，因此每次听珠江经济台都特别亲切。它那"珠江，珠江，珠江通四海，经济第一台"的音乐版头，总是成为小小的我不自觉地跟唱的呼号。而当年那个机智灵活、诙谐搞笑的"一旧云博士"，就是后来家喻户晓的广东四大名嘴之首郑达。

这台录音机，带给我的不仅仅是珠江经济台。每次放假，二叔都会从城里带很多录音磁带回来给我。这些磁带是我的心肝宝贝，因为那全部是生动有趣的粤语儿童"古仔"。《白雪公主》《青蛙王子》《木偶奇遇记》《叮咚》……让我百听不厌。我的这些磁带经常被邻居们借走。有的邻居向我爸爸"投诉"，说家里的孩子听这些"古仔"，听到不肯扒饭。我的班主任老师也经常让我把磁带带回学校，在活动课上在教室里播放给同学们听。凡是播放这些"古仔"的课上，同学们比任何时候都要聚精会神。其他班级的学生甚至住在小学附近的小孩子也被吸引过来了，教室的门口和窗台上站满趴满了密密麻麻的孩子，每个人的脸上都挂满了兴奋的喜悦。当时谁也不知道，来到几十年后的今天，随着时代的变迁以及张悦楷、冼碧莹这些大师的凋零，加上可供选择的媒体和娱乐方式实在太多，我们的身边再也找不到一个小朋友肯端坐在案前，耐心地把一个粤语"古仔"给听完了。

每晚临睡前，爸爸都会坐在床上给我讲《西游记》，哄我入睡。这套繁体版的《西游记》，是爸爸特意为了给我讲故事而买的。他给我讲，唐太宗身边有一个什么话都敢说的大粒臣，叫作"魏微"。大臣就叫"大粒臣"，那是妈妈用自己的方式给我讲故事时对官员使用的专门称呼。小时候的我总是用"这个臣有多大粒"来衡量一个人的官阶大小。后来我把"魏微"的故事讲给妈妈听的时候，妈妈纳闷哪里来的"魏微"，问下去才知道是"魏徵"！

　　在小镇上小学，除了第一天入学把我送到班主任的办公室以外，爸爸再也没有送过我。平时的上学放学，我都是跟着邻居家的哥哥姐姐，或者与班上的同学结伴而行。我是一个对时间很执着的人，到时到点就要完成某件按规矩要完成的事。那天中午下起了大雨，为了准时上学，我撑着伞不顾一切地出发了。到了学校，大腿以下的裤子全湿了。我刚回到座位上放下书包，同学们就告诉我，我的爸爸来了。原来他一直尾随着我，并给我带来了一条裤子。他放下裤子就赶着回去上课了。我拿着那条小花裤，感动得眼泪几乎要掉出来。

　　有一天爸爸突然告诉我，他们学校明天组织看电影，他要带我一起去戏院看《妈妈再爱我一次》。我兴奋地问，好看吗？他说，好看呢，但报纸说观众要带着纸巾入场，因为很感人，很多人看着看着会哭。于是，第二天我听话地抱着半卷纸进了戏院——我认为那是给爸爸准备的。那是我人生第一次看电影，想不到自己哭得稀里哗啦。故事情节固然感人，但最重要的是，我想妈妈了。尽管妈妈那时正跟出生不久的弟弟居住在几公里外的爷爷奶奶家，可我一想起此前她扔下我离开的那几年，就心有余悸。爸爸那些哭得哗啦啦的女学生问他借纸巾，爸爸递给了她们，最终我那半卷纸巾被传来传去全给撕光了。我只能肿着眼睛，用手来撸鼻涕。散场的时候，爸爸抱着我，一边走一边逗我笑："哟，还真哭？"我生气地别开头，不想搭理他。

每到周末，我就会坐着爸爸的自行车回爷爷奶奶家。爸爸的自行车车通上架着一张藤椅仔，是我的专属椅子。坐在藤椅仔上，我在前面指手画脚，爸爸用力蹬单车，我们俩谈天说地一路向前，现在想想都怀念。有一次，我们在山顶一个废弃瓦窑前面的亭子里避雨。那里堆着一堆沙，我和爸爸玩起了藏凉鞋的游戏，玩得不亦乐乎。最后，以我的一只凉鞋藏在沙子里无论如何也找不回来告终。长大之后，我想，我真的非常非常喜欢和爸爸聊天，因为他好像什么都懂，什么都可以很清楚明白很有条理地阐述与分析。爸爸的这种特点，造就了我也非常渴望自己成为一个像他一样的人。

爷爷奶奶家拥有了全村第一台电视机，那是爸爸和二叔拿了工资以后凑钱买的。每逢周末回到爷爷奶奶家，我就一直不停地守在电视机前看电视，连广告也不放过。那时的周六晚上通常会播放赛车的节目。因为这样，我认识了F1一级方程式赛车，认识了满头金发的赛车手塞纳。虽然我无法理解坐在那些黄的红的小矮车里面"斗快"有什么好玩，但这无损乡亲们聚在我们家里看得大呼小叫、惊心动魄的热情。1994年，有一天爸爸拿着一份报纸指给我看："你看，电视里那个塞纳撞车死了。车子开太快了，不安全。"

那时流行看珠江台和岭南台，所以我们家很习惯订每周一期的《广东电视周报》。岭南台后来据说改了版，消失了。那时的《广东电视周报》，里面有每周各个电视台的节目单，有电视剧的每周剧情简介，还有一些关于香港明星的娱乐八卦。我跟着邻居小清姐迷上了追星，我们都觉得黎明很帅，周海媚很漂亮。当时他们俩传绯闻，我和小清姐都很激动，觉得这一对璧人必须在一起。有一次，报纸里其中一篇文章写着黎明否认了与周海媚的绯闻，声称两人只是好朋友。我和小清姐意难平，于是用笔在报纸原文上涂涂画画，硬是把整篇文章都改成了黎明和周海媚情投意合而且很快将会结婚之类的大团圆结局。看来我自小已经具有瞎编故事的潜质了。不久，这篇文章被爸爸看到了。他虎着脸问是不是我干的，我吓得立刻把小清姐也供了出来。爸爸说："小孩子要好好学习，别想这些乱七八糟的东西！"事情才算过去了。

我上小学后，由于弟弟的出生，妈妈的工作受到了影响，全家只能靠爸爸的那一份薪资来开销，因此那几年我们家过得很拮据。每逢寒暑假、节假日或者闲暇时间，爸爸就会在学校附近找些零散的工作，用劳动力来帮补家用。

爸爸一位同事的叔叔，在一个叫鸡寮坑的地方种柑橘，所以有一段时间，爸爸经常去那座山里帮忙做工。那个地方离家比较远，要走一大段崎岖的山路才到。荒山野岭中，只有山顶有一间小木屋，四周被果树包围着——那是爸爸同事的叔叔，一位老伯伯在这里看果园的住处。可能当地的泥土并不适合种植，因此种出来的柑橘又酸又涩。后来我学到晏子所说的"橘生淮南则为橘，生于淮北则为枳"，总会联想到鸡寮坑的那些柑橘。后来，爸爸有点想承包这个小山头来搞种植，甚至产生了把全家搬去山里那间小木屋以方便照看果树的念头，遭到妈妈强烈反对才作罢。

当年深圳证券交易所刚开张，爸爸跟几位同事专门坐车去了一趟深圳开户。当时的我只有一点点听得懂，心想我们家很有钱的日子可能很快要来了。可是一直没声没息的。二十多年后，我问爸爸当年的账户赚了多少钱，他说只剩下四块多。爸爸还给我买了一份"婚假金保险"。我自己的理解是，到我结婚时，这个小红本会给我一大笔钱。可是很多年后我再问起他，他说"被骗了"，那是"完全不值钱"的。

我上四年级时，中学要新建教学大楼，就把整排旧平房教室拆了，并且找人把粘在旧砖头上的水泥敲开，以便对旧砖头加以重新利用。那一天我吃完晚饭，准备回小学上晚自习。路过学校的工地时，我见到爸爸和另外几个老师正蹲在瓦砾中，各自拿着一个小铁锹在努力地敲着砖头。那天正下着蒙蒙细雨，爸爸戴着草帽干活，浑然不知我在那里经过。但一瞬间，我就觉得自己长大了。那天我是哭着鼻子去上晚自习的。其实那年我才十一岁，并不知人间深浅，可就是被深深地震撼了。就在那个傍晚，我不可避免地长大了。

曾觉得，爸爸把所有的爱都给了弟弟。童年里很多应该到处去玩的时间，我都因为要照看弟弟而不得不留在家里。而且若是照看不周，我总是免不了一顿骂。有一次弟弟洗澡时不听话蹦蹦跳，被水龙头敲破了头，我吓得瑟瑟发抖。那时的我对弟弟的感情很淡薄，总是认为他是一个巨大的累赘。现在想来，爸爸命令我不能出去玩而要在家专心带弟弟，其实也是无奈之举。当然，后来因为大家渐渐懂事了加上和弟弟相处的时间多了，我也变得越来越爱他。

那个年代的人，总是节俭成性，何况教师们的工资在当时是出了名的微薄。有一段时间，爸爸总是用肥腊肉煮青菜，简简单单就是一顿，最多是蒸两个鸡蛋给我们。妈妈知道后，严肃批评了爸爸，说这样对孩子们的身体不好。

可能因为生活艰苦，那几年爸爸的脾气有点差，印象中我总是挨骂，这不对，那也不对。我经常不知所措，不知怎么才能讨他欢心，还是我从来就没有讨他欢心的资格。

读小学的时候，学校每个月安排一次"月测"，根据总成绩排出每个年级的前二十名，然后把这张每月一次的名次表发给入选的学生。那时我总是排在年级的前几名，直到这一次——我竟然没有进全级前二十名。这意味着，这个月我没有名次表带回家。看着老师发名次表给其他人的时候，我心里害怕死了，同时十分羞愧。可小孩子毕竟贪玩，放学后见到有小孩在金鱼池那边捞鱼，我也走过去看，看着看着还挽起裤腿下了水。正玩得开心，爸爸不知何时出现了。他黑着脸问："这个月的名次单呢？"我无意识地撒谎，说还没有发。爸爸说："我已经在其他地方看到你没有入名次了，考这么差你还在这里玩?！"我对爸爸有种天然的敬畏，那天用"魂飞魄散"来形容真不为过。后来，我每次经过那个金鱼池，都会出现那种惧怕的感受，不免加快脚步。

记得爸爸打过我一次。因为一位亲戚曾冤枉我偷钱，有一段时间我对她怀恨在心。有一次不知因什么而起，我在自家饭桌上大声叫嚣："活该他们家生不出儿子，因为他们心肠太坏了！"接着我挨了爸爸狠狠的一巴掌，耳朵很久后还嗡嗡发响。

但我们有时又很和谐。记得有一次我发烧，爸爸做好午饭后，叫醒了我。不记得那天为什么有那么高的兴致，我乐滋滋地对他详细说起班上的同学，如数家珍。爸爸一边吃，一边罕有地附和，还就当中谁谁谁的细节与我讨论，我更谈得兴起。小孩子的快乐，来得多么容易。

家里的墙上挂着一幅世界地图。有一段时间，我跟爸爸常常玩一个游戏，在世界地图找地方：早上，我们互相给对方出一个国家或者城市名让对方找，晚上回来检验结果。有一次，我出了一个叫"瑙鲁"的地方，爸爸怎么也找不着。我很自豪，从此牢牢记住了这个南太平洋的小国。这个游戏玩了好久好久，地图上所有的国家、城市以及地理位置就被我记住了。后来，每去到一个新的地方，只要走上一圈，我基本上就能把这个地方的路线与布局画出来，但是这个"特异功能"随着年纪渐长而渐渐消失了。那时的世界地图上还有南斯拉夫。爸爸会指着地图跟我讲当时的伊拉克、科威特、苏伊士运河、萨达姆以及海湾战争。若干年后，我和我的孩子也玩起了同样的游戏。每当看到那些熟悉的国家与城市，我都会感谢爸爸，他曾用这个方式，为我开启了一扇崭新的大门，建立起我对世界最初的兴趣。

小学一般很早放学，上午不到十一点就放学了。每当我走在回家的路上，心里就会腾起一种开心愉快与满足的小确幸——回家就会见到爸爸，有时还会见到妈妈，中午有好吃的午饭等着我，在学校又受到老师表扬了，今天考了多少分了，今晚有什么电视节目看……总之，那些司空见惯的事情，都会成为我快乐的源泉。后来，我在生活里无论遇到多么糟糕的境况，都能从中找到值得欣慰的地方来安慰自己。我想，这可能就是一种韧性，对生活善于发现美好的一面，并且懂得感恩。这些小小的品质别说不重要，它陪伴了我后来度过了好多次人生低潮。生而为人，除了正直善良这些秉性应该拥有，坚强、勇敢、乐观那些品质也非常重要吧——尽管所谓的乐观，只是你真真切切体会到人生无奈之后不得不做出的选择而已。

有一段时间，由于一些原因，很多个周六的中午，我都会跟着爸爸从小镇出发前往一个小山村。我们从小镇坐客车来到江边，然后乘坐渡轮过江，再走路翻过几座山进村，一路上至少得折腾半天。

那是一条非常崎岖的山路。爸爸只管提着东西大步流星走在前面，我则在身后吃力地小跑着跟上。山里有很多鸟在怪叫，有时路上有些小水沟，或者是走在悬崖边，爸爸似乎总是忘了要停下来拉我一把。我不会撒娇，也不肯说"我怕""我过不去"，多难走的路，硬是自己连蹦带跳带爬地完成了，双手被路边的草划破了也不吭声。当我们拉开十几米的距离时，爸爸才会停下来等一等我："走快点，那么慢！"

翻过一座山，我们会经过一座"黄菊庙"。荒山野岭的，路边只有一座小小的冷清清的庙。庙里放了一只端坐着的"黄菊仙"塑像，有人像那么大，身上飘着黄的绿的衣裳。每次经过那里，我的恐惧就达到了极点，赶快跑到爸爸身边扯着他的衫尾走，根本不敢看庙里的仙人。我的爸爸，应该从没察觉到一个小女孩心中的恐惧。

我们就是这样一前一后，以互相不理解也没有理解的方式，走了二十年。

以前我很羡慕二叔与小美、秦校长与小清姐、陆老师与小慧姐之间的父女情。别人父女之间，好像什么都能好好说。她们愿意表达愿望，他们也乐于满足，文学作品中所说的撒娇、慈祥、宠爱那类陌生美好的词，在他们父女身上都能找到。

然而我家好像并不是这样。爸爸对我很严格，不准睡懒觉，不许迟回家，不准房间乱糟糟，不许我跟邻居捣蛋的小孩玩，他要求我要带好弟弟，要求我保持好成绩……如果考差了，他不会帮我分析改正，甚至不会问因由，只会不由分说地定下下一次更为严厉的目标。他只要求我一直向前跑，并没有提供什么温暖的补给，甚至没有告诉我哪里才是终点。我总是觉得自己一个人一直绷紧了弦在跑，有时会感到孤独与彷徨，但是我不想开口求助，更不会停。后来，我习惯了适应与服从。他为我订立的很多规矩与习惯，哪怕我后来不跟他一起生活了，也会不自觉地遵守着。

很多年后，我进入了别的家庭生活。清明时节跟着先生去行清，不管多崎岖的山路，他跟当年的爸爸一样，好像没有想过要拉我一把，硬是要我自己爬完。时间过了二十年，历史又重演。我想，可能是我身上自带了一种汉子属性，能让身边的人放心，无论遇到什么困难，他们都认为我自己总有办法解决吧。

我们家迁往茵城后，我以从一个小地方出来的插班生身份，在一座城市的小学里，取得了不错的成绩。爸爸非常开心。期末考试结束后，他带着我和弟弟到他的老同学家里坐，叔叔阿姨们问起我的成绩，我非常记得爸爸满脸的笑容："这个傻女又考了年级第一。"听到"傻女"这个称呼，我又惊喜又羞涩。我和爸爸之间，似乎从没试过用如此亲昵的方式来表达。那是唯一的一次。

以前，一直羞于与爸爸分享心情。不仅是对爸爸，对所有家人都一样。我总是喜欢并且习惯了把如山如海的心事藏在心中，把喜怒哀乐放在心底，不让他们探寻我的内心世界。五年级转学的第一天，我很不开心。一切都是可怕而陌生的，仿佛我与这一切格格不入。英语课上，老师叫同学们朗读字母，大家大声而热烈地朗读。我却什么都不懂，连指着字母的食指也跟不上。英语老师走过来，纠正了我。那种强烈的自卑感把我碾压得体无完肤。放学回到家，爸爸和爷爷问起我当天在学校的情况，我开始装作高高兴兴的，说"很好""很习惯"，但话语不自觉地带着哭腔。后来他们多问了两句，我实在装不下去了，眼泪大滴大滴地滚下来，连忙扭头跑去了洗手间。我不记得那一次爸爸对我有没有安慰，只记得爷爷后来慈祥地跟我说，"不怕的，很快就会适应的"，又惹起了我新的一轮眼泪。

那几天，爷爷耐心地教我读与写26个英文字母，周末爸爸带我去了一趟二叔家找堂妹小美帮我"补习"。全程用了一个星期左右，我就从一个英语小白，在最新一次的英语测验里拿到了91分的成绩，让同学们刮目相看。此后，就一直平稳地保持在满分的状态了。

我性格里，可能确实有不服输的劲头，所以每次处于低潮或者谷底都不会浪费很多时间怨天尤人自怨自艾，而是暗暗攒了劲儿努力找出路爬起来。如果突然被人扔去了手无寸铁的荒岛，我应该伤心一阵子就去当鲁滨孙了，绝不会绝望地等死。我们应该花时间解决眼前的问题，而不是花时间害怕或者抱怨，难道不是吗？很多年后，一个朋友还告诉我，坚强和强大不是同一回事，光是坚强还不够，你得强大起来，才可以轻松地解决更多的问题。深以为然。

在我十九岁那年，面临高二分班。当时，本省的高考模式还是"3+X+综合"。我经过仔细分析后，决定选择我最喜欢的历史科作为我的"X科"。那天下午，我像个大人一样，和爸爸深刻地谈了一次。那次谈话由我主导，我说起我对历史的兴趣、对它的信心，以及将来打算报读的学校与专业。那时我对未来充满着期待，觉得靠这个感兴趣以及能轻松取得不俗成绩的科目，一定能考上好的大学。末了，我问爸爸："读完历史系出来是不是很难找工作呢？"爸爸说："不会的，读了名校的历史系出来，被很多单位抢着要呢。"只是当时不知道，后来的我会被人生狠狠打脸。

我上小学一年级的时候，爸爸就教我用一个小本子，记录下自己每一次的考试成绩，把它描成一条线，一条一直平衡或者向上的线。我知道，他最希望、最骄傲的，是我能一直保持优秀的成绩。

很遗憾，我没有做到。我也曾经付出过努力，可是不懂得用尽全力。我后来没考上本科，没考上公务员，最后湮没在芸芸众生中，成为一个普通得不能再普通的人。让他失望了。

对不起，爸爸，我未能保持一直的优秀。

2006年夏天，我遭遇了一些事。我跟弟弟说，我从此不会回家了，我没脸回去。爸爸当晚给我发了一条短信："爱女，回来吧。"虽然只有短短几个字，但我却感受到他的老泪纵横。那年，我的爸爸五十一岁。我原本打算，让爸爸从五十一岁那年就开始过上好日子，可是我不但没有做到，还让他在后来的十多年里都为我惋惜与担心。

对于我的前途，我和爸爸之间最大的分歧出现在我三十岁那年。那一年，出于种种原因，我打算离开家族合股经营的岌岌可危的企业。我一直向往的是在市区里体面的薪水可观的工作，而非蜷缩在某个小地方的工厂。我认为只有这样，才可以在一定程度上摆脱我身上多年来挥之不去的自卑。经过重重面试，我收到了一家新单位的录用通知。当我把这件事告诉爸爸妈妈的时候，他们暴怒了。爸爸还立刻打电话过来骂我，带着恨铁不成钢的语气。对于另觅新工作这件事，我是经过深思熟虑的。于是我回复爸爸："三十岁又怎么了，三十岁我觉得没有问题。我现在是通知你们我要从那里辞职了，并不是要征求你们的同意。"

后来事实证明，我的选择是正确的。三十岁又怎么了，真的没有问题。我人生方向的好转，就是从三十岁开始的。经历过一系列的低潮之后，我开始努力思考下一步的路该如何走，面临困难要怎样解决，如今的方向要如何调整。我用比成功多得多的失败经历，从里面吸取了教训，一步步让自己走向了更好，五年后更是跃上了另一个台阶。

后来，我每从事一份新工作，都会经常跟爸爸讲工作上的事。当然全部只挑好的说，坏的只字不提。在我的描述中，我是一个聪明能干、光芒四射的人。然而那并不全是真相。只有被粉饰过的真相，才令人愉悦，神清气爽。我只愿意他感受到，我每天都在进步，我一天比一天过得好。

他有时也会来我工作的地方走一走，拿点东西给我，或者纯粹只来看看我。记得那一年我还在一个小公司上班，他来不久，我就下班了。我们一起从里面走出来，在路口道别。我和他，一个向西，一个向东，背向而走。那天在公交车上，我的眼泪一直在眼眶里打转——我们明明就是一家人，可是我已经有了自己的小家庭，我们再也没有办法日夕相对。

我曾经一度憎恨女子长大要出嫁这个社会制度，让女儿和父母生生分离。记得小时候，四姑出嫁那天，我亲眼见到一向不苟言笑的爷爷躲在房间里抹眼泪。到我自己出嫁那天，我哭得一塌糊涂。那种难过的情绪，远远大于本来该有的喜悦。当时家里客人太多，熙熙攘攘的，我并没有什么机会仔细地看看我的爸爸，去感受一下他的情绪。我出门的那一刻，爸爸和妈妈听从老人们说的规矩，躲在厨房里"回避"。我怀着难过与不舍，看了一眼厨房的方向，不情不愿地下了楼。我想，那一天，爸爸应该对我有过不舍吧。这一段是没有任何细节可言的，可是写到这里，我竟然流了泪。

后来我的写作有了一点点成绩，爸爸很高兴。可能因为他的身边没几个人拥有这个技能，可是他的女儿有，他那个际遇一直不太好的女儿有。让他更高兴，是我在写作这条路上越走越远的重要原因。我总觉得，只要我在某个领域深耕下去甚至能取得一点不错的成绩，他就会对我的人生放心很多。

有一段时间，由于一些原因我在写作上走入了误区，强迫自己要在限定的时间内达成一些目标，感受到很大的压力。爸爸对我说："你不是靠写作为生，就不必为了迎合市场而改变自己的风格，你喜欢写什么就写什么，写不出来也不要勉强，不用为难自己。"我听了很感动。职业对我来说，可供选择的机会也许并不多。但在我的个人兴趣和爱好上，我完全自由。是的，我想写什么就写什么，我可以保持随心与随性，何况我也不在乎自己能在文学创作这条路上能走多远。做自己，无须自我加压，让我后来在写作这条路上自由自在，停停走走，一路享受。

我和弟弟有时会讨论，万一爸爸当年丢了工作，不知道他能干些什么来养活我们。到工厂车间看机器，充其量当个车间主任——这是我和弟弟多年来的共识。爸爸那么忠厚老实，又没别的特殊技能，大概也只能这样了。

几年前，父亲陷入了一场担保风波。一位叫阿泳的同乡侄子在北方当粤菜厨师赚了点钱，且正被老板器重，享受着高薪厚禄，因此打算回沼城置业，在城西选了一套大房子。那套房子的首付将近二十万，阿泳表示自己有能力支付，但是这笔钱目前有其他用途，因此跟开发商约定首付在两年内支付完毕。应开发商的要求，阿泳找了我的父亲当担保人，父亲答应了。结果，对于那笔首付，阿泳仅支付了两期便开始拖欠，月供款更是在一两年后难以为继。据他的说辞，是他的老板突然故去了，老板娘经营不善酒楼倒闭，他受此连累事业不顺。

　　不久，父亲收到法院的传票，原来开发商把阿泳与我的父亲告上法庭了。父亲找到阿泳，他口头上答应着却始终一分钱也无法筹集。事情的发展，是父亲代阿泳支付了几万块的款项后，他每个月的退休金还是被法院给划走了大部分，而且还收到法院的通知说下一步将对父亲的房子采取措施。叔叔们出主意，想代替阿泳把债务还清，然后把阿泳的房子接手买过来。这时大家才发现，阿泳之前还利用那套房子办理了十几万的装修贷款，而且他个人还欠下了几十万的信用卡账单。尽管阿泳本人没有直接承认，但种种迹象表明谜底接近真相：他是一个赌徒，不仅把手上的积蓄全输光了，还利用房子和信用卡贷了很多款。若我们家要买下他的房子，风险太大、成本太高了，只能放弃。

　　事情发生后，母亲每天数落和责怪父亲，让父亲更为自责。父亲一生是个俭朴的人，这场无妄之灾让自己的钱财无辜受损，且还没有看到事情结束的希望，让他更加痛苦。我多次私下严肃警告母亲，若日复一日责怪父亲，将会造成怎样的严重恶果。母亲听了害怕起来，很快闭了嘴。现在想来，母亲还是第一次没有跟我唱反调。为了照顾父亲的感受，我平时也会提醒家人们，什么话该讲什么话不该讲，什么话可以多说一些，让父亲听起来舒心一点。

这件事前后拖了一年多。父亲的思想负担非常重，身心俱疲。他总觉得身体不舒服，多次进出医院。再拖下去，情况只会更糟。我和弟弟妹妹商量后，大家凑钱把阿泳剩下的十几万首期欠款以及利息，全部结清给了开发商，算是结了案。散财近二十万后，父亲从这件事上终于脱了身。

那天是我陪父亲去办手续的。记得刚交完钱出来后父亲闷闷不乐，他小心翼翼地对我说："阿泳以后赚了钱会还给我的。"其实谁都知道，那是一个概率非常小的事情。但我还是用了肯定的语气去附和他，还主动找了不少理由来支撑这个"论点"。我用轻松的语调，说了很多话。父亲应该都听懂了。那天的最后，他是踏着轻松的步子迈上公交车的。我站在路边送他，朝着他挥手，像平时一样笑。

虽然已经有了自己的小家庭，可我从未觉得自己远离。幸好，我和他还是生活在同一个城市，相隔不远，我可以陪着他慢慢变老。他想学什么，我会一遍又一遍耐心地教他；他想做什么，我也总是义不容辞地第一个支持；他喜欢搞族务，我就当他的小秘书，帮他起草文件、统计名单、发倡议、写报道；他喜欢看某同姓历史名人的故事，我把市面上关于那名人的十几个版本的书全买回来给他；他喜欢看电影，遇上适合他看的，我安排他和他的老朋友们去看；他偶尔会写写关于往事的小散文，我不断鼓励与打气，三天两头监督他写作，还跟他一起回忆那些细节，谈谈自己的感受。我还会拿工作中一些事情征求他的意见，随时向他分享我最近的收获以及写作的阶段性成果。他偶有不舒服，只有我劝得动他去看医生，陪他去体检……这些小事，微不足道。但是我会因为自己可以对他好，而觉得开心。

有一次，我的先生羡慕地说："有个女儿多好啊。像你爸那样，暖不暖不说，好歹有件小棉袄，虽然是黑心棉做的……"我笑着回应道："实不相瞒，其实我是一件防弹衣。"

我和爸爸很少谈及"爱"字，也很少互相表达爱意。可是，这并不妨碍他成为对我一生影响最深的男人。我和爸爸，是两个三观充分一致的人。应该说，是爸爸用他的言传身教，塑造和树立了我的三观。

以前我最听他的话，现在他最听我的话。原来不知从什么时候开始，我们已经不知不觉地和解，并且已经找到了最适合彼此相处的方式。又或者说，纵然从来没有表达出来，可是我们是深深爱着彼此的。那种血脉亲情的爱，不会比世间那些生生死死的痴男怨女之情逊色。如果说"女儿是父亲上辈子的情人"这句话是成立的，那么我是他这辈子最理解他的异性，这一点应该也是成立的。

对于爱，也许每个人的表达都不同，也许我们的理解是存在偏差的，却并非不存在。良好的父女关系，除了最常见的父慈女孝，还有我和爸爸这一种吧。虽然欠缺了一些温柔细致的关爱，但是不撒娇卖乖也是能好好长大的。如果你觉得我身上有一些不错的性格或者品质，那多数是我的爸爸传给我的。

前段时间谈起以前的事，爸爸说："以前你每次经过中学山脚下鱼塘边土地神前面，看见别人逢初一、十五在那里上香烧元宝，你就会问我：'为什么别人会把厨灶建在路边，他们为什么要在路边烧火呀？'"爸爸还说："那时你还不懂什么是双胞胎，有一次你站在厨房门口，见到一位双胞胎姐姐刚走过，双胞胎妹妹又尾随其后，你指着双胞胎妹妹好奇地大声问道：'为什么有两个你?!'"

听到爸爸的这些叙述，我觉得好好笑。这些关于我小时候的细枝末节，我已经不记得了。可我的爸爸还记得。

谢谢您养育了我，谢谢您参与了我的成长。

"××，起床！""××，你为什么还没有把××事情做好？"……这些都是在以前，爸爸一直对我说话的语气，很熟悉，很怀念。可现在的爸爸老了，他有时叫我帮他做些什么事情，会不自觉地带着商量和征求的语气。每当面对这样时，我会用温和而爽快的态度，第一时间答应下来。其实，爸爸呀，您可以永远用那种不容置疑的命令式的语气跟我说话、叫我做事。那种语气，代表着您仍然当我是您亲密的还没有长大的女儿。我会因为您依然愿意这样对我，而感到亲近与快乐。人们常说小孩子长得快，其实我们的父母老得更快。有日出就有日落，有些事情是必然的。

爸爸家里的相册中有一张黑白照片，年轻的高高瘦瘦的他抱着才两岁的我，站在中学的花丛前面，我们俩木木地看着陌生的镜头，都没有笑。但是，一位父亲和一个女儿毕生的感情，就在那个镜头里。

20世纪八九十年代小镇中学每一年的学生毕业照片，只要里面有爸爸出现，大多数也会有我。在他膝盖上坐着，或者被他搂在胸前的我，总是眯着一双小眼睛快乐地笑着。

小清姐说：你和你爸现在也变成了我们羡慕的样子。

小慧姐说：其实在我们眼中，你一直是家里的小公主。

也许是吧。在爸爸的呵护下，我确实是无忧无虑地度过了年少时光。而无论我长多大，变多老，我依然还是爸爸心中那个有一定分量的女儿。而爸爸在我的心中，也永远是那个什么都懂、说话做事有条有理的爸爸。

# 衰 老

生老病死不一定是自然规律。

从20世纪末开始，人类发现有些和我们一样生活在地球上的生物其实并不会衰老，还能在适宜的环境内抵御死亡。例如灯塔水母，它们可以逆转自身生命周期，就好比一只蝴蝶重新变回了毛毛虫，是一种完全逆时针的转变。它们通常三个月重启一次，而重启过程只需要四十八小时。而且因为水母没有大脑和记忆，没有自我定位和人格身份，不需要考虑意识还是不是原来那个水母的意识。因此从生物角度来说，它们是永生的。

而发现这个秘密的人类，没有永生。

衰老是最无法挽回的离别。无来日重聚，无后会有期。

## （一）

我对生死最初的体验，是2010年底，十四公的去世。

十四公是爷爷的弟弟，生于20世纪30年代中期，比爷爷小几岁。按族里的辈分来算，我爷爷排十三，他排十四。因此

"十三"之于我的爷爷奶奶，"十四"之于十四公十四婆，毕生结下了不解之缘。

爷爷的父亲虽然是生于清末的一介农民，但由于年轻时走南闯北讨生活长了见识，深知有文化方能在社会上立足，因此不遗余力地送儿子们读书识字。我的爷爷十分听话乖巧，一路读到师范毕业，顺利成为一名人民教师。据说比爷爷更聪明灵活的十四公却是一个标准的叛逆少年，被家里推着读完初中就死活不肯再读了，跟着人到处去贩牛、喝酒、唱山歌，天天不着家，中晚年的时候，给人做棺材。如果非要用一些词语来概括这位老人的一生，应该就是嗜酒、暴躁、倔强、冷漠与孤独。

十四公外号"烧酒佬""酒醉佬"。他不苟言笑，整个脸部只有嘴巴噘向前，经常噘着嘴默不作声，远远令人生畏。在我的记忆中，十四公总是浑身酒气，醉醺醺地把双手别在身后，戴着草帽，赤着脚，拖着一两头大水牛慢吞吞地行走。

当我长大之后，才了解贩牛这一行当。所谓贩牛，其实就是当牛贩子。在自给自足的小农经济时代，耕牛作为普通老百姓不可缺少的劳动工具，有其存在的价值和需求。识牛看似简单，其实是一门依靠经验和眼力的技术活。牛贩子想最大限度地赚取差价，必须要在一定的时间内准确地辨别出眼前的牛是否能熟练地犁田耕地。若是用作肉牛，得准确地估算出它的毛重和净重，否则偏差过大则有可能会导致这一趟生意亏本。据说在解放前，牛市已经存在。新中国成立后的50年代，公社严禁私人买牛。普通人不敢冒天下之大不韪，所以都选择老老实实当个庄稼人。六七十年代，牛市完全歇落了。改革开放后，随着市场经济的建立，家庭联产承包责任制得到巩固发展，人们可以各干各的，大家的生产积极性潜能顿时被激发。这个时候应该是十四公贩牛事业的黄金时代，出去一趟，几天后再返回家中，就有钱买很多酒来喝，还可以宴请几位亲朋好友过来家里大鱼大肉唱山歌了。

90年代以后，这个行当逐渐没落。渐渐地，村里很多供牛遮风避雨的牛棚破烂如同废墟，剩下的唯有断壁残垣，最后连一块完整的木架子都不复存在了。我们家厨房的后方，二叔公家两棵大龙眼树下拴着的大水牛，不知何时消失不见了。我每次路过，不用再飞快跑过，或者小心翼翼与大水牛对望，防止它随时突然发疯了——小时候的我曾被两只路过的疯牛追着跑，差点被踩死，最后被其中一只牛蹄使劲一脚踹下崩岗才保存一命，从此对牛心有余悸。

随着农业机械化的推广，用牛来耕地的情况越来越少。而且随着人们生活水平的提高，外出打工的人越来越多，人们种地的意愿越来越薄弱。如今，可能贩牛这个行当已经完全消失了。事物的存在和发展，就如人的成长衰老，在经历了空前繁荣之后，来临的就是漫漫寒冬的凋零，谁也无法左右。浩瀚的历史，只告诉了我们极少数的人在干些什么。十四公曾经的职业则告诉了我，原来在大千世界中还有人从事过这样的行当，原来每一个人谋求生存的方式都存在着差异与艰辛。

我上小学前，爸妈把我放回爷爷奶奶家生活了一两年。那时我每天的固定节目之一，就是傍晚到鸡辘捡鸡蛋。鸡辘是一个从正门进去后左手边并排着三个房间的用来堆放柴草和杂物的旧平房，奶奶在中间第二个房间养了很多鸡。鸡辘的屋顶几乎全是瓦片，中间夹杂了几片透明的玻璃用来自然采光。我至今记得鸡辘里那种被禾秆草和鸡屎味包裹着的阴凉中带着明快的感觉，充满着惊喜与欢乐。

有一天,当我路过鸡辘第一个房间,见到十四公正在专心致志地用红色油漆给一个大木箱子涂颜色。大木箱子被两个大木杈子凌空支起,横放在第一个房间的门口,浑身被涂得红彤彤,红得触目惊心。我不知道那是什么东西,于是站在房间门口盯着看,好奇地问:"十四公,这是什么东西?"十四公专心地涂红漆,像没听见一样,不作一声。我以为他没听见,再问,十四公依然沉默。十四公一沉默,作为小孩子的我下意识感到害怕。因为我见过他好几次跟别人扯着嗓子吵架。这种沉默,不知是不是在酝酿着准备大声训斥我。谁料过了一会儿,十四公用温柔的语气说:"小孩子到外面玩去。"现在回想,虽然十四公对谁都有可能毫不客气,但是他从来没有粗声粗气对待过我。一个壮实粗糙的大汉子,一辈子都是温和地对我说话。

当晚我对奶奶说了红色大木箱子的事。奶奶严肃地说,那是棺材,是不吉利的东西,以后一见到就要立刻躲开。此后很长一段时间,我都不敢独自再去鸡辘捡鸡蛋。后来再次壮着胆子进去,虽然再也没有碰到十四公与棺材,但我还是对房间地上残留的点点红色油漆感到莫名的恐惧。

2010年冬天的一个早晨,我起床时得知十四公在前一晚走了,时年七十多岁。当时我非常震惊,继而被漫天遍野的悲伤包裹着。那天上午我和同事外出参加一个活动,我一个人坐在人群中,低着头不停地抹眼泪。

十四公走得非常突然,可以说是在自己的小房间里猝死,当时亲人们都未能在身边。但事隔经年后,有一次我和爷爷谈起十四公的离去,爷爷反而说十四公这种无病无痛的突然离开是一种"幸运"，"有福之人"方可如此。后来得知，十四公临走前的一个礼拜不知是否有所感应，把小女儿新买给自己的棉服转赠给了小孙子。在农村，老人故去后，属于他的一切生活物品都会被家人送到路边或者河边烧掉，有的甚至连床板都烧掉，让阳世不再留下属于他的私人物品。那件已转赠给孙子的棉服，就这样得以保存。

十四公跟许多农村老汉一样，一生倔强，与妻子、儿女的关系欠佳，甚至不跟他们同住同吃。而我们家过年过节总是一大家子围坐在一起热热闹闹吃饭聊天，因此我自小对于十四公、十四婆以及他们的儿子各自"分食"十分不解。当我年长一点才知道，原来像我们家那样已发展成为几十号人却从不"分食"的家庭，在当地是为数不多的。

平日，十四公独自居住在老房子里的小房间里。那个小房间，是他年轻结婚时使用过的房间。自从人到中年夫妻分房而睡后，十四公一直留在那个房间。十四公去世前两三年的一个夏天，由于他住的小房间漏水需要维修，他在天井用油毡纸搭了个临时小棚子，把床搬进去作为临时住处。这个小棚子，说到底就是仅能容纳一张床以及少量杂物的地方，不至于席地幕天而已。十四公说，他想回到旧屋去住，但那里没有电，想让我的叔叔们帮忙从这里接电过去。旧屋距离我们家有两三百米远，追溯而去，那是我爷爷出生前太公太婆与祖上们的住处，当时已经破旧不堪没人居住，仅被当作奉香祭祖的地方而已。我立刻自告奋勇充当跑腿，跑去跟叔叔们说。叔叔们一口回绝了，并大声训斥我："旧屋随时可能倒塌，怎么住人？何况电线怎么能乱接乱拉?！"我怏怏地回去向十四公报告。他听了，默不作声。

　　彼时，十四公的两个儿子已经在几米外与十几米外的地方，分别建好了二层半的新房子。他们为何不邀请十四公到新房子里去住？还是十四公自己不愿意搬进去？我并不知道。

　　在当地的农村，很多人一旦成家了，自然就跟父母"分食"了。婆媳关系、父子关系、夫妻关系、兄弟关系，很多时候都是通过口角、对骂甚至争抢田水来体现。甚至很多人凭夫妻儿女的力量合力建好了房子，大多不会邀请年迈的双亲进去居住。在那里，我很少见到不争吵的夫妻，也没见过和睦团结的兄弟妯娌。除了我们家。年少时我曾经问过大人，别人家为什么会这样。但大人们都语焉不详，随便说几句就打发了我。我确实不懂。也许，他们也不懂。这世界上有许多司空见惯的事情与道理，不一定能用言语表达出来。

　　十四公经常去路边摘野菜回来拌白粥吃。我问他为什么不种些青菜，他说："十四公是贱命一条，吃什么都可以。"于是我跑去问奶奶，说："您种的菜多到吃不完，我拿些给十四公好不好？我看见他好可怜。"奶奶没好气地说："他有儿有女有孙，可什么怜！"我见过爷爷偷偷拿家里的青菜放进十四公的小厨房，被奶奶知道了很不高兴，嘴嘴碎碎唠唠叨叨。十四公也倔气，一来二去，不大愿意接受大哥的好意了。

　　那晚，我坐在十四公的小棚子旁边，一边拍蚊子一边跟他聊天。十四公说我爸妈刚结婚时，有一回他在街上碰到我外公，跟我外公在哪里喝了酒，聊了些什么，喝完酒还一起去了什么地方……我说，十四公您讲的故事好好听，您年轻时候一定去过好多地方。十四公难得地笑了。他说他哪年哪月哪日在哪里捡回了黄毛，哪年哪月哪日又从哪里捡回了黑毛，捡回来的时候，黄毛如何，黑毛如何……丝毫细节，有板有眼，淅淅沥沥。我听得鼻子酸酸的，如鲠在喉。

黄毛和黑毛，是两条狗。一个老人，也许因为精神空虚，也许因为现实不太如意，才会对一些与现实脱节很久的久远之事历历在目，哪怕小得微不足道，都在心中珍重如斯吧。

平日，十四公会对黄毛说："黄毛，去叫黑毛回来吃饭。"平日，十四公会爱怜地看着黑毛，说："你呀，快吃快吃。"他的温馨和爱，貌似只会对着黄毛和黑毛流露。黄毛和黑毛脏兮兮的很招我奶奶讨厌，奶奶每次路过都会嫌弃地说几句。但十四公只是如平日一样噘着嘴，不说话。

2009年回乡下，应该是我最后一次见到十四公了。在他的小厨房，我拿了一包瑶柱给他，并塞了一些钱到他的口袋。他转过身抹眼泪，说："××，你真好。"这句直白的称赞，加上他情不自禁的眼泪，让我很难为情。我说："十四公，您别喝那么多酒。"十四公说："生死由命，吃多少穿多少是注定的，十四公的日子是一天一天倒着算的，只是看阎罗王什么时候来带我走。"我鼻子很酸，于是打断他说："别说这些，您一定会长命百岁的。"

2010年中秋我再度回去，却没有碰到十四公，不知他去赶集还是去哪里了。那天我在兜里照样揣着一些钱，转来转去不见他，那几张钱一直没有机会送出去。其实自从大学毕业出来工作后，我每次回乡下都是急匆匆，当天回来当天离开，只能抓紧时间帮忙干干家务，用有限的时间分别跟几位老人唠嗑几句。下午即将离开时，见我还在转悠等着十四公，先生宽慰说，没关系，很快又过年了，过年再给他也一样的。当时我不知道的是，那个年十四公最终没有等到。

原来人生中大部分的告别都是悄无声息的。可能某天的相见之后，即便不是隔山隔水，也再也没有机会重逢。人潮汹涌，各自漂流，各有渡口，各有归舟。

十四公离开后，有一次，我和一个堂妹谈起他。堂妹说："我回去的时候不多，但是每次回去我都在远处看着他，猜测他的过往和想法。我只记得他话不多，不爱照相，总是一个人静静地坐着。我想在脑海里寻找他笑的样子，可是竟如此艰难。"我第一次发现，原来别人眼中的十四公，也有一副模样。我一直以为，十四公是一个一生都被人忽略而且容易被遗忘的角色。弟弟也对我说，他以前经常听到十四公对他说："你姐很好，经常很关照我。"那些年，我连自己的人生也自顾不暇，谈什么关照？那种细微的日常关切，竟然在一位老人心中如此郑重。我们回味对他所知不多的一生，到最后，只能用青涩来形容。

十四公去世后，他那用泥砖砌起的小厨房被推倒，恢复成一片临崖的小空地。几年后，奶奶在那片空地里放了几排花盆和大铁桶，种上了葱蒜和韭菜，还围起了一块小篱笆。每次在旁边的大水盆洗完菜，爷爷奶奶就会顺手把大勺大勺的水泼过去，淋到葱蒜韭菜的身上。在年月里，一拨一拨的葱蒜和韭菜葱葱郁郁，长势喜人。每次回去，奶奶总让我去把那一大片韭菜和葱蒜给割下来，每人分一点带回城里的家里。一切都那么平静和纯粹，仿佛那座泥砖砌成的简易小厨房，从来没有存在过。

后来，有一次我在梦中，回到了最后一次见到十四公的那天。我拿着瑶柱走进他的小厨房，不见他，只见木柴在灶里噼里啪啦地烧着。我揭开锅盖，见到一锅翻滚着的稀稀的白粥。一回头，看见十四公手里拿着一把野菜走进来。我问，他说："这煲白粥够十四公吃一天了。"

在现实里的那天，我并没有哭。但在那个梦里，我哭了。

# （二）

十四婆矮小瘦削，鼻子像猫头鹰一般钩钩的甚是好看。晚年的她腿脚不太灵便，走起路来一瘸一瘸的。她冬天总是喜欢戴着袖套，夏天拿着一把葵扇摇啊摇，跟着小孩子们笑眯眯喊我"×姐"，笑起来满脸皱纹像一朵菊花。以前妈妈在天井总是用她温柔的声线，拉长声尾喊："阿婆……"亲切，安详，甜蜜。我跟着妈妈，一直唤十四婆为"阿婆"。

跟所有的农村妯娌一样，我的奶奶和十四婆不太和睦。虽然没有争吵，可是几十年来都不甚喜欢对方，很少会像朋友一样对话或者说笑。奶奶对我说，十四婆年轻时候十分"爱逞强"，"生了孩子没几天就下田干活了"，"个个都称赞她"，"看不起我"，"老了瘸脚了，现在知道后悔了吧"！十四婆则说得比较隐晦。她说，你奶奶一直很"仕势"，"高傲得很"，仗着老公有工作，儿子有本事，"很看不起我们"。对于两位老太太背地里暗暗的较劲与相互吐槽，年纪小小的我已经懂得一笑置之。

个子娇小、心思缜密的十四婆确实比我的奶奶心灵手巧，包粽子、做印糍、烧菜做饭，样样精通。也许因为出嫁前的她是贫苦人家家中的老大，加上婚后的十四公经常外出不着家，让她在年月里造就出一身的本事。

我的奶奶人称十三婆。她年轻时身高有1.6米，高挑瘦削，模样俊俏，读书时还是学校的红旗手。作为一位出生于20世纪30年代的女性，拥有小学毕业的学历，文化算是比较高的了，跟从师范毕业的斯文的爷爷站在一起十分般配。奶奶的性格大大咧咧，像个马大哈一样，十分爽朗爱笑，干活力气大，麻利干脆，但是态度比较"求其"，对于任何事情的完成质量觉得差不多就行了，懒得做细做精。奶奶一辈子都不擅长做菜，连炒个青菜都难以下咽。可能因为她在出嫁前是家境较好人家的小姐，不需要亲自动手；刚结婚时，家里烧菜做饭一直由她的公公婆婆操持；公公婆婆老去后，就由我的爷爷负责；等孩子们年纪稍大一点，就由孩子们来接手；孩子们长大相继离家后，我的爷爷重新掌勺了。奶奶一辈子都不需要为吃喝操心，自然没有必要也没有动力去钻研厨艺了。

　　一个没心没肺的傻大姐，一个勤劳朴实的小媳妇，不同的性格，也许当年在她们的公公婆婆眼中各有秋千，因此作为一辈子相邻的妯娌互相暗暗较劲其实也是正常，甚至可以说是彼此毕生的乐趣。

　　两位老太太分别养了不少鸡，为了区分，十四婆喜欢给她养的鸡尾巴涂上一点红色。在我的印象中，只要一见到尾部羽毛涂了一点红色的鸡，就认为是十四婆养的。

　　跟天底下的婆媳一样，我妈和奶奶只是大致和睦，实际上内心里对彼此都有点意见——奶奶嫌弃我妈软绵绵像糍粑，干活不利索，我妈则嫌弃奶奶傻里傻气，马虎求其。由于不存在共住的矛盾，因此我妈就跟奶奶的"敌人"十四婆交往甚密，造就了一段亲密关系。当然，我妈无非是就着生活里一些琐琐碎碎的事情，找个人倾诉一下附和一下，十四婆自然就成了她最好的倾诉对象。外人看起来，十四婆与我妈更像一对世俗意义上的相亲相爱的好婆媳。当然，她们这种"亲密"多少会导致我奶奶心里的不爽，但幸好我妈在乡下长住的机会并不多，因此大家也没产生什么实质性的摩擦。

90年代中后期，村里开始有了固定电话。起初只有小卖部有，每次接听免费，打出高额收费。后来，发展到家家户户都安装了固话。我每次放假回乡下，十四婆总会让我帮她抄写电话本。字体要大，要一笔一画端端正正写不能潦草，号码要反复核对不能写错，需要加区号的要特别注明，这些都是十四婆对我的抄写要求。抄写完，对于她三个女儿以及娘家几位弟弟的电话，她要在我面前像小学生一样认认真真大声朗读一遍，待我确认无误才满意。每一次帮十四婆抄写与更新完一次电话本，就得花去我半天时间，但是我依然认真耐心地干完。现在回想，那真是属于我们两个人的快乐时光，充满着欢声笑语与对未来的期待。

我大学毕业那年，在就业上遇到了重大的挫折。那个夏天我躲回了乡下，经常以泪洗面。十四婆不断追问，我都没说，因为事情的复杂程度远不是一位农村老太太可以理解的。有一次，见我一直流泪，十四婆窸窸窣窣地回房间摸索了一阵，重新走出来。她眼红红地把两个半旧的红色护身符放在我的手心，难过地说："××，见到你这样我的心很不舒服，我什么都不懂，这两个符仔跟了我好多年了，我现在把它们送给你，你要把一个放枕头下，一个随身携带……"我哭得更厉害了。这个什么都不懂的老太太，在我伤心落魄时，在用她自认为最好的方式帮助我。

玉立是十四婆的大孙女，比我小三年。玉立当了多年的留守儿童，初中毕业就出来社会打拼了。有一段时间，玉立跟一位本村卫生站的乡村医生谈起了恋爱。这位刚毕业不久的小医生来自邻镇。十四婆经常脚疼，玉立陪她去卫生站看病，一来二去，玉立就和小医生对上眼了。十四婆十分期待玉立能懂事，加上很信任小医生的医术，因此总是有意撮合他俩。

那年我回乡下，十四婆对我说起了这件事，眉开眼笑。十四婆说，前段时间她生日，玉立带小医生回来吃饭了。小医生还带来了一个小蛋糕，说"祝凤英小姐青春美丽"，逗得十四婆合不拢嘴。我听了也笑个不停，很自然地想象出十四婆当日心花怒放的情形。"凤英"是十四婆的名字。自从嫁为人妻后，就和"十四"这个称号毕生捆绑在一起，"凤英"这个名字很少再被使用。"凤英小姐"这个优雅的称呼，也许是她在这趟人生里第一次被赠予。这个称呼，代表着被尊重，被疼爱，被怜惜。不管那位"小姐"是碧玉少艾，还是八二老妪，其实听见时都会非常快乐。虽然后来小医生一声不吭娶了一位乡村教师，跟玉立彻底划清了界限，但我永远记得与感谢他曾经为十四婆带来的短暂的快乐。

十四婆独居的小房间，是她小儿子当年结婚时的婚房。小儿子建好新房子搬离后，这个小房间就空了出来。跟十四公乱糟糟臭气熏天的房间截然不同，十四婆的房间十分干净整洁，阴凉中带着淡淡的药膏味。爱干净这个罕见的习惯，是这位农村老太太的特色之一。

十四婆晚年时，曾经到儿子媳妇的新房子住过一段时间。但我放假回家时，发现她已经搬离了。我问她原因，她说是自己主动搬出来的。有一次她听到村里的妇人闲聊。一位妇人对其他村妇吐槽说："现在老太婆住在我家，其实我不太乐意的，但没办法呀，你要知道我们好不容易才建好了这新房子，万一老太婆老了死在了这里，把我们这干净漂亮的房子弄脏了怎么办，我儿子以后还得在这新房子里娶媳妇呢……"十四婆对我说："我当时就想到了自己。唉，咱们年老的，还是别给年轻的添麻烦。当晚我就去媳妇家收了蚊帐，把东西搬回自己房间了。我这小房间还是挺舒服自在的，你说是不？"十四婆对我讲述这件事情的时候，语气平淡，表情平静，也没有不甘心。唯一有的，是带着一丝专属于老人的怕得罪儿孙的惊怕以及理解。我听了，十分心酸。

十四婆的小厨房位于上坡前的小半山腰。那里曾经栽种了几棵黄皮树、番石榴树，后来被砍掉，用砖瓦搭建了一个简易小厨房给十四婆使用。十四婆属于对新式厨具的接受程度比较高的老人，很早就接受使用煤气炉了。这可能跟她早年开始腿脚不灵便，未能经常上山砍柴捆草有关。小厨房距离住处有点远，得爬完半个坡，遇上下雨湿滑时十四婆通常拄着一根木棍作为拐杖。我那几年回去，经常跟她待在狭窄的小厨房里聊天说笑。

其实在小厨房里窃窃私语更能让我们放松，因为小厨房远离我奶奶的活动范围，奶奶不会经常在我们眼前晃来晃去，让我们徒增心理压力。奶奶有时看不惯我跟十四婆说说笑笑一聊就是半天，当她心里不大爽时，就会大声喊我："××！该吃饭了/去翻谷子/去晒花生了！有什么好聊的，说说说都说半天了！"这时，我和十四婆通常像两个偷吃零食被大人发现了的孩子，耸耸肩相视一笑，然后我大声应着奶奶，笑着跑回家去了。

在2014年前后，十四婆的身体每况愈下。有一回，听说她在县城住院了，病情十分严重。爸爸希望我们周末一起到县城医院

去看望她，因为"不知道以后还有没有机会见"。在医院，我们
见到了十四婆。当时，她身上盖着厚厚的被子躺在病床上，已陷
入半昏迷中。妈妈在床边大声呼唤"阿婆"。只见十四婆双目紧
闭，嘴唇微微颤动。亲属们都围在病床的四周。我的眼泪一下子
就哗啦啦流出来了，握着她枯瘦的手，哽咽着喊"阿婆"。其实
我并不愿意在他们面前显露感情的，可那天实在忍不住了。

亲属们在旁边纷纷对着十四婆说："十四，××和××他们
来看你了。"这时，十四婆慢慢醒了过来，跟大家有了简单的对
话。妈妈给十四婆塞红包，说"养好身体，出院买点好吃的"。
其他亲属也纷纷给十四婆递红包。轮到我时，我把红包放在她枯
瘦的手里，什么都说不出来，只会不停地流眼泪。这时，妈妈终
于注意到我在哭了。她生气地一把拖走了我，低声训斥道："你
哭什么哭，来探病不能哭的！"我强憋着眼泪，哼哼唧唧地站在
众人身后赶快擦眼泪，还跑出阳台洗漱了一把——我实在不愿意
因为我的"不当行为"为病人带来不吉利。这时我才发现，站在
旁边的堂妹也眼圈红红，拼命在擦眼睛。

待我的情绪平复下来，站回病床边时，只见爸爸掀开了十四
婆的棉被，伸手摸了摸她干瘦干瘦的脚，然后欣喜地说："脚够
暖，是暖的！"在场的气氛一下子好转了起来。事后爸爸对我们
说，只要生病老人的脚还是暖和的，就是好事，相反倘若脚不暖
了，恐怕情况就不甚乐观了。不知道这是科学还是迷信的说法。
也许脚部暖和，证明身体的气血运行还正常吧。事实上，爸爸这
个推测是正确的。一段时间后，十四婆可以出院回家休养了。

出院后的十四婆，已经不是过去那个能干的精神奕奕的十四
婆了。她需要有专人的照顾。经过商议，决定由她的两个儿子每

家轮流照顾三个月。彼时，十四婆的大媳妇留在家不再外出打工，因此轮到他们家时，她可以肩负起每天为老人准备三餐以及看护的责任。轮到小儿子家时，就不那么容易了。十四婆的小儿子一家五口，除了一人在外地上大学，其余四人都分散在不同的城市打工。经过衡量与协商，他们家决定让二妹辞职回家专职照料十四婆，其余的上班的上班，上学的上学。二妹是个勤快乖巧的姑娘，在照料十四婆最后的日子里尽心尽力，应该是让十四婆无憾的。但是每隔三个月一次的轮换，对于二妹每次的重新就业产生了不少影响。但在亲情与尽孝面前，这些是无法计较与考量的。

一年多后，得知十四婆再次住院了。那时，爸爸刚刚退休不久。爸爸对我说，他准备回乡下看望爷爷奶奶，但回乡下之前打算先去医院照料十四婆几天。爸爸说："他们在医院日夜值守很辛苦的，我去帮几天忙，让他们晚上可以回宾馆休息一下也好。万一（十四婆）这次撑不过去，以后就没得见她了。"说这些话时，爸爸的语气非常平淡。我忽然觉得心里有一股暖流涌现。在情理上，十四婆儿孙满堂，无论他们多辛苦都无须出动我爸爸这个侄子。但爸爸还是自告奋勇主动去帮忙。我觉得，爸爸身上拥有着的善良与孝义的光辉，其实在不知不觉间，会代际传递。善良不仅是一种品质，还是一种能力。

不久，十四婆离开了。很多年后，爸爸说，自从医生让亲属们把她领回家后，她大概知道了怎么回事，几天勾着头不怎么吭声，也不大想吃喝。几天后，果然就走了。这是一位老人对生命的留恋，是吗？是吗？

在十四婆离开的那个清晨，我在迷迷糊糊间做了一个梦，梦见她十分精神地坐在一张陌生的摇椅上，手里拿着大葵扇，笑眯眯地看着我。我在梦中似乎也感受到了什么，尽管我们相见的气氛是融洽平和的，可不知为何，我的心情却异常沉重，几欲落泪。几个小时后，我们就收到了十四婆离开的消息。有人说，有的灵魂在临终前会一一跟熟悉的牵挂着的亲友告别。我一直相信，那天她是来跟我说再见了。

　　不知不觉，时间已经过去多年了。凤英小姐，俗尘渺渺，世事茫茫，我十分感激，曾有幸与你共享一段三十年的缘分。

## （三）

　　我唯一一次亲历的葬礼，是先生的奶奶去世之时。为了便于区分，下文就由阿太作为这位老太太的称谓。

　　据说阿太年轻时是一位厉害的人物。虽然是一位目不识丁的农村妇人，但是性格刚烈，手脚麻利，里里外外一把手，曾经在特殊年代担任妇女主任这一角色。她向来说一不二，丈夫和儿女、儿媳从来不敢逆她的意，因此在她的人生履历上难免出现泼妇骂街、制衡丈夫、纵容女儿、欺负儿媳之类的不太光彩的几笔。后来晚年的一次摔跤，让这位铁娘子从此与轮椅及床相伴十年。

　　从阿太身上，我深刻体会到久病床前难有孝子的现实。我初到他们家时，阿太已经卧床六七年，每天活动的空间就是她的房间以及客厅里她的专用座位。尽管家里已经雇用了一位保姆专门照顾她，但是整层楼房还是弥漫着一股浓郁的专属于老人的便臭味与药油味。客厅与房间的灯并不敞亮，因为老人不喜欢太明亮。总是生活在那个阴暗与不清新的环境当中，家中每个人的身心都十分压抑。

老人生病很磨人。既折磨自己，也折磨他人。她要上厕所或是吃饭，需要把她从床上抱下来。因为使不上劲或者很久没使劲已经不懂得使劲，她没法顺着你的力，只会一个劲儿地往下沉，所以来回一次抱她上下床，非常累人。她一会儿说要下地到窗边坐坐，一会儿说脚疼要你用药膏帮忙擦脚底，一会儿说要拉屎，一会儿说要尿尿，一会儿说要喝水，总之一天到头除了睡觉，几乎没有消停。不知是有心还是无意，她还经常有事没事扯着嗓子喊人，一声一声凄厉地喊，把尾音拖长，喊得人发怵，没人回应她就一直喊，喊到有人走进去应答为止。她的儿子，也就是我的公公，经常被她搞得很不耐烦，家庭气氛非常压抑。还有很多很多琐碎的小事，无法一一言说。也许只有当身处那个环境之中，才能感觉到那种烦躁和无奈。先生曾经对我说，有时他也会觉得烦。因为这种照料是没有尽头的、无止境的。一般的生病受伤，还可能有康复的一天，但这样的老人，只能一直一直拖下去。

在跟先生相识后的四年多日子里，作为一名准孙媳妇与孙媳妇，我也为阿太倒过不少屎尿，擦过不少脚底，按摩过不少腿脚，抱她上床下床，给她捣碎饭菜喂食，还帮她洗澡。对于伺候一个没有血缘关系的干巴巴的常年卧病在床的老人，说我心甘情愿、丝毫没有心理芥蒂地去做这些事，那一定是骗你的。我与这位老人相识的时间不长，我们之间仅仅是因为一个男人而被联结在一起，说我对她的感情有多么深厚，说我这个人多么孝义大度，那肯定也是假的。但是不管我在内心乐不乐意，该做的工作我还是硬着头皮做足了。

　　有时我会想，如果床上的老人换成是我的爷爷，我的奶奶，我的爸爸妈妈，我会抱怨吗？我会悉心照料吗？我能坚持多久？多少天，多少月，多少年？我竟然没法给予自己一个肯定的答案。人，往往会高估自己的承受能力，以为自己真的可以用爱发电。电视剧里，儿女推着坐在轮椅上的年迈父母看夕阳，妻子握着昏迷瘫痪丈夫的手读诗哼歌的感人场面，是忽略了镜头背后千百个屎尿混合辛苦操劳的日夜。实际上，人性很难捉摸。它更加经不起考验。看到别人数十年如一日地照料家中病人，确实值得高歌颂扬，因为那真的非常不容易。每每听到谁谁对长期病患照料得不够周到的例子，也不用一定认为他们是不孝不仁。也许，只有当身处于同等条件下还能做得比别人好时，才有资格去评判这些事。这就是理想和现实的真相——你说你想去野外冒险亲近大自然，但如果要你像一只野兽那样席地幕天躺在山间，你一定无法入眠。

　　换一个角度来想，他日当我成为那个终日躺在病床上的赖他人照顾以生存的人呢？那时的我，也许失语，也许失聪，也许失禁，也许像一只没有尊严的动物，敞开身体任由别人侍弄。我会忍住不用可怜的嘶哑的声音，声声唤唤他人吗？我会为了得到关注，生出诸多想法制造诸多小动作来折腾身边的人吗？那时留在我身边照料我的，会是谁？他们在心里肯定不乐意，但他们能忍着嫌弃来照顾我吗？倘若我想维系为数不多的体面，想尽快告别这个世界，他们会同意吗？是否愿意助我一臂之力？那些我一生里爱过的牵挂过的人，他们此刻在哪里，过得怎样，还将是那时的我会想起的内容吗？不，应该不了。当我年老体衰，行动不便，连尊严都不再有的时候，也许如何自主地吃上一顿满足的饭才是我一年里最大的期盼，哪里还顾得上其他。

　　事情的终结出现在2011年1月。那年的冬天特别寒冷，很多老人撑不过去，包括阿太。接到先生让我回乡奔丧的消息时，我正住在城里的父母家，准备着次日下午的公务员面试。我入围了那年的公务员招考面试。但其实我对自己并没有多少信心，加上囊中羞涩没有参加需要高昂费用的面试培训班，因此只是抱着碰碰运气的心态，靠着几年前公考积累下来的面试经验，独自准备着与紧张着。这趟回乡，很大程度意味着我得放弃次日的面试了。我不禁对爸妈抱怨，阿太为何要在这个时刻离开呢？爸爸安慰我说："她自己也不想的。这些事谁能把握呢？"我犹豫着忐忑着，坐上了回乡的大巴。

　　即将要面对的丧礼，让我恐惧。回到家门口，来家里帮忙办事的大叔大婶们让我把扎起的头发全放下来，披头散发地进了门。阿太躺在一楼大厅的一张木板床上。木板床上撑着蚊帐，我看不清里面的状况，但足以令我惊惧不已，甚至有微微的颤抖。上香，跪拜，这些仪式我被别人推着来进行。但由于孩子年纪尚小，当时我最大的任务，就是被安排待在楼上照料才一岁多的儿子。公公那些年嗜酒，他一会儿喝酒，一会儿大哭，一会儿拨拉开蚊帐摸摸他母亲的额头或者手，让人看起来很不舒服。我只好小心翼翼地守护好怀中的孩子，尽量不让他碰到。

　　当晚，他们在一楼举行一系列的仪式，偶尔喊我下楼参与。我在楼上抱着孩子，有过小睡片刻的机会。天刚亮时，县城殡仪馆的来车停在了两三公里外的地方。送葬的人列成一条长长的队伍，把阿太送了出门。来家里帮忙办事的大婶们大多是乡下同村沾亲带故的妇女，她们发出呜咽的声音，号啕大哭。其中七婶哭红了脸，她边擦眼泪边对我说："以后都见不到阿太了！"我被感染了，跟着大哭起来。那天非常寒冷，我穿着厚厚的衣服，背着还没有醒来的孩子，头戴着孝帽，手里拿着白毛巾，夹在送别队伍里的尾部向前走，一路抽泣。公公婆婆和先生等其他亲属排在队伍的前头，我并不清楚他们的状况。走到县道边，众人全部跪下，送阿太上车。现场一片哭声，情绪达到了最高点。只见那车的后车门一关，飞快地绝尘而去。我的心顿时像空了一块。

这时，人们纷纷起立，把身上和手上戴着握着的白色物品通通扔在了路边，开始往回走。我背着沉甸甸的孩子，艰难地从地上挣扎着站起来时，七婶连忙走过来扶起我，指挥我把身上该扔的赶快扔了。只见她的语气正常，脸色平静，甚至还带着日常憨厚的微笑！我环顾四周，发现除了我一人仍然沉浸在悲伤之中，几乎所有的人都顿时变得轻松起来，三三两两边走边聊天，有的还发出了浅浅的笑声，像什么事都没有发生过一样！为什么画风突然变了?!我非常费解。大家来到一家老式饭店吃席，名为"解秽酒"。饭后，大家回到我们家里帮忙搞卫生，甚至开始轻快地说笑。我实在很难理解，为何事情突然就转变了方向。

这时已接近下午一点。我见事情已经办妥，于是提出要赶回城里参加下午的公务员面试。但这个时间点并没有适合的大巴，若搭乘下一班次的大巴，恐怕就来不及了。我小心翼翼地提出，可不可以让先生现在开车送我走。公公坚决反对，还说了一连串非常打击我的话语。先生不置可否，为难地看着我。我和他们陷入了僵局。最后，先生的姐夫走过来好言相劝，说道："要不，不去算了？"眼看家里刚刚经历了这些事，而且时间实在太紧迫了，加上公公刚才那番毫不客气的晦气话语，我本来就不多的信心被消灭得一干二净。我叹了一口气，只好作罢。

当年年底，我的小儿子出生了。次年春天，借着大儿子够年龄入读幼儿园的契机，对小镇了无牵挂的公公婆婆终于同意举家迁往城里。于是，我和先生得以白天工作赚钱养家，晚上回家照料孩子享受家庭欢乐，终于不用再夫妻分居、骨肉分离。

说到底，其实我应该感谢阿太当日的"及时离开"。倘若不是她的成全，也许整个家庭的发展方向会有所不同，也许我要再次在孩子与工作、小镇与城市之间做出艰难的抉择。而这些抉择，可能对我的职场生涯产生不可估量的影响。

万物都有两面性。有时人生的每一步，与身边联系密切的人，都是相互作用的。

阿太得以解脱，而我们的生活，仍在继续。

## （四）

2022年11月19日，时日多云，20～28℃，无持续风向。

当天，小蚊表哥在朋友圈里发了一条讣告："家父×××于2022年11月19日下午6点因病驾鹤西游，享年83岁。谨此讣告。"

大舅父是妈妈的哥哥，比妈妈年长十几岁。在我很小的时候，妈妈对我说的两件事，构筑起我对少年大舅父的认识。那时大舅父还是一个才几岁大的孩子，有一回日本鬼子来扫村，他跟着我的外婆和乡亲们躲到了后山里。一路走得急，大舅父摔了一跤，嘴唇被磕破了，不停地流血。外婆拉起他躲在附近的草丛里，捂着他的嘴巴，低声嘱咐："别哭，一定不能哭，不然鬼子会找来这里的。"这个几岁的人儿十分坚强懂事，咬着牙忍着痛，泪珠滴答滴答不由自主地滚下来，却硬是全程没有哭出声，一直撑到了鬼子们离开。这一幕应该是出现在影视作品里的场景，却曾真真切切发生在我们的身边。

那时是1960年前后，我的妈妈还是个四五岁的小孩，一向重视教育的外公就把她送到小学读书了。第一天上学，作为全校最小的孩子，妈妈被我的外公背在背上，十几岁的大舅父则跟在一旁帮她背着书包扛着书桌，一路从家里走到了学校。可以想象，妈妈小时候多么受父亲和兄长的宠爱。那种近似溺爱的关爱，放在现代仍耀眼得过分。看来，无条件的爱只是因家庭而异，在哪个时代都有可能存在。有一段时间，我总是吐槽妈妈一辈子没吃过什么苦没经过什么锻炼，因此造就了软绵绵慢悠悠的性格。但现在想来，其实做人为什么一定要吃苦头呢？命好，就是一份不容小觑的实力了。妈妈六十多岁，还可以像小女孩一样温柔亲切理直气壮地人前人后喊"阿哥""我哥"，难道不是一件幸事吗？

人们称呼大舅父，有的喊他老师，有的喊他校长，有的喊他医生。不仅如此，大舅父还对琴棋书画非常精通，每逢临近过年就有很多人来找他写春联，闲来无事他就会用二胡拉出悠扬的乐曲。年少时的我曾十分迷糊，不知道文质彬彬的大舅父究竟是个什么人。当我长大一点才知道，原来大舅父终身的职业，是教师和校长。但同时他得到我外公的真传，是附近一带小有名气的民间医生。至于琴棋书画，则是他玩得炉火纯青的业余爱好。不得不说，以前那年代的人都是真才实学，多才多艺。

在我的印象中，大舅父高雅斯文，腰板挺直，谈吐淡定有风范，常年握着一个茶杯在手中，一派知识分子的模样。大舅母是其同校的语文老师，温顺胆小，与大舅父十分恩爱。二人共同养育了三女两儿，家庭幸福美满。千禧年前后，大舅父从校长的位置上退休了，在家颐养天年。他家是一座非常素雅的两层小楼房，四周用小围墙围起了一个宽阔舒适的庭院，屋前长着一茬随风点点的竹子，寓意"竹报平安"，屋后栽种着几棵荔枝和芒果，常年散发着淡淡的清香。

在我上高中的时候，有一次在爷爷奶奶家的一个老柜子里翻出了一堆20世纪80年代的书信。有的信是爸爸的大学好友寄来的，例如一位叔叔以新手父亲的巨大喜悦，描述了1981年春天儿子出生时为他们家带来的巨大快乐。信笺里，更多的是大舅父寄来的书信，有问候，有报平安，有说近况，还有批评。那时不通电话，交通也不便，于是分别生活在两个相距三十公里小镇的妈妈和大舅父，就用书信往来。

那些盛产于80年代的书信，我记得其中有一封是大舅父写给爸爸的。他利用生物学上X、Y染色体结合的详细分析，说明了一对夫妇之所以生出女儿，乃取决于男性。在我出生的头两年，爷爷奶奶不免对妈妈有些微词。妈妈受了委屈，大概曾向大舅父哭诉过。让我震惊的是，大舅父在那年亲手书写的关于X、Y染色体的生物知识，跟我上中学时在生物课上所学到的内容分毫不差。

以前我总是觉得，大舅父大舅母是满腹经纶的文化之人，但养育出来的几个子女没几个真正靠知识文化来吃饭，十分可惜。除了小蚊表哥。但小蚊表哥不也是调皮捣蛋，从小到大都没法好好坐下来读书的人吗？他从卫生学校毕业后，靠着灵活的头脑和时代的东风经营了几家私人诊所，才成为一位体面的医生。现在想来，虽然表哥几兄妹个个心直口快，总是互相抢白，但始终和睦团结，守望相助，已经是一个人人艳羡的成功家庭了。衡量一个人的子女教育是否成功，未必在于子女有多大出息。这种和睦快乐的家庭氛围，也是许多人望尘莫及的吧。

我最后一次见到大舅父，是在当年的国庆期间。平日，大舅父大舅母一直居住在小镇。小蚊表哥在省城的诊所越开越多，收入不菲，于是在我们家所在的城市买了一套房子用作偶尔度假之用。当年下半年开始，大舅父的身体越来越差，于是小蚊表哥在9月底把两老接来了度假房子疗养，并把三位姐姐都叫来负责照料老人的起居饮食。

三位表姐其实都是年过半百之人了，这次都放下了各自的小家庭，齐聚在这套小房子里。每天，大表姐负责打扫卫生，二表姐负责买菜做饭，三表姐负责陪父母唠嗑和散步。晚上两位老人安睡后，姐妹几人热热闹闹互相打趣与吐槽聊天，仿佛回到了童年时光。我的妈妈羡慕不已，也提着行李搬过去小住。现在想来，大舅父在人生的最后一段时光里，有妻子、妹妹、女儿们每天伴在身旁，儿子儿媳和孙辈们偶尔从省城前来相聚，也算是无憾吧。

当日我们与大舅父相见，发现他的肚子非常鼓胀，精神状态也不佳，坐在沙发上跟我们聊着聊着，却眯着眼睛睡着了。我当时的反应是"你们应该带大舅父去医院做个详细的检查"，却没有意识到，其实这是一位83岁的老人家暮年最后的体面。

这种平静的日子持续了半个月，眼见大舅父的状态越来越差，表哥表姐们把他送进了市二医院接受治疗。适逢疫情防控期间，亲属们无法前往探视，也无法随意更换陪护人，于是三表姐坚持在医院独自伺候了半个多月。见治疗效果甚微，主要还是靠长期休养，于是大家决定把大舅父转回了小镇医院，便于儿女们轮番探视与照顾。在小镇医院躺着的一个多月，是大舅父人生最后的岁月了。大舅母则一直留在家中，侍弄着庭院里的花草。胆小的她一直被蒙在鼓里，每天热切地盼望着大舅父何时神采奕奕地出院回家。

11月中旬，本地疫情扩散初期，在这座城被封闭之前的两天，我的妈妈打车直奔小镇，见了大舅父一面。回来后，妈妈的情绪十分低落，说："你大舅父已经不认得人了。"那时的她可能已经猜到，这很可能是他们兄妹今生最后一次相见了。几天后，大舅父羽化登仙。

人死以后，不一定一切都结束了。他们还会到什么地方去，如何到达，我们不知道。因为一切未知，在生的人内心深处才会对死亡有一种无名的恐惧。也许他们还是会忘了这个世界，重新开始像一张白纸一样的人生，只是留给亲人片刻的悲伤罢了。

人虽然死去，但人性的光辉会留下，精神会留下。就如大舅父，他人已经不在了，但是他的风采与感情留给了后辈们，我们永远记得在他的呵护下成长的点滴，这些并不会消散。这就是他对于我们的意义。

"再见。无怪我第一句就同你讲再见。因为我真係专程来同你道别嘅。"这首多年前的粤语歌，名叫《三千年前》。歌词只有四句，其他的都是念白。那是一位沧桑的暮年老人去世前在爱人坟前的悠悠追忆。配合着歌手鬼魅般的声线与提琴如泣如诉的旋律，"众生蔓延，泪海被填"，勾画出一个苍凉的故事。那是一次珍重的道别，带着淡淡的遗憾与不甘，但我从中体会到的，更多的是享受完生命历程后的淡定与坦然。

　　此行一去，后会无期。大舅父，我也跟您郑重地道一声：再见。

# （五）

　　历史上，许多王侯将相、才子佳人都成了匆匆过客，一代一代地从世界上永远消失，仅仅给后人留下茶余饭后的谈资而已。古代的战争，凛凛将军也好，勇猛士兵也罢，无论多威风，一旦中箭即仓皇落马，从此史书无字。那个人何处来，何处去，一生跌宕，又有谁人关心？马革裹尸，最后只不过沦为一抔黄土，风尘无痕。

　　人活着几十年，就像无头苍蝇一样到处乱碰，忙忙碌碌一辈子，睡觉、吃饭、工作，再睡觉、再吃饭、再工作，循环往复，一直到死。当死亡来临的时候，我们什么都不可能带走。世间曾发生的一切对我们来说，都是一场空。人在世界上，就像是一片云雾，出现的时间非常短暂，转眼就消失了。我们曾经所追求的一切，曾经所看重的一切，对我们再没有了任何价值和意义。

　　随着岁月的流逝，身边难免会有亲人、朋友相继离去，或是意外，或是病痛，或是安详离去，或是带着遗憾，每一个都是一步步走向那个人生不可抗拒的终点。我们无能为力，唯有感慨。反正每个人终究都会有那么的一天。

　　蜉蝣朝生暮死。一日朝阳而生，一暮夕阳而落，这中间所有的相遇，是为了离别。于人而言，一生数十载，一时苦，一时欢。于蜉蝣而言，这一生，大概也不过如此。跟人的一生相比，蜉蝣一日，实在短暂得可爱。每一个离别，都是一段生命的终结，也是另一段生命的开始。在这短暂的相遇中，我们学会了珍惜，学会了爱，也学会了面对别离。这些经历，或许就是人生的意义所在。

听说每一个灵魂在离开以后都要回头看看自己的肉身，一生的经历就像电影一般快速回放，算是跟肉体道别。生命是什么？听说是一抹霞，一滴露，一个松果，一根稻草，一只嗡嗡飞过的小蜜蜂。它们有不同的模样，在这个世界上不停地变幻。有时候我们会觉得扑面而来的风很熟悉，从指间滑过的溪水很柔软，从枝头落到肩膀上的叶子很缠绵，因为它们在很早很早之前就认识我们了。有些生命因为有缘分，一直在相互缠绕。有时候它们知道，有时候它们不知道。死亡可能让人变成一棵树或者一只小鸟，会让以前陪伴着它的人思念或伤心。当它们有机会再相遇的时候，就算很陌生也会觉得很温柔。

然而，谁知道死去后的事情呢？或许这世上根本就没有轮回转世的玩意儿。那样的话，也许很多人之间某次不起眼的告别，就是永远了。

你看水面上的那些落叶，在水面上漂着漂着，就漂散了。它们会变得互相不认识，虽然永远都在同一条河里。